驕奢《きようしや》の宴《うたげ》(上)

信濃戦雲録第三部

井沢元彦

祥伝社文庫

目次

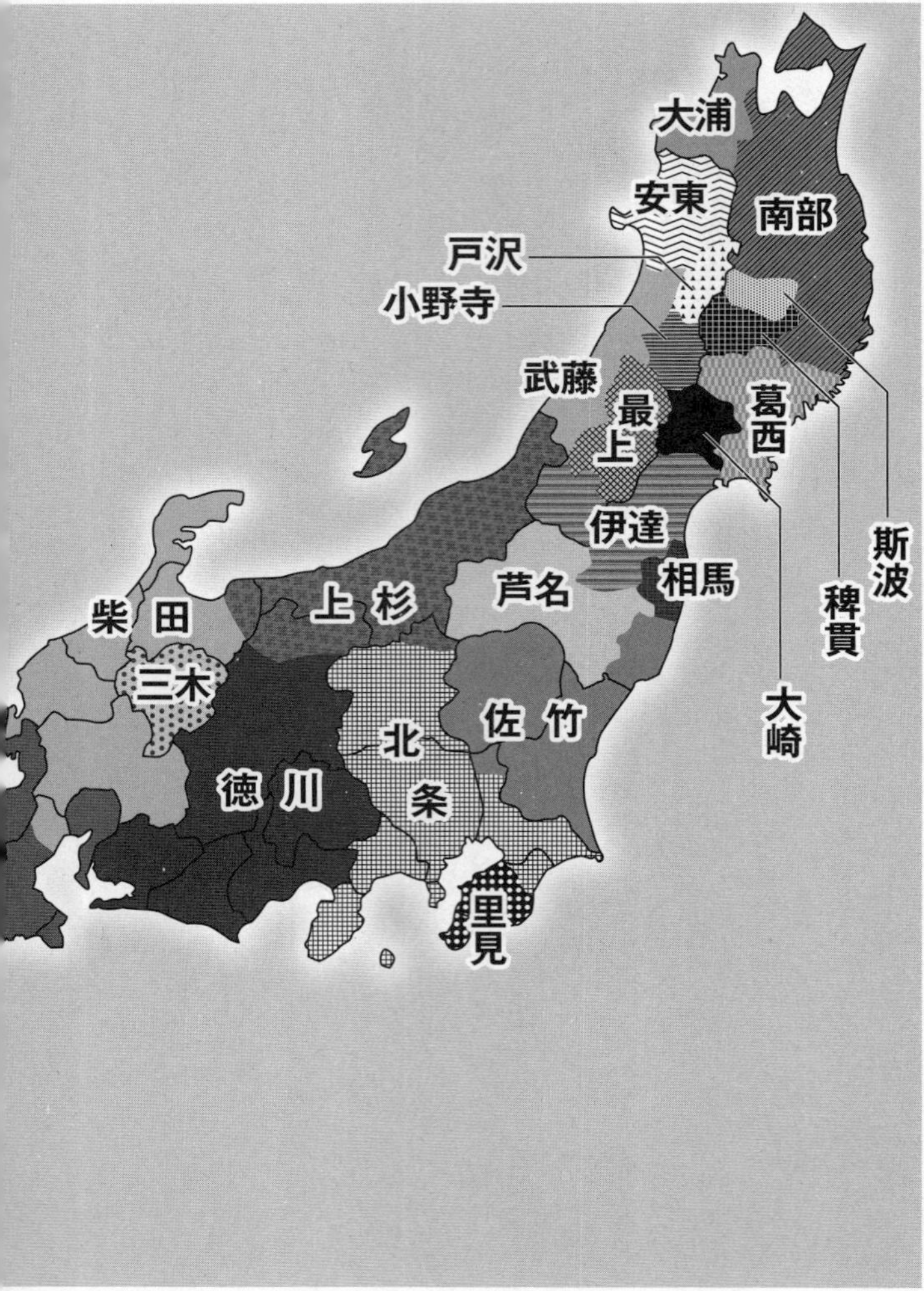
大浦
安東
南部
戸沢
小野寺
武藤
最上
葛西
伊達
相馬
芦名
上杉
柴田
三木
佐竹
北条
徳川
里見
斯波
稗貫
大崎

天正十(1582)年 勢力図

賤ヶ岳の戦い関係図
北ノ庄城
柴田勝家
越前
府中城
前田利家
美濃
岐阜城
織田信孝
賤ヶ岳
長浜城
柴田勝豊
大垣城
琵琶湖
尾張
清洲城
長島城
滝川一益
近江
伊勢
伊勢湾

諏訪《すわ》の水

1

望月誠之助《もちづきせいのすけ》は馬で甲府《こうふ》から諏訪《すわ》への道をたどっていた。

本能寺《ほんのうじ》の変で織田信長《おだのぶなが》が横死《おうし》してからまだ一月《ひとつき》と経《た》っていない。

その間、この地方は乱れに乱れていた。そもそも武田信玄《たけだしんげん》がこの諏訪をわがものとしてから、かつては諏訪者として独立の気概《きがい》に富んでいた人々も、忠実な態度で武田家に仕《つか》えていた。諏訪家の血を引く武田四郎勝頼《しろうかつより》が武田家の当主となったことも、その理由のひとつかもしれない。

その武田家は、織田信長によって滅《ほろ》ぼされ、勝頼は自刃《じじん》に追い込まれ滅亡した。それがこの春のことである。

そのときに誰もが、これで織田信長の天下は固まったと思った。織田信長が生前最も恐れていたのが、武田家であることは誰もが知っていた。

信玄亡《な》きあと信長は、長篠《ながしの》の合戦で武田軍をほとんど壊滅状態に追い込んだが、それでも甲斐《かい》に侵攻しようとはしなかった。七年もの間、武田家が自《みずか》ら傷つき衰《おとろ》えるのをじっくり待ち、そのあとようやく兵を起こして攻め入ったのである。それも自分たちだけではなく、徳川《とくがわ》軍と北条《ほうじょう》軍と呼応しての、まさに万全を期しての甲斐攻めであった。

このとき先鋒《せんぽう》の大将として最も活躍したのは、信長の嫡男、岐阜中将信忠《ぎふちゅうじょうのぶただ》である。信忠には川尻秀隆《かわじりひでたか》という老練の武者《むしゃ》がついており、いわば家老格として信忠を支《ささ》えていた。

誠之助も武田家の事情に詳《くわ》しいということから、本来は信長の直臣《じきしん》であったが、信忠の寄騎《よりき》というかたちで、この武田征伐《せいばつ》に加わった。

武田家の最期は、実に惨《みじ》めなものであった。

譜代《ふだい》の家来が次々と離反し、自害の寸前には、武田勝頼の周《まわ》りには女子供がほとんどという状況であった。しかし、そのとき誰が予想したであろう。その武田征伐を指揮した総大将の信長、そして先鋒大将を務《つと》めた嫡男信忠、その補佐をした川尻秀隆、この三人が六月一日から二十日にかけてのわずかの間に、三人ともこの世から消えたのである。

信長は本能寺で討たれ、信忠は近くの二条《にじょう》御所に籠《こ》もって防戦したが、これも反乱を起こした明智光秀《あけちみつひで》に討《う》ち取られた。そして、その報を聞き、信長がこの世からいなくなったことに驚喜した甲斐国の人々は、川尻秀隆の圧政を覆《くつがえ》すために立ち上がり、川尻を捕らえなぶり殺しにした。

もっとも、それだからこそ誠之助は助かったと言える。誠之助は言うまでもなく織田家の家臣だが、武田信玄の五女であり、そしてかつては信忠と婚約を交わしていた松《まつ》姫を逃がすために味方を裏切るかたちとなった。そのために牢獄《ろうごく》に閉じこめられていたのである。

だが、本能寺の変のあと、なにもかも変わった。

織田家の覇権はあっという間にこの世から消え、未曾有《みぞう》の混乱が始まったのである。

誠之助はそんな中、故郷に戻って一度己《おのれ》の道を考え直そうと思っていた。

故郷に戻るのは二十数年ぶりのことである。

誠之助の前方に馴染《なじ》みのある山河が開けてきた。

山また山の道を抜けると、茅野辺《ちのあた》りから平たい場所に出る。そして、その先にあるのは、諏訪大社の前宮《まえみや》であった。

諏訪大社は本宮《ほんみや》の他に春宮《はるみや》、秋宮《あきみや》、そしてこの前宮と四つあるが、甲斐方面から北上してきた人間にとっては、この前宮が諏訪の入り口になる。

誠之助は社頭に来ると馬を下り、そして、鳥居をくぐった。思えば、この前宮に参拝するのは、三十年ぶりのことである。社殿は少し階段を上ったところにあった。周囲には大きな木の柱が建てられている。六年に一度行なう、御柱《おんばしら》祭《まつり》で使うものだ。

誠之助は社頭で拍手《かしわで》を打って無心に祈った。

何を望むとか、何を求めるということではない。自分はこれから何を目標にどう生きていくのが正しいのか、その道を見つけたいと思ったのである。

階段を下り、誠之助の目は、山の上から迸《ほとばし》るように流れてくる清冽《せいれつ》な水に留《と》まった。思わずそこへ歩み寄り、跪《ひざまず》いて水を飲んだ。

(諏訪の水だ)

誠之助はその味を憶《おぼ》えていた。

やはり、生まれたところだからだろうか、いや、それだけではない。この諏訪の水の清冽さ、そしてその奥にある微妙な味わいは、他の土地では絶対に味わえないものである。

長年忘れてきた諏訪の水の味を思い出し、誠之助はしばし呆然《ぼうぜん》とした。

だが、若い頃から戦場を駆けめぐって三十数年、誠之助には武者としての、まさに野獣のような勘も備《そな》わっていた。

戦《いくさ》の起こるときはどこに危険があるのか、本能で読めるようになっていたし、またその戦いの中で自分の身に危険が迫ったとき、それを感知する力も備わっていたのである。

そのときもそうだった。

誠之助は思わず身をかわした。

すると、寸前まで自分がいたところに、大身《おおみ》の槍が繰《く》り出されるのがわかった。

「何者だ、もの取りか」

誠之助は思わず振り返り、腰の刀に手をかけた。

槍を繰り出したのは、ひとかどの武者《むしゃ》と思える男であった。四十から五十にさしかかろうという年齢だろうか。誠之助はその顔に記憶があった。

「もしや、新六郎《しんろくろう》殿ではあるまいか」

「憶えていたか、望月誠之助」

男は諏訪家の傍流《ぼうりゅう》で、今はその名跡《みょうせき》を伝えている諏訪新六郎頼忠《よりただ》であった。

武田家の侵略の後、諏訪総領家の棟梁《とうりょう》、諏訪頼重《よりしげ》は武田信玄によって騙《だま》し討ちのかたちで切腹に追い込まれ、その娘、美紗《みさ》姫は信玄の側室となり四郎勝頼を産んだ。そのときに諏訪者たちは、誠之助のように征服者の武田信玄を主人と認めず出奔《しゅっぽん》したものもいれば、地元に残り武田家の家臣として生きる道を選んだものもいた。新六郎は後者の道を選んでいた。

かつて誠之助は、村上義清《むらかみよしきよ》の侍大将を務めていたころ、この新六郎と戦場でまみえたことがある。

「不意打ちとは卑怯《ひきょう》ではないか」

誠之助はなじった。

「何が卑怯だ。お前は諏訪の裏切り者ではないか」

「裏切り者とは片腹痛い。そもそも武田がこの国を攻めたとき、諏訪と武田は敵同士であったはず」

「だからおぬしは、織田家に仕えたというのか」

新六郎の答えに誠之助は驚いたような顔をした。

「一瞥《いちべつ》以来だな」

「知らぬと思ったか。おぬしが岐阜中将信忠の家臣として武田攻めに当たり、様々な働きをしたということは耳に入っておるぞ」

「そうだ、それはその通りだ。わしは武田家を滅ぼすことに己の命を賭《か》けていた」

「そのためになら、諏訪の御社《おやしろ》を焼いてもいいというのか」

誠之助ははっとした。そういえば思い出した。織田軍が武田征伐《せいばつ》のためにこの地に怒濤《どとう》のごとく攻め入ったときに信忠軍は、当時は武田軍の信仰の対象ともなっていた諏訪大社本宮を焼き討ちしたのである。諏訪者の心のよりどころでもある大社が焼き討ちされたことは、誠之助にとっても心の痛みを覚える出来事であった。

「そうか、おぬしはわしが信忠公に本宮を焼けと進言したとでも思ったのか」

「そうではないのか」

槍を持って新六郎が詰め寄った。

誠之助は首を振って、

「国を捨てたとはいえ、わしも諏訪者だ。何十年ぶりに帰ってまず何をしたか。この前宮に参拝しておる。もし、火をかけろなどと信忠公をそそのかした身であれば、神罰が怖くてこんなところには来れまい。おぬし、そうは思わぬか」

それを聞いて新六郎の瞳から警戒の色が消えた。新六郎は構えていた槍を下ろした。

「わかってくれたか」

誠之助の問いに新六郎は頷《うなず》いた。

「そのことはわかった。だが、おぬしこの地に何をしに来たのだ」

「何をすると言ってあてはない。おぬしも承知のごとく、織田信長、信忠の親子は御《お》二方《ふたかた》ともこの世から消えた。わしも年来の夢であった武田家滅亡をこの目で見届けた。

さて、これからどう生きるべきか。諏訪者としてはやはりこの地に戻って、神前で考えてみたいと思ったのだ」

「なるほどな。では、わしのところに来ぬか」

新六郎は一歩前に出た。

「おぬしのところに？」

「こう見えても、今は諏訪家の総領だ。諏訪家再興のためには一人でも諏訪者の力が欲しいところだ」

「なるほど、それは良い話だ。だが、わしも身の振り方を考えてみたい。しばらく一人にしておいてくれぬか」

「泊まるところはあるのか」

「さてな、この辺りの百姓家にでもなんでも借りればいいではないか。路銀はある」

「そうか。ならば本宮近くの里でわしの名を言えばよい。そうすればどこでも泊めてくれるだろう」

新六郎の言葉に誠之助は一礼し、その場を去った。

2

久しぶりに諏訪の湖を見た誠之助は、その足で近くの百姓家に宿を取った。

そして、毎日昼になると諏訪の本宮の焼け跡《あと》まで行き、一刻《いっとき》（二時間）ほど過ごした。

だが、毎日ここに出かけてくるのには理由がある。通いだしてから、六日目の昼に誠之助はその目的を果たした。喜三太《きさんた》である。

誠之助の初めての家来であり、十年以上もの間、陰日向《かげひなた》なく仕えてくれた喜三太とここで落ち合うことになっていた。

誠之助が松姫を救おうとしたとき、喜三太も一緒にいたため、二人とも一度は牢に繋《つな》がれたが、本能寺の変のあと、武田残党の反乱によって川尻は殺され、そのどさくさに紛《まぎ》れて喜三太も牢を脱出していたのである。

誠之助は故郷諏訪に向かうに当たって、岐阜に残していた妻冬《ふゆ》と、一子小太郎《こたろう》の様子を見てくるように喜三太に命令しておいたのだった。そして落ち合う場所が、この諏訪本宮であった。

「無事であったか」

「はい。いろいろと難儀もございましたが、なんとか戻って参りました」

「苦労であった。で、岐阜の様子はどうだ」

「はい」

喜三太は語り始めた。

何しろ岐阜城の城主であり、美濃《みの》の国主でもあり、次期織田政権の後継者に定められていた織田信忠がこの世を去ってしまったために、岐阜に残された人々は大混乱を来《きた》していた。

彼らにしてみれば、一瞬にして主君がいなくなってしまったのである。こんな奇妙な事態になった家臣は、この戦国の世でも極めて異例であるに違いない。大会戦を行ないその結果、武田のように家が滅びるというのなら話はわかるが、信忠の場合、京へ引き連れていったのは主力の一部、三千人だけであり、残りの数万の兵および家臣は、城下町である岐阜の町に残されたままなのである。

「まず、ご主人様のご無事をお伝えしました。奥方様は大変喜んでおられ、一刻も早くお帰りくださるようにとの御伝言でございます」

「小太郎には何事もないか」

「お健《すこ》やかにお育ちで、何の支障もございません。ただ岐阜の城下は、様々な流言《りゆうげん》蜚語《ひご》が飛び交い、人心《じんしん》平《たい》らかならず、みな必死に明日のことを考えているという様子でございました」

「何か上のほうから達しはあったのか？」

「はい。御留守居《おるすい》役の御家老、斎藤玄蕃允《さいとうげんばのじよう》様から、しばらくは様子を見なければならぬ故《ゆえ》、構えて軽挙妄動《けいきよもうどう》致すなというご指示がありました。奥方様はしばらく様子をみるつもりだが、もし岐阜に変事が出来《しゆつたい》するようであれば、実家の伊勢《いせ》に一度戻ることも考えなければ、と仰《おお》せでございました」

「そうか。舅《しゆうと》殿のところへ行くか。それもよいかもしれぬ」

　妻冬の父親は、伊勢の豪族で木造具政《こづくりともまさ》という。木造家は早くから織田に仕えている。特に、織田信長の次男信雄《のぶかつ》は、土地の守護大名である名門北畠《きたばたけ》の養子となってその跡を継ぎ、そして結局、織田家が北畠家を乗っ取るかたちで伊勢を治めているのである。具政はその信雄の家老を務めている。

「信長様も信忠様も共に亡くなられた、ということは、織田家の家督《かとく》はどうなるのだ。順当に行けば、次男の信雄様がお継ぎになるのかな」

誠之助は呟くように言った。

喜三太は首を振り、

「その件につきましては、まだ何とも。何しろ逆賊明智光秀が今だに京の都でのさばっているという有様でございますから。まずそれを討ってから、ということになるのではないでしょうか」

「信雄様は御出陣あそばされるのか」

「それがまだ、そのような話は聞いておりません。ご主人様、これからいったい、世の中はどうなるのでしょう」

「わしにもわからん。ただ、ひとつ言えるのは、明智光秀はもう保《も》つまいということよ。主人をあのようなかたちで騙し討ちにした逆賊が、長きに亘《わた》って栄えるわけがない。問題は、それを誰が討つかということだな」

誠之助は近くに落ちていた枯れ枝を取ると、地面に日本の中央部の地図を描き始めた。

「この真ん中が京だ。この京の都に明智光秀はいる。織田家の家臣は、まず西に羽柴《はしば》秀吉《ひでよし》殿、北に柴田勝家《しばたかついえ》殿。そして東には滝川一益《たきがわかずます》殿がおられる。この三者のうちのいずれかが中央に戻り、そして、明智を討たねばならぬ。討てば恐らく、そのものは織田家筆頭の家臣となって、明日の天下を語るものの一人となるだろう」

「では、どなたが戻られますか？」

喜三太が聞いた。

「それは難しいのう。まず羽柴殿だが、西で毛利《もうり》の大軍と対峙《たいじ》しておる。本能寺の悲報は恐らく毛利方にも伝わったであろう。そうすれば毛利方は勇気百倍、なかなか羽柴殿を京へやろうとはせぬだろう」

「では、柴田殿はいかがです」

「柴田殿は上杉《うえすぎ》という大敵と対峙しておる。この上杉がなかなかしぶとい。いくら弔《とむら》い合戦とはいえ、なかなか動けまいのう」

「では、滝川様が？」

「うん、彦右衛門《ひこえもん》殿か」

と、誠之助は親しみを込めた通称で呼んだ。

滝川一益は、今度の武田征伐に川尻秀隆などと並ぶ功を上げたことが評価され、関東の上野国《こうずけのくに》を褒美《ほうび》として賜《たまわ》り、そちらに赴任《ふにん》していた。関東管領《かんれい》という肩書きももらったという。

滝川一益と言えば、信長麾下《きか》では羽柴秀吉、柴田勝家に勝《まさ》るとも劣らぬ実力を持つ男である。特に鉄砲隊の使い方は、神業《かみわざ》と言えるほどの名人だ。ただ問題は、柴田、羽柴の両人と比《くら》べて、まだ現地に赴任したばかりということである。

何しろ、新領地に赴任して二月《ふたつき》も経っていないのだ。そのわずかな期間中に、上野国の諸将を承服させ、そして留守を守らせた上で反転し、京へ大軍を差し向けることができるであろうか。

ひとつ気になるのは、北条勢の動きである。武田征伐においては、北条と同盟が成り、織田軍と北条軍が東西から攻め寄せるかたちで武田家を滅ぼした。

なぜ武田と北条が断交してしまったのかといえば、それは勝頼の失政によるものなのだが、それにしても、もともとは北条は関東を治めることに極めて深く固執《こしつ》している一族である。生前の上杉謙信《けんしん》と戦い続けたのも、上杉謙信が上杉憲政《のりまさ》から関東管領の職を受け継ぎ、関東を自分の力で治めることを希望したのに対し、一介《いっかい》の旅浪人から叩《たた》き上げ、実力で関東の覇王《はおう》となった北条氏は、それが受け入れられなかったために、双方大きな争いとなったのだ。

　それが今度新任の、それも関東管領という肩書きを持って赴任していった一益が、信長という大きな後ろ盾《うしろだて》を失ったと北条氏が知ったとき、そのまま放っておくであろうか。

（まさか火事場泥棒のように彦右衛門殿を攻めはすまいな）

　誠之助は友の顔を思い浮かべた。

　本能寺の変は、一益にとっても生涯の大事件、難事なのである。

3

　誠之助が甲斐で九死に一生を得た、少し前の頃、関東管領滝川左近将監《さこんのしょうげん》一益は、上州厩橋《まやばし》城にあった。

　信長からこの地を拝領し、厩橋城に入ったのが、三月二十五日のことである。一益は直《ただ》ちに、周辺の国人《こくじん》城主に対して、ごく穏《おだ》やかにその服属を促《うなが》し、そして戦にまったく及ぶことなく諸将から人質を取って、その支配体制を固めつつあった。

　ところが、本能寺の変で信長が死んだことを知った北条氏政《うじまさ》は、直ちに大軍を催《もよお》して厩橋城に向かわせた。その情報を察知した一益は、しばし迷った。

（このことを知らせた上で諸将の判断に任《まか》せるべきか。それとも、あくまで隠し通すべきか）

隠しておきたいところではあったが、やはりそれは無理であった。あれほどの大事件である。すでに北条もその情報を把握しているとなれば、恐らく、巷《ちまた》に噂《うわさ》として広がるのも、それほど時間はかかるまい。むしろ、知っていて騙したということになると、今後の信頼関係が損《そこ》なわれると一益は考えた。

そこで一益は、ほんの二月前に集めたばかりの領内の国人城主たちを、再び呼び寄せた。そして、訝《いぶか》しげな顔で集まってきた諸将の前で、おもむろに口を開いた。

「まことにお伝えしたくないほどのことなのだが、この六月一日の夜、我が主君織田信長公は、逆臣明智光秀の反乱に遭《あ》い、京の本能寺に於《お》いてあえない最期を遂《と》げられた。尚《なお》、御嫡男の岐阜中将信忠様も二条御所にて明智勢の猛攻を受け、御討ち死にされた。このこといずれ貴公らの耳に入ることではあると思うが、とりあえずお知らせしておく」

一益の思いがけぬ言葉に、一同は水を打ったように静かになった。

そして、ややあって、みなが口々に騒ぎ始めた。いったいどうなるのだという不安である。

「お静かに」

一益は手を挙《あ》げると、

「もうひとつ、嫌な知らせがござる。この、まさに織田家にとっては、これ以上にない大難《たいなん》出来を知った北条家では、われらを討つべく大軍を催し、その軍勢はすでにこちらに向かって出発したという知らせでござる」

それを聞いてまた、多くの人々が騒ぎ始めた。

再び一益はそれを抑《おさ》えて、

「わしは一刻も早く軍勢を率いて京へ上り、大恩《たいおん》ある信長様の仇《かたき》を討ちたいと思う。だがそのために、おのおの方を犠牲にするわけには参らぬ。これはわしの命令ではない。頼みじゃ、きいてほしい」

「それはいったいなんでござる」

一同を代表して、最古参である倉賀野《くらがの》城主金井秀景《かないひでかげ》が進み出た。

「われらが西へ向かうためには、まず北条の大軍を蹴《け》散らさねばならぬ。もし、首尾《しゅび》よく北条の大軍を追い払い、そして京へ上って信長公の御仇《おんかたき》を討つことができれば、この一益、再びこの地に帰ってきたときには、皆様に厚く恩返しをしたいと考えておる。

どうだ。わしに味方してくれぬか」

「味方してくれぬかとは情《なさ》けない。我々はいつでも左近将監様のために戦う覚悟はできております。――のう、皆の者」

秀景の言葉に一同は口々に頷いた。

正直なところ、大軍の力を以《もっ》て諸領主を圧迫する北条には多くの国人たちが反感を抱《いだ》いていた。織田家の先鋒大将として滝川一益が来てくれたことにより、そうした不幸な状態から脱出できると歓迎していた者も多いのである。

一益は立ち上がり深く一礼した。

「かたじけない。御一同のお言葉、涙が出るほど嬉しい。必ずお約束申す。この一益、北条を倒し、憎《に》っくき光秀めを討った後は、厚く皆様にご恩返しをさせていただく。これをお誓い申す」

一同から歓声が上がった。一益の目には涙が浮かんでいた。

諸将が引き上げると、一益は数人の家来を引き連れ、近くの神流《かんな》川の河原に向かった。大軍が雌雄《しゆう》を決する場としては、この神流川の辺りが一番なのである。恐らく、川を挟んでの戦いになる。一益はそう読んでいた。

このところ、焼け付くような暑さが続いていた。汗だくになった体を河原の涼風にさらし、一益は馬上から辺りを見物していた。

彼方《かなた》に、ちょうど仏の三尊《さんぞん》のような三つの頂《いただき》を持つ山がある。赤城《あかぎ》山であった。そしてその反対側には、まるで富士のような極めて形のいい白い山が聳《そび》えている。それが浅間《あさま》山であった。

景色だけを見ていると、とてもここが近い将来血腥《なまぐさ》い戦場になるとは思えなかった。

だが、その時は近づいている。

（北条め、人の弱みにつけ込みよって。恐らく、かさにかかって攻めてくるに違いない）

一益は馬上から河原を見下ろし、敵の大軍を迎え撃《う》つ陣構えを考えていた。

一応、その腹案ができると、すぐに城に戻ることにした。ただ、途中あまりに暑く、喉《のど》の渇《かわ》きを覚えたので、一益は通り道にある寺に入った。

そこで茶を所望し、渇いた喉を潤《うるお》すと、今度は尿意を覚えて、厠《かわや》へ向かった。

一益が厠で一人用を足しているとき、突然、鈴を転がすような女の声がした。

「のんびりしているねぇ。あんたこの戦は負けるよ」

「何者！」

一益は太刀《たち》を取ってあわてて振り返った。

もちろん、そこには誰もいない。

「何者だ、姿を現わせ」

厠から出て辺りを見回した一益の目に、庭の池の脇に立っている巫女《みこ》姿の女が見えた。若く美しく、まるでこの世の者とは思われぬほどであった。

「何者だ」

一益は、敢《あ》えてもう一度誰何《すいか》した。

女はとろけるような微笑を浮かべると、

「冷たいねぇ、彦右衛門。この顔を見忘れたの？」

と、笑顔だが睨《にら》み付けるようにして言った。

「なにっ？」

一益は記憶を手繰《たぐ》った。自分を彦右衛門と呼ぶならば、若い頃からの知人だろうか。そして、若い頃という言葉が頭の隅をよぎったとき、その顔に驚きが走った。

「まさか、おぬし、千代《ちよ》」

一益の言葉に女は笑みを深くした。

「そうさ、私を忘れるなんて情《じょう》のない男だね」

と目の前の女は言った。

一益は、しかし自ら首を振った。

「いや、千代のはずがない、もし千代ならおぬしは――」

「五十を過ぎていると言うのかい」

女は嫣然《えんぜん》と笑った。

一益は頷いて、

「そうだ、わしの知っている千代という女はわしより三つ年下じゃったはず。ならばもう五十は越えているはず。だがおぬしは」

そこで一益はまた言葉を飲み込んだ。

目の前にいる女はどう見ても三十に満たない若い女としか見えないのである。

女はそれを聞くと、近くにある桜の木の幹《みき》に右手を当てて言った。

「わしはお前を好《す》いておる。なにがあっても添い遂《と》げようぞ」

そう言って女は再び一益を見て微笑《ほほえ》んだ。

（間違いない、千代だ）

一益は確かにその言葉を口にした。もう四十年以上も前のことである。

一益は山深い甲賀《こうが》の国に生まれた。

元々滝川家は甲賀の地侍《じざむらい》の一家で、俗に言う忍術を家の技《わざ》として伝える家柄であった。その中でも滝川家は上忍《じょうにん》であり、ゆくゆくはこの辺りの二、三の村を治め、忍びとしての技を他国の大名に売る、そうした家の棟梁となる身分であった。滝川家の近くにある遠縁の望月家の娘だったのがこの女だ。千代と言った。利発な、そして美しい娘で、一益のいいなずけと定められていた。

親が決めた婚約ではあったが、一益はこの娘を愛していた。いつか夫婦《めおと》になる日を楽しみにしていたのである。

だがそこに一つの事件が起こった。

前々からこの娘に横恋慕《よこれんぼ》していた隣村の名主の息子某が、ある夜、千代に夜這《ば》いをかけようとしたところを一益が見つけ、喧嘩《けんか》口論の挙句《あげく》に斬り捨ててしまったのである。

いかに相手に非のあることとはいえ、夜這いに向かうためにほとんど丸腰だった男を斬って捨てたのはまずかった。猛烈な抗議があり、また、地侍たちの寄り合いでも何らかの処罰を下すべきだという話になった。

そして何よりも一益の父が激怒した。

丸腰の相手を抑《おさ》えきれないようなふがいない男に、この滝川家を継がすわけにはいかぬと、一益を廃嫡《はいちゃく》処分にしたのである。

今にして思えば、それは一益に反省を促《うなが》すためであって、ほとぼりが冷めたら呼び戻すつもりだったのであろうが、若い一益はそんなものの道理もわからなかった。

怒って村を飛び出した。思い起こせば十九歳の時である。

それから諸国を放浪したが、織田信長という尾張《おわり》国の大将が、他国者もその才によって優遇し、また身分は問わないということを聞きつけ、自ら信長に売り込み、その家臣となったのだ。

一益は鉄砲の達人であった。一益が若い頃は、鉄砲を撃てる侍自体が珍しく、また火薬の調合やよい鉄砲を見分ける鑑識眼を持っていた侍はほとんどいなかった。信長はそこを見込んだのである。

そして忍びとしての訓練を受けていた一益は、謀略諜報活動がことのほか得意であった。

そこで信長はますます一益のことを気に入り、織田家の重要な攻略戦の一つである伊勢国の攻略をほとんど一益一人に任せた。一益もこの期待によく応《こた》え、最終的には信長の次男信雄を本来の伊勢の領主である北畠家に婿養子のかたちで入らせ、そして、まんまと伊勢国と北畠家をのっとるという大手柄を立てた。また同じく伊勢に巣食っていた一向一揆《いっこういっき》の討伐にも一益は大活躍した。

そこで信長は、最終的には羽柴秀吉、柴田勝家に並ぶものとして、いわば織田家のために関東を切り取るという大役を一益に与えたのであった。

そして一益は信長から、関東管領という晴れがましい肩書きを与えられ、この上野国にやってきた。この間四十年の月日が流れている。

「だがおぬし、その若さはなんとしたことだ。まだ信じられぬ」

一益はまだ完全には信じられなかった。

「忍びの術は人の目をくらます術。女にとってそれは化粧であり、若返りの術なのさ。それにしても、あんた私のことを知ってたかい」

「知っておったかと、それはどういう意味じゃ」

「じゃあ何も知らないんだね。織田家四天王の一人と言われたあんたが、私のことを知らないなんぞはいったいどうしたのかね、焼きが回ったというか」

「おぬしは何をしておったのだ」

「あんたの耳にも入っていただろ。武田家の忍び集団の一つに、諸国に散って様々なことを調べあげる歩き巫女《みこ》たちがいたことを。その棟梁の名を何と言う?」

歩き巫女とは、いわゆる巫女の形《なり》をし、祈禱《きとう》を表の稼業としながら裏に回っては売春などもして男たちを楽しませる商売である。そういう面もあるから、歩き巫女は美貌の若い娘がつとめることが多かった。

そして一益は、武田信玄がそういった女たちを地方を探る隠密集団として使っていたことを知っていた。その棟梁は確か――、

「望月千代女《ちよじよ》。まさかおぬし」

「そのまさかさ。私が望月千代女だよ」

一益は驚いた。自分のいいなずけで、そして花《はな》も恥じらう乙女《おとめ》であった頃の千代と、武田忍群の一角を占《し》める歩き巫女集団の棟梁望月千代女の印象がどうしても結びつかないのである。

「女は変わるものさ」

千代女は、自分の巫女の衣装の袖《そで》をひらひらさせながら言った。

「甲賀者のおぬしがなぜ武田の忍びの頭《かしら》をつとめる」

「あんたが喧嘩なんかするからじゃないか。喧嘩して、あたしを捨てて、他国に行っ

ちまったからさ。その後あたしは望まれて、この信濃《しなの》の国の望月城の主のもとへ嫁に行ったのさ。もっともその望月は、直前に信玄様に滅《ほろ》ぼされて、望月とは名ばかりの、信玄公の血筋を引くお方になっていたけれどもね」

と、千代女は語り始めた。

そう言われてみると、一益にも思いあたる節があった。

「そうか、確かそのニセ望月殿もすぐに亡くなったのだな」

「そう、その通りだよ。そこであたしは後家となった。身の振り方に困っていたあたしに信玄公は、どうだ、わしの目と耳になってくれぬかとおっしゃったのさ。元々あたしだって忍びなんだ。それに、他国に来て若後家暮らしを何年も続ける気もない。そこで歩き巫女たちを仕込んで信玄様の目と耳にする、それが生きがいとなったのさ。そのときに人はあたしを千代女と呼ぶようになった」

「そうか、おぬしも苦労したのだな」

しみじみとした口調で一益が言うと、千代女はいきなり笑い出し、

「ああおかしい、あんたがそんなことを言うとは思わなかった。とにかくあたしの苦労はあんたの短気がもとなんだけどね」

「その武田をわしが滅ぼしたわけか」

一益は、感に堪《た》えぬように言った。

「そうだよ、あんたのおかげであたしは散々さ。もっともご先代はともかく、当代の勝頼様は、からっきし忍びには理解のないお人でね」

それを聞いて一益も苦笑した。勝頼という男は勇猛ばかりの、表《おもて》しかない男である。その父信玄が旗印とした「風林火山」。疾《はや》きこと風のごとく静かなること林のごとくの名文句がある中国の兵法書『孫子《そんし》』には「用間編《ようかん》」、つまり隠密をいかにして用《もち》い、そしていかにして敵を倒すかという章がある。明らかに孫子はその重要性を知っていた。当然その『孫子』を愛読した信玄も知っていただろう。だが勝頼にはそれを尊重する気持ちはまるでなかった。

「そうか、勝頼殿のもとでは苦労しただろうな。おそらくろくに費用も出さなかったであろう」

「それはそうさ、だけどあたしたちは一つ大きな手柄を立てたよ」

「手柄とはなんだ」

「あんたも知ってるだろう、徳川家康《とくがわいえやす》の息子、岡崎三郎信康《おかざきさぶろうのぶやす》」

「ああ、切腹した信康殿だな」

「あいつを切腹に追い込んだのは、あたしたちさ」

千代女はこともなげに言った。

「なんと、おぬしらか」

一益は驚いたが、だがそれは本当の話だとも確信した。あれは武田の謀略であったのだ、それは確かだ。

武田の密偵が、家康の片腕である長男信康が守る岡崎城の大奥に入り込み、信康の母で家康の御台所《みだいどころ》である築山殿《つきやまどの》を籠絡《ろうらく》し、そして武田家へ寝返るという約束をさせたのだ。もちろんそれは築山殿だけのことであった。築山殿は、信康は自分が腹を痛めて産んだ子だから、必ず自分の言うことをきかせると言ったが、信康は応じなかった。

そしてそのことが、信康の御台所となっていた織田信長の娘五徳《ごとく》御前から信長に知らされた。

激怒した信長は、ちょうど信長のもとを訪れていた家康の家老酒井忠次《さかいただつぐ》に対し、このような知らせが来ているが事実かどうかと問いただした。ここにおいての不幸は、酒井忠次は若殿の信康と反りが合わなかったということだ。

信康は、もう一人の家老である石川康正《いしかわやすまさ》のほうと昵懇《じっこん》であり、そのために忠次は信康に対して大きな反感をいだいていたのである。そこで忠次は心の赴《おもむ》くままに信長の疑いを肯定した。

「確かに拙者《せっしゃ》の耳にも入っております。このこと事実に相違《そうい》ござらん」

筆頭家老がそのように断言したものだから信長も、

「それではやむを得ぬな。速《すみ》やかに処置するよう三河《みかわ》殿に伝えよ」

ということになった。

その結果、家康の命令で築山殿は討ち取られ、信康は切腹に追い込まれるという惨《さん》憺《たん》たることとなった。

千代女はそれを自分の功績だと言う。

しかしその事件は信玄が亡《な》くなり、勝頼に代替わりした後に起こった事件でもある。一益はその点をたずねた。

千代女は頷いて、

「そう。だからさ、金《かね》が出なくて大変だったんだよ。もっとたくさん金を出してもらえば、さらに織田と徳川を手切れに追いこめたのにね。あれは今でも悔いが残って仕方がない」

千代女は心の底から口惜《くや》しそうな表情を見せた。

「だが、それにしても見事なものだ。いわば敵の副将をこちらの血は一滴も流さずに討ち取ったわけだからな。やはり女というものは恐ろしい」

一益が言うと、千代女は再び笑って、

「それを言うなら調略だろう。それにしてもあんた、こんなところで昔話をしている場合じゃないよ」

「なんだ、北条がこちらに向かっていることは知っておる」

「そうじゃない、あたしの言いたいのは、羽柴筑前《ちくぜん》が全軍を率いて姫路《ひめじ》の城に入ったということさ」

「なにっ！」

一益は目を丸くした。

「馬鹿な、そんなはずはない」

それはあり得なかった。織田家の筆頭大将とも言うべき羽柴筑前守秀吉は、中国路にある。信長から毛利討伐を任された秀吉は、今は数万の大軍を率いて、毛利とにらみ合っているはずだ。

たしか備中《びっちゅう》の高松《たかまつ》城を攻めていると一益は聞いていた。

そしてこの本能寺の変の報はおそらく毛利方にも届いているはずだから、秀吉は毛利にからまれ、退《ひ》くに退けない状況になっているはずである。ちょうど今の一益のように。それなのに全軍を率いて本拠地の姫路へ戻るなどということができるはずがない。

「それができたのさ。秀吉っていう男はたいしたやつだね。毛利方に本能寺の知らせが届く前にさっさと講和を結んで引き返してしまったんだ。秀吉は今力を蓄《たくわ》えている。すぐさま京に上って明智光秀を討つつもりだよ」

「それはまことのことなのか」

「あたしが築いた忍びの網が知らせてきたのさ」

「忍びの網？」

「そう、何か重要なことが起こったとき、それが遠国《おんごく》でも四日、近国なら二日で届くような手配《てくば》りをしている。それが我ら望月衆の誇りでもある」

「望月衆？　それは何だ」

「あたしの作った忍びの集まり。あたしは亡くなった亭主のようなニセ望月じゃない。望月と言えば甲賀が正統。その宗家の血を引く者だよ」

「そうか」

一益は一瞬親しい友、望月誠之助の顔を思い浮かべた。確か誠之助と初めて会ったとき、一益は我らは同族じゃと呼びかけたのである。

確かに、甲賀の望月も諏訪の望月も発祥は一つである。どうやら古い時代に甲賀の方から信濃に移住した望月一族が、後に全国にその名を知られる望月の牧《まき》を作ったらしい。

牧とは牧場のことで、信濃甲斐あたりの騎馬武者が使う馬は、元はといえばほとんどそこで生まれ、作られたものだ。

騎馬隊を主要な攻撃部隊とする信玄にとっても、望月の牧を手に入れたことは大きかったはずである。

(すると馬か、あるいは船か、思いもよらぬ方法で変報を伝える手配りをしておるのかもしれん)

一益は、羽柴秀吉の動向が気になった。

「筑前は今どこにおると?」

「四日前までは姫路にいた。今頃どうだろう。ひょっとしたら明智光秀を討ち取っているかもしれない」

「馬鹿な、姫路から四日で、京へ行くだけでも大変なのに、勝ちに乗った明智をそうやすやすと倒せるか」

一益はそんなことは有り得ないと思った。

「そこがあんたの甘いところさ。大体普通なら、一滴の血も流さないまま軍勢を姫路に引き上げるなんてことはできやしない。でも、それをあいつはやったんだよ。あいつはついてる、強運だ。ついている男には気をつけたほうがいいよ」

「おぬしはそれを言いに来てくれたのか」

「それもある」

千代女は笑った。

「――それだけじゃない、昔あたしを妻にしようとした、そしてあたしも惚《ほ》れた男。そしてつまらぬ喧嘩であたしを置き去りにした男。それがこれからどんな死に様《ざま》を見せるのか、見ておきたいと思ったのさ」

「なんだと」

一益は怒って刀の柄《つか》に手をかけた。

「おおや、斬るのかい、そんなよぼよぼした腰であたしを斬れやしないよ。それよりも北条に気をおつけ、なめると痛い目にあうから」

そう言うと千代女はくるりと踵《きびす》を返し、あっという間に走り去った。

(信じられん、あれが五十を越した女なのか)

一益は呆然《ぼうぜん》としていた。

「殿、いかがなされました」

配下の者が現われた。一益が厠からあまりに長い間戻って来ないので、心配して様子を見に来たのだ。

「いや、大事ない。それよりも城へ帰るぞ」

一益は寺を出て馬に乗り、一路厩橋城を目指した。

決戦・神流《かんな》川

1

滝川一益は上野国、神流川近くの御幣山《ごへいやま》古墳の墳丘上に本陣を構えた。一益の馬印《うまじるし》は金色の三つ団子《だんご》である。遠くから見ると、大きな串《くし》に刺さった三つの団子が金色に輝いているのが見える。

そして一益の本軍は三千人であった。まだかつての旧領、伊勢長島《ながしま》からの引越しも完全には終わっておらず、兵や鉄砲のうち、かなりのものが旧領に残っていた。

それも無理はない、一益は今年の春までそちらが本領であったのである。春になって織田信長の武田征伐が成功し、その中で敵将武田勝頼を自刃に追い込むという最大の手柄を立てた一益は、関東管領という名誉ある称号と、上野一国および信濃国二郡を賜《たまわ》ってからまだ三カ月もたっていないのである。

この点、並み居る織田軍の有力大将の中でも、一益は最も不利な位置に置かれていた。

織田家筆頭大将とも言うべき羽柴筑前守秀吉は、西国にあり毛利と対峙《たいじ》しているため、武田征伐には参加していない。したがって、新しい領地の加増もなかった。だがその代わりに、数年前から入部している姫路の地で、堅固な城を築き、着々と地盤を固めている。

一方、秀吉に抜かれるかたちになったとはいえ、重臣筆頭の座を争っている柴田勝家は、北陸にあり、越前《えちぜん》国で北《きた》ノ庄《しょう》城という信長の安土《あづち》城に勝《まさ》るとも劣らない巨城を築き、着々と地固めをしている。上杉景勝《かげかつ》という謙信亡き後の大勢力とは対抗せねばならないが、領土が安定しているという点では、これからいかなる手も打てる状況ではあった。

ひとり一益だけがこの地に追いやられるかたちとなり、地場を固める暇《いとま》もなく、北条の大軍と対峙することになったのである。

ただし、救いは上野国における上州武士の信義の厚さであった。

北条家の過酷な支配と侵略に飽《あ》き飽きしていた上州武士たちは、一益を救世主としてとらえ、忠誠を誓った。

信長が本能寺で横死《おうし》するという極《きわ》めて不利な状況になっても、上州武士たちは一致結束して一益の旗下《きか》で戦うことを誓ったのである。その数一万五千。両者合わせて一万八千の大軍がこの神流川を中心に集結していた。

その中で最も頼もしい味方が、上州衆の重鎮とも言える倉賀野城主金井淡路《あわじ》守秀景であった。

倉賀野城は、烏川の北寄りの位置にあり、本陣を川の中洲《なかす》に置く滝川本軍の後詰《ごづ》めをすることができる。

後詰めというのは後方基地で、ここから補給および負傷者の治療等を行なうもので、こういう城があると野戦は大変戦いやすいと言われている。

一方北条軍は、南から神流川を目指し、その手前にある金窪《かなくぼ》城に本陣を置いた。金窪城を後詰めとして、神流川に進出する気配を示した。

そうした中、一益が北条家の当主北条氏政に出した使者が戻ってきた。使者は、牧《まき》野伝蔵《のでんぞう》という一益が目をかけている滝川家譜代の若者である。

一益は本陣の床几《しょうぎ》に座り使者を引見した。

「苦労であった、して北条殿は何と申された」

「はっ」

伝蔵は一礼して顔に苦渋の表情を浮かべた。

色よい返事でないことは、一益にもわかっていた。

一益は、織田信長の弔《とむら》い合戦をせねばならぬから、しばらく軍を率いてこの地を離れる。その間、関東管領の職責は果たせぬゆえ、なにとぞご自重《じちょう》ありたいという趣旨の書状を送っていた。これは、つまり必ず戻ってくるから、織田家の領地である上野国には手を出すなという意味である。それは同時に、戦いたくないという意思表示でもあった。

だが一益は、それは実現する可能性はほとんどないと読んでいた。

北条家の当主北条氏政という男は、欲深く人望のない男であった。父の氏康《うじやす》は傑出した武将であったが、その息子は腹黒く、信義に欠けると評判は良くない。

だがそれでも、一益が戦陣を整える一方で、使者をあえて送ったのは、一益がこの地に初めて入部したとき、氏政が友誼《ゆうぎ》を求める書状を送って来たからである。その内容は、わが北条家は織田家と敵対する意思はまるでない。それどころか、万一関東管領として一益が戦場に出て何かと兵が必要なときは援軍の要請にも応じるという、ある意味で織田家の領分には一切《いっさい》手を出さないという意思表示でもあった。

それがあるからこそ、一益はあえて使者を送ったのである。

だが、伝蔵の顔を見て返事はおおよその予想がついた。

「かまわぬ、申してみよ」

一益はうながした。

伝蔵は、

「はっ」

と、再び一礼し、

「それでは北条氏政殿の口上をそのまま申し述べます。

このたびのこと、お悔やみ申し上げる。貴殿《きでん》が弔い合戦のため、京大坂方面に向かいたいと申されるのは当然のことであり、その軍勢が西に向かう際において、わが北条はこれをいささかも邪魔するものではない。ただし、一度この地を去られれば、上野国の仕置きについては、放棄なされたも同然。後のことはお口出しなさらぬよう、氏政、北条の武威《ぶい》にかけて申し上げる」

「そう申したか」

一益は笑った。苦笑いであった。

（やはりな。北条氏政、信義に欠ける男だわい）

一益の現状は、まさに弱り目に祟《たた》り目であった。その弱みに付け込んで、せっかく織田家が手に入れた上野国を、再び奪い返そうという北条氏政の魂胆が透《す》けて見える。

仇《かたき》討ちに行くことについては邪魔はせぬと言うのは、織田軍の精鋭である滝川勢と一戦交えることによって、兵の損耗を恐れたからであろう。なにも信義に厚いからではない。

いわば、滝川一益はさっさと荷物をまとめてこの関東を出て行け、後はこの北条がすべてを支配するという事実上の宣戦布告であった。

(やはりやるしかないか)

一益は心に決めた。

(それにしても無駄骨を折ってしまったわい)

初めから敵がそのつもりであることは、本能寺の変報が届いた後の北条軍のあわただしい動きを見てもわかった。だが一応は、一益は筋を通したのである。

これが、長年織田家にその人ありと知られた滝川左近将監一益のやり方であった。

一益は床几を立ち、小姓から采配《さいはい》を受け取って、使者との対面に注目している全武将に見えるように高々と掲《かか》げた。

「みなの者聞いたか、北条殿は我らに帰れと宣《のた》もうた。この上野を頂くとのことじゃ、これが許せようか」

一益の呼びかけに、あちこちから怒りの声が上がった。

「我らは正義の軍ぞ。あの不信義の、北条軍を徹底的に懲《こ》らしめてやろうではないか」

一益の呼びかけに、その場にいたすべての人間が声を揃《そろ》えて応じた。

2

六月十六日、夜。

一益は決戦を明日に控え、いったん本城の厩橋城に戻っていた。

まもなく明日の戦勝を祈ってのささやかな宴《うたげ》が催《もよお》される予定であった。だがその前に、一益は孫の三九郎《さんくろう》一積《かずあつ》を自室に呼び寄せた。一積はまだ二十代前半である。

久しぶりの二人きりの対面であった。

「三九郎」

「はい」

「明日の戦《いくさ》は極めて不利なかたちで戦わねばならぬ」

「何をおっしゃいます」

「そちもわかっておろう。わが軍は一万八千、敵は三万を超える軍勢じゃ。しかも後詰めの兵を多数持っておる」

北条家の実力は一〇〇万石以上に相当した。西側、つまり東海地方の守りの兵もこの関東に回せば、おそらく五万以上の大軍を動員できるであろう。

信長が生きていたときは、それは不可能であった。

なぜならば、織田家の有力な同盟者である徳川家康が、北条領に接するかたちで三河国と遠江《とおとうみ》国をまとめていたからである。

もし、北条軍が織田家と敵対するためにこの上野国に侵入しようとすれば、直ちに徳川軍は西から北条領である相模《さがみ》国、伊豆《いず》国に攻めかかるであろう。そうなったら北条は、東の上野国の滝川軍と西の遠江・三河を固める徳川軍に挟み撃ちされるかたちとなる。それは北条にとって悪夢である。だからこそ氏政は、一益が上野に入部したときに、友好を求める使者を送ってきたのだ。

だが信長が死んだために、今やこの体制は崩れている。

（そう言えば徳川殿はどうされたであろう）

一益は、ふと家康のことを思った。

家康が北条を突いてくれれば、一益は一気に数万の大軍を相手にしなくても済むのだが、それはまずかなわぬ望みである。なぜなら、家康も信長の弔い合戦のために、今は西に進むことしか考えていないはずだからだ。

一益は、織田家の有力な諸将と同盟軍の一員でありながら、今、最も不利な最前線に駆りだされているかたちとなっている。

「戦は兵の数ではございません」

三九郎は言った。

一益は笑って、

「それはそちの言う通りじゃ。だが今回はちと事情が違う。仮に明日の戦に勝っても、それでよしというわけではない。おそらく北条は何度も何度もかさにかかって攻めて来るであろうし、それをすべて撃退した上で、我らは西に向かって信長様の仇を討たねばならぬ。これはなかなか難しいぞ」

「お祖父様《じい》」

「そこでそちに申し渡すことがある」

一益は身を乗り出して、

「明日の戦い、そちは千五百を率いてこの厩橋城の留守居をせよ」

三九郎はびっくりして顔を上げた。合戦の場に出ず、城の留守居を務めるとは。留守居などというのは、本来は老人や傷病兵のすることである。

不満を滲《にじ》ませた三九郎の表情を見て、一益は諭《さと》すように言った。

「話は終わりまで聞け。もし万一わしが敗れたときのことだ。武運つたなく討ち死にするようなこともあるやもしれん。そのときは、そちはこの厩橋城を捨て、この千五百の兵すべて率いて一気に西を目指せ。何をせねばならぬかは、わかっておるな」

「信長様の仇討ちでございますね」

「その通りだ」

一益は大きく頷いた。

「わかりました。この三九郎、命に代えましても」

「頼んだぞ。それでこそ、わしも明日は心置きなく采配が振れるというものじゃ」

一夜明けて十七日。

一益は夜明け前に厩橋城を出て、再び御幣山の本陣に着陣した。

北条軍の動きは意外に遅かった。その日、太陽が西に沈むころ、ようやく金窪城を出た北条一万の軍が、神流川の手前に着陣した。

「敵の大将は誰だ」

一益は御幣山の本陣で床几にどかっと腰を下ろし、物見の者に尋ねた。

「鉢形《はちがた》城城主北条氏邦《うじくに》殿の軍勢と見受けられます」

一益は頷いた。

北条軍の行軍の遅さはよく知られている。

父親の氏康の行軍はむしろ早いほうだったが、氏政の代になって行軍速度は一段と遅れていた。これは効率の悪い指揮をしているからで、そういう意味でも北条軍というのは、恐るるに足らない軍勢とは言えた。ただ、数だけは圧倒的に滝川軍を超えている。

北条氏邦は氏政の弟で、鉢形城は武蔵《むさし》国寄居《よりい》にあった。

本軍は相模国小田原《おだわら》城を出て、武蔵国江戸辺りを過ぎて攻め上ってくる。つまり北条氏邦の軍は本軍の露払《つゆはら》いと言うべき、先鋒《せんぽう》軍であった。

一益は腕を組み、しばし沈思黙考《ちんしもっこう》していたが、やがて作戦の思案が成ると、急ぎ使い番の使者を数名呼んで、伝言で命令を託《たく》した。

「よいか、明日は夜明けとともに敵の後詰めである金窪城を攻める。氏邦の軍勢は、おそらく戦いは本軍が到着してからだと思い込んでいる。自陣が攻められることは考えておっても、金窪城までが一気に突かれるとは思っておるまい」

使い番は、一益に味方する上州衆の陣所に伝令を伝えに去った。

「それにしても暑いのう」

一益は、思わず愚痴《ぐち》をもらした。

確かに今年の夏の暑さは異常であった。外に出ているだけで汗が噴《ふ》き出てくる。ここは川の中洲で時々風が吹き渡るのが唯一《ゆいいつ》の救いだが、それにしても西国の夏の暑さに慣れている一益ですら、今年の夏は特に身に堪《こた》えた。

信長横死《おうし》など思いもかけぬ心労もあるかと思い、周りの者に問うてみたが、この東国生まれの者でも今年のような暑さは記憶がないという。それほどの暑さの中で、問題は兵の疲れが早まるということであった。つまり戦いは短期で決着をつけねばならぬということだ。

「伝蔵、伝蔵はおらぬか」

一益は、牧野伝蔵を呼び出した。

「はい、御前《ごぜん》に」

伝蔵は進み出た。

「心きいたる者を十騎集めよ、出かけるぞ」

「御《お》大《ん》将が、たかが十騎でどちらに出かけられます」

「知れたこと、倉賀野城よ。金井殿と話がある」

「お館《やかた》様、それは」

伝蔵は止めるしぐさをした。

一益はその意図がわかっていたが、あえて聞いた。

「何ゆえ止める」

「わずかの手勢で金井殿の城に行かれるなど、それはよろしくございません」

「どうよろしくない」

「――信長様のご最期をお忘れになりましたか」

伝蔵は思い切って言った。それは、本来は口にしてはならないことであった。要するに伝蔵が言いたいのは、金井淡路守が心変わりをしたらどうするのかということである。

たった十騎の供揃《ともぞろ》いで城に入れば、袋のねずみとばかりに淡路守は一益を討ち取ってしまうかもしれない。

その首を北条氏政に差し出せば、金井家は安泰の上、多額の報奨《ほうしょう》も期待できるであろう。

そういう機会を相手に与えることを、伝蔵はよろしからずと言ったのだ。

しかし一益は、案に相違して激怒した。

「たわけ者。何を考えておる。我らはすでに上州衆の信義を信じ、人質を解《と》き放っておるではないか」

それは事実だった。

一益が関東管領としてこの地に入ってきたとき、争って帰服した上州衆は、それぞれ誓紙と人質を差し出していた。これは特に要求しなくても、服属を誓う場合の礼儀でもあった。

だが一益は、本能寺の変報を上州衆に伝えた後、直ちに人質を解放した。

義理堅《がた》い上州の人たちの心を取るには、それが得策と考えたからだ。

実際、人質を返された上州衆は、北条に付くことも自由なはずだが、すべての衆が一益に従うことを申し出ていた。

とりあえず、一益の思い切った策は成功したのである。ただ、人質が戻ったからこそ、裏切りの度合いが高まったということも言えないわけではない。

伝蔵が危惧《きぐ》しているのは、そこのところだ。

「伝蔵よ」

と、一益は諭すように言った。

「もともと我らは劣勢なのだ。関東は本来北条の草刈場。そこへ我らが故右大臣《うだいじん》様の武威をもってここへ来て、上州武士の心を取った。だがその信長様は、今は亡い。信長様の後ろ盾《だて》がない以上、いかに人質を取り、あるいは金銭で籠絡《ろうらく》しようとも無駄なこと。力で抑えようと思えば、人は力で対抗しようとするもの。金で転ぶものは他の金でも転ぶ。信義を貫き、範《はん》を示すほかはないのじゃ」

「はっ、浅はかなことを申し上げて申し訳ありません」

伝蔵は頭を下げた。その目に一筋の涙があふれていた。このような大将に仕《つか》えることを、伝蔵は心の底から幸せだと思ったのだ。

そして日が暮れた。夜の闇にまぎれて、一益以下十騎の一団は、金井淡路守の待つ倉賀野城へと向かった。

3

わずか十騎で倉賀野城に入った一益を、金井淡路守秀景は驚きの表情をもって迎えた。

「これは管領殿、突然のご来訪でござるな」

秀景は驚いていた。

この辺りの上野国の群小領主、つまり国人たちの肝《きも》いり的存在である秀景は、それだけに武士たちの行動をつぶさに見てきた。古来、上州人は信義に厚い、上州武士もその例外ではない。

しかし問題は、この上野国を一つにまとめる大勢力がないということであった。

そこで上州武士はあるときは武田、あるときは上杉、あるときは北条に、心ならずも従わざるを得なかった。

その情勢が大きく変わったのは、もちろん織田信長が三大勢力の一つ武田家を滅ぼしたことである。

この春、まさに信玄の頃は磐石《ばんじやく》の帝国であった甲斐武田家が、淡雪の如《ごと》くこの世から消えた。そして、その武田家を滅ぼしたことによって旭日昇天《きよくじつしようてん》の勢いとなった織田信長は、武田攻めに最大の功績を挙げた滝川一益を、この地に関東管領として派遣した。その一益がこの地に恒久的な安寧《あんねい》をもたらすはずであった。

残りの二大勢力の一つである上杉は、織田家から派遣された北陸総督とも言うべき柴田勝家の軍に牽制《けんせい》されて、上野には手を出すことができない。

一方、関八州《かんはっしゅう》の覇王をもって任じている北条も信長の勢力を恐れ、一益が初めて上州厩橋城に入部してきたときは、これからは織田家とよしみを通じ、関東管領滝川一益殿にも充分な御加勢をしたいと申し送って来たほどであった。

そうした、三月前までは確実にあったほんのひとときの平安が、今、音を立てて崩れようとしている。

上州武士が夢にまで見ていた離合集散のない体制、それができたとき、天はわずかな期間でそれを無慈悲に砕《くだ》いたのであった。

秀景にとって、離合集散を常《つね》とする乱世の掟《おきて》に従い、なおかつ自己の栄達と安寧を図《はか》るならば、今わずか十騎の供まわりを連れて目の前にいる関東管領滝川一益の首を取り、それを小田原の北条氏政に差し出すことこそ最善の策であった。

しかし秀景は、それをするつもりは毛頭なかった。

（管領殿の信義に我らも応えなければならぬ）

それが、秀景の偽《いつわ》らざる心中であった。

「淡路守殿お出迎えいたみいる」

と、一益は馬上から声をかけ、なおかつ下馬して一礼した。

「これは突然のご来駕《らいが》、何か変事でも出来《しゅったい》しましたか」

秀景は問うた。

一益は首を振って、

「いやいや、そうではない。明日の合戦を前にして、ふと美味《うま》い茶が飲みたくなってのう。なにせ野陣では良い緑茶を得ることはできぬ。そこで一服《いっぷく》所望したいと思って参った」

「それはそれは。では、中へお通りください」

それが口実であることは、秀景にもわかっていた。

いかに風流人で織田家随一の茶道好きと言われる一益でも、こんな時にわずかな供揃えでやってくるはずがない。これは明らかに他に用件がある。そのことは秀景でなくても自明のことであった。

「早速《さっそく》、茶席の支度《したく》をいたさせます」

秀景はとりあえず倉賀野城の大広間の上座に一益を据《す》え、自分は下座に下がって言った。

「いや、ここで良い。わざわざ茶席を設《もう》けるには及ばん。一服立ててくれればそれをいただこう」

「左様でござるか、では我が室《しつ》に支度いたさせましょう」

一益は茶が運ばれて来るまでは無言を保っていたが、一服喫《きつ》し終えると、茶碗を置いて本題に入った。

「さて、明日のことじゃが」

秀景はそれを待っていたように声をかけた。

「戦の手配りはどのようになされます」

「これは気の早いことじゃ」

一益は笑って、

「敵の本軍は五万と称しておる」

一益は言った。

本軍とは、本拠地相模国小田原城を出撃した北条家の当主北条氏政と、その嫡子氏《うじ》直《なお》の指揮する軍勢のことであった。

「だが五万は偽りであろう。まず四万、その辺りが確実な数と見た」

「本軍の到着は明後日でござろうか」

秀景は言った。

「早くてな。まああの北条殿のことであるから、それほど早くは来られまい。まず本軍の攻撃は、三日後の朝を見込んでおけばよいであろう」

「となると、それまでに先手の軍を討つのでござるな」

秀景は言った。

本軍四万に先立って、小田原よりは近い武蔵国鉢形城を出撃した北条氏政の弟氏邦が一万の軍勢を率いて、神流川の対岸、金窪城まで侵出してきていた。

だが氏邦勢は、厳密に言うと本軍の先鋒隊ではなかった。

本能寺の変によって、上野国が混乱状態になると見た氏邦は、当主で実兄の氏政の指示を仰ぐこともなく、直ちに出撃したのである。それもほとんど全軍を率いての出撃であった。

実は、本能寺の前はこのようなことは不可能だった。上杉軍に背後を衝《つ》かれる恐れがあったからである。

上杉家は当主謙信をすでに失い、その養子景勝の代になっていたが、景勝は養父謙信が関東管領であった頃の夢を継ごうとしていた。それはつまり越後《えちご》から関東への侵出である。したがって、全軍を率いて他国を攻めるなどということは、北条にとって、特にその最前線を預かる氏邦にとっては、果たそうにも果たせないことであった。

ところが信長が死んだことによって、織田家の北陸方面を預かる柴田勝家は、かえって上杉への警戒を強くした。上杉がその混乱に乗じて攻め入ってくることを恐れたのである。

上杉も当然、織田に対する監視を強化する。つまり双方ににらみ合いのかたちとなって身動きが取れなくなっていたのである。

まさにその漁夫《ぎょふ》の利《り》を占《し》めた氏邦は、後顧《こうこ》の憂《うれ》いなく、ほぼ全軍を率いて武蔵国から上野国に攻め入ることができた。

氏邦の心積もりは、この際、自分だけの力で上野国を乗っ取ってしまい、家督《かとく》相続した兄へ対抗しようというものであった。

北条氏政の子は何人かいたが、それぞれあまり仲が良くなく、しかも当主氏政は凡《ぼん》庸《よう》という評判のある男であった。それが故《ゆえ》に、氏邦は兄が家督を継いだことに不満を抱いていたのである。

一益は、実はこうした事情は知らなかった。当然、一万の氏邦勢は、小田原の氏政の指令によって派遣されたものだと思っている。

だがどちらにせよ、味方は滝川勢三千、これに加勢の上州衆一万五千を集めても一万八千にしかならず、敵四万の本軍を打ち破るためには、まずその一万の氏邦勢を先に潰《つぶ》しておく必要があった。

一益は、そのことを秀景に伝えに来たのである。

しかしながら、単に話を伝えるだけなら使者を派遣してもよかったのだが、敢《あ》えて無防備な姿で秀景の懐《ふところ》に飛び込むことによって、上州武士の信義心を掻《か》き立てようというのが、一益の心中にあるもう一つの目論見《もくろみ》であった。

そして、それは見事成功した。

秀景は一益を討とうとする素振りどころか、その誘惑に駆られた様子もまったくない。

（さすがは上州武士。上州人の信義は本物だわい）

一益は深く頷いて、あらためて秀景の目を見て言った。

「明日早朝、我らは三千の兵をもって、金窪城に正面から攻撃を仕掛ける。そこで金井殿は上州衆一万五千の総大将となり、敵が総力を繰り出して我が軍勢を討とうとおびき出されてきたとき、両翼から金窪城を攻めていただきたい。そして、明日のうちにできれば金窪城を落としてしまいたい」

「わかり申した」

秀景は頷いた。

本来、一万の軍勢が城に籠《こ》もっている場合、それを攻めるには四倍の大軍が必要だというのがこの乱世の定石《じようせき》である。しかしながら秀景は、この戦法が無茶だとは思わなかった。

氏邦勢は、まさか数で劣る滝川勢が城攻めを仕掛けてくるとは、夢にも思っていまい。

すなわちこれは奇襲である。奇襲である以上、相手の不意を衝くのが基本だが、この奇襲は成功する確率がかなり高いと、それは秀景の経験でもよくわかった。

秀景は、上州一の老練な武将なのである。

「では、早速これより各城へ伝令を出し、夜明けまでにはご本陣の後詰めに参じましょう」

「かたじけない」

一益は深々と頭を下げた。

城を出て帰路に就《つ》いたとき、先頭を行く一益を守るかたちで騎乗していた牧野伝蔵が声をかけた。

「殿、お肝の太いことで」

一益は苦笑して空を見上げた。

今宵《こよい》は満月であった。その明かりが足元を明るく照らしている。

「伝蔵よ、そちは刀の柄に手をかけんばかりの勢いであったの」

一益は伝蔵が何を考えているかは手に取るようにわかっていた。

いつ金井秀景が裏切るか、裏切ったとして配下が広間に殺到したら、主君を守って斬り死にする覚悟を固めていたことを、である。

「我が軍は三千しかおらぬのだ。金井殿が我らに同心してくれねば、いずれにせよ我が軍は滅びる。滅びぬためには彼らの絶対の信を得るしかない。それには彼らの懐に飛び込むしかなかったのだ」

「そうは仰せられますが、同じ死ぬのでも戦場で死ぬほうがよろしゅうございます」

と伝蔵は言った。

上手《うま》くいったからよいようなものの、秀景が、一益がわずかな供まわりで行ったことでかえって悪心を起こし、討ち取る可能性がなかったとは言い切れない。ならば同じ死ぬなら、金井の家臣の手によって倒れるよりも、戦場で華々しく戦ったほうがいいのではないかということだ。

それに、味方は三千だからといって戦場では何が起こるかわからない。必ずしも負けるというものではないが、あの座敷で逃げ場もなく、倉賀野城の武士たちに襲われれば、万に一つも助かる術《すべ》はない。

一益は、そういう伝蔵の考え方もよくわかっていた。何しろ百戦錬磨《ひやくせんれんま》の武将である、このような事態に遭遇したことも何度かある。

「伝蔵、それは違う。もし、このまま今宵金井殿のもとに行かず、使者のみを派遣して明日戦場で金井殿が裏切ったとしよう。ならば、わしは必ず後悔するだろう。なぜ前夜行って話を詰めておかなかったのか、とな」

「そういうものでございましょうか」

「戦場では弓も鉄砲も槍も刀もすべて使いこなして死んでこそ、武士たるものの面目《めんぼく》。だが、死を恐れて打つべき手を打たぬのは、それは臆病と言うものよ」

伝蔵は怪訝《けげん》な顔をしていた。

一益の言うことがわからないわけではないが、普通の大将の言う理屈とは少しかけ離れているように思ったからである。

一益はそれもよくわかっていた。普通の大将は、謀略をそれほど得意としていない。駆引きも、駆引きと言うほどのものはなく、単純に相手を信頼したり、命令したりすることが多い。

だがそれでは、この乱世で大きくなれないということを、一益は長年の経験で痛いほど知っていた。だからこそ、若く腹心で将来の見込みのある伝蔵に、そのことを伝えておきたいと思ったのである。

一益一行はそのまま厩橋城へは戻らず、御幣山に築いた本陣に戻った。

そして翌朝夜明け前に、兵に兵糧《ひょうろう》を使わせた。

一益は全軍三千を、夜明け前の闇の中、神流川を渡らせ、夜明けとともに金窪城を攻撃したのである。

仰天《ぎょうてん》したのは、一万の軍勢を率いてきた北条氏邦だった。

氏邦の心積もりでは、本軍、いや兄氏政が率いる小田原勢の到着を待つつもりはなかった。むしろこの日のうちに御幣山の滝川本陣を全力をもって攻め、そしてあわよくば一益の首を討ち取り、この国はこの氏邦がもらい受けました、兄上、遠路はるばるご苦労でござったがお帰りくだされという口上を叩きつける、それを夢見ていたのである。

ところが、氏邦の兵がまだようやく寝ぼけ眼《まなこ》をこすりつつ起きた頃に敵は攻めてきた。慌てて鎧《よろい》を身に着け、迎え撃とうとしたが、城の混乱は収まらなかった。

「ええい馬鹿者、何をしておる。陣を立て直せ」

少し余裕が出てきたのは、滝川軍が三千しかいないということを思い出したからである。

鉄砲の撃ちかけには仰天したが、城は鉄砲を撃ち込めば落ちるというものではない。

氏邦がさらに冷静な大将であったら、もう少し城に籠《こ》もり、相手がなぜそんな寡勢《かぜい》をもって攻めて来たのかを見極めようとしただろう。

だが、いきなり奇襲をかけられたことで頭に血が上っていたし、何よりも城に籠もっている軍勢よりもずっと少ない軍勢しか城の正面にいないことに気が付いた氏邦は、旗本《はたもと》の精鋭を集めて下知《げち》を下した。

「敵は寡勢ぞ、一気に突き破れ」

大手門が開いて氏邦勢の精鋭が繰り出した。

これに一斉に銃撃を浴びせた滝川勢は、最初の一発を撃つと直ちに神流川に向かって後退を始めた。

この関東の戦場では、鉄砲というものは、一回撃つとなかなか次が撃てないものであった。

信長が長篠の合戦で用いたいわゆる三段撃ちをするほどの技量もなかったし、第一鉄砲の数がそれほどない。

だから鉄砲足軽《あしがる》は、敵の中核に向かって弾を放った後は、普通の足軽と交代し、その弾を込める時間を稼ぐのである。

逆に言えば、その時間を稼がせないことが、攻め入る側の最も注意すべき点であった。

氏邦勢はその常識どおり、神流川に向かって後退する滝川勢に襲い掛かった。

川の中へ追い落とす勢いである。

もちろん、氏邦勢の中核部隊は旗本を中心とした騎馬隊で、それに槍を持った足軽が従うという伝統的な武装であった。

ところがそれは一益の罠《わな》であった。

幸いなことに神流川は、この日照り続きで水深が極めて浅くなっていた。しかも水もぬるく、それに浸《つ》かったからといって、足軽の行動に支障が出るような冷たさではなかった。

退けるだけ退いて敵をおびき寄せる。

その敵の精鋭が城から一番離れたとき、それが付け目であった。

北条軍の先鋒大将が槍を片手に滝川勢を神流川に追い詰め、勝ったと思ったとき、実は氏邦勢の負けが始まった。

伏兵として夜明け前から金窪城両側に潜《ひそ》んでいた軍勢が一斉に鬨《とき》の声をあげ、金窪城に襲い掛かったのである。

一益は御幣山の古墳の墳丘を利用した本陣の上から、その様子をつぶさに見ていた。

（さすがは金井殿、勝機を知っておる）

この作戦では滝川勢が城内の敵をおびき寄せ、できるだけ城から離れたところですかさず伏兵が城に打ちかかり、そして城から出た軍勢の退路を断つことが重要であった。せっかく城からおびき出した軍勢がまた城に戻って門を堅く閉ざしてしまえば、これまでの苦労が一切無駄になるからである。

その点、凡庸《ぼんよう》な将ではその勝機を逸《いっ》する危険があった。そうした場合は、一刻も早く攻撃せよと一益のほうから催促せねばならない。

だが、その心配は無用であった。

一益もあえてその手配りはしておかなかった。何の手配りもしなかったが、秀景は一益の攻めに、まさに阿吽《あうん》の呼吸で合わせて金窪城に攻め寄せた。

そして城から突出した部隊は退路を断たれ、正面を滝川勢、後方を上州衆に遮断《しゃだん》された。こうなれば逃げ場はない。

滝川勢は鉄砲を撃ちかけ、それが一段落したところで上州衆が残敵を討ち取るというかたちで、城を出た部隊はすべて殲滅《せんめつ》された。

それだけではない、その日の夕刻、粘《ねば》りに粘っていた金窪城から火の手が上がった。城を落とすことにも成功したのである。

「氏邦めはどうした」

御幣山の本陣で一益は、城を落としたとの知らせをもたらした使者に問うた。

「早々に退去されたようにございます」

「逃げたか」

一益は笑った。

「逃げ足の早いやつめ。今頃兄のもとにでも泣きついておるのかもしれんな」

そう言って一益はあたりを見回した。

集まっていた諸将がどっと笑った。

こうして初戦は、一益の圧倒的な勝利に終わった。

4

北条氏邦の軍勢を打ち破り、一益は束《つか》の間の休息を味わった。

だがうかうかしてはいられなかった。本拠である相模小田原を出陣した北条の当主氏政と氏直親子の率いる本軍四万がこちらに向かっているからである。

正直言って、一益はこの軍勢を撃破する自信はなかった。

確かに、数は敵の三分の一とはいえ、氏邦軍を破ったことによって全軍の士気は上がっている。しかしながら問題は人数である。三倍の兵力を倒すためには、よほど有利な状況が必要だが、今の一益には決め手となるものがなかった。

おそらく氏政は、氏邦軍の失敗に鑑《かんが》みて、奇策を用《もち》いず数で押しまくる戦法に出るはずである。もちろん、一度は功を奏した奇襲作戦も、本軍には通用しない。

奇襲というのはあくまでも相手の不意を衝くのが重要だが、一度その手を食らった北条軍は、夜はかがり火を焚《た》いて用心し、昼も物見を多数放って万が一にも奇襲されないような手配りをするはずである。

氏政は凡将とはいえ、それぐらいの手配りはできる男である。

それにしても暑かった。このところ暑さがますます厳《きび》しくなり、土地の者ですらこんな猛暑は覚えがないと言うほどであった。

一益は兵の疲れを取るため神流川での水浴を許し、自らも鎧を脱ぎ捨て水浴びをし、涼を取った。もちろん総大将に万一のことがないように、近臣らがその周りを固めていた。

「なあ伝蔵よ」

と、一益はその中の一人、気に入りの牧野伝蔵に声をかけた。

「はい」

「明日の戦いは負けるやもしれん」

「殿、お気の弱いことを」

「いや、わしも気の弱いことは言いたくないのだが、なにしろここは北条の本拠。我らは伊勢長島からまだすべてをこちらに移してはおらん。そういう意味では不意を衝かれたのは我々のほうだからな」

「それは殿のしくじりではございません。そもそも上様が本能寺で――」

「それを言うな。確かに予測できぬことではあった。だが、人間何が起こるかわからない世の中にいるのだ。常に手配りはしておかねばな。だが、明日はたった一つだけ勝機がある」

「それは敵の大将、北条氏政の首を上げることでございますな」

「その通りじゃ。だが恐らく氏政もそれを一番用心し、自陣は堅く守るであろう。その堅い守りをいかにして崩すか、それにすべてはかかっている」

「殿、私がその堅い守りとやらを打ち破ってご覧にいれます」

「申したな」

と、一益は含み笑いをして、

「その意気やよし、だが戦いというものは、必ずしも思い通りになるとは限らぬ。とにかく明日、我が滝川家の命運は決まることになるだろう」

一益はそう言って、水浴でついた体の水を布でぬぐうと、再び甲冑《かっちゅう》をまとった。

翌朝、朝からぎらぎらとした太陽が地面に照りつけていた。

北条軍四万は陣形を堅固に組み、力で押すかたちで前へ進んできた。

一益側は、倉賀野城主金井淡路守のたっての希望で上州衆に先陣を任せ、まず敵に突っ込ませたが、その守りは堅く、容易に破ることはできなかった。

本陣の古墳の上から上州衆の戦いを見ていた一益は、ふと顔をしかめて立ち上がった。

「伝蔵」

「はい」

「金井殿に退くように伝えるのだ」

「はい、退くのでございますか」

「あれを見よ」

と、一益は采配ではるか先鋒で戦っている金井勢の一角を指差した。

「あれは淡路守殿の子息たちであろう」

「はい、確か五郎太《ごろうた》殿と六弥太《ろくやた》殿と聞き及びます」

「あの二人が危ない。見よ、あれは北条の手だ。弱しと見せて退く、敵が深追いしてくるところを包み込むといういつもの手だ。このままではあの二人は首を取られるぞ。

急ぎ行き金井殿に一歩退いて陣を固めるように伝えるのじゃ」

「わかりました」

伝蔵は使い番に命ずるのももどかしいと、自ら馬に乗り前線へ走った。

だが、間に合わなかった。

北条はまんまと淡路守の二人の息子を討ち取ってしまったのである。

「金井殿」

伝蔵は血気にはやる秀景の前に立ちふさがった。

「ここはお退きくだされ、我が殿の下知でござる」

「おお牧野殿か。それはありがたきお言葉なれど、ここは退くわけにはまいらぬ。我が息子二人も討ち取られ、このままおめおめと退き下がるは上州武士の恥じゃ」

「でもございましょうが、これは敵の策略。退くと見せて包み込み、数にものを言わせて首を討ち取るあざとい手でござる。どうかここはお退き候《そうら》へ。犬死にしてはなりません」

伝蔵は必死に止めた。秀景の馬が前に行けぬように、自らの馬を壁のように横にし、その行く手を阻《はば》んだのである。

必死の説得にようやく秀景も応じた。

「わかった。ここは貴殿の申されるとおり退こう」

「お聞き届けくださいますか。ありがとうございます」

一益は秀景がようやくしぶしぶと引き上げるのを本陣の丘から遠望していた。

そしてそれを見届けた上で、自らの旗本に対し出陣を命じた。

「上州衆の信義に報《むく》いるのじゃ。狙うは敵の大将氏政の首ただ一つ。我に続け」

こうして「おおっ」という鬨《とき》の声が上がった。

そのすさまじい勢いに、北条勢もじりじりと後退を始めた。

だがそれは北条の巧妙な手だった。

勢いに乗じた一益を中核とする騎馬部隊が北条の中核に達せんとしたとき、突然陣は変わり、広く包み込むような形になった。鶴翼《かくよく》の陣である。

鶴翼は、上から見るとちょうど鶴が翼を広げたように見えるためにこの名がある

が、少数で突進してくる敵を包み込むのには最も適した陣形であった。

一益は躊躇《ちゅうちょ》した。

このままでは両翼の敵が自分たちの背後に回り、退路を断たれる。そうなれば包み込まれて全滅のほかはない。だがこのまま前に進まなければ勝利はありえない。今退いてしまえばもはや勝機は訪れないであろう。

北条勢の三分の一しかない一益軍が勝つためには、敵の本陣に肉薄し、北条氏政の首を取る他はないのだ。

もし一益がこの地にせめてあと半年早く入府しており、旧領であった伊勢長島からすべての人員、弾薬、武器等を取り寄せた後ならば、もっと余裕があったろう。しかし今の一益にはその余裕がない。

そこで古強者《ふるつわもの》の一益にしては珍しいことだが、一瞬躊躇した。退くべきかそのまま突進するべきか迷ったのである。

戦場において迷いは禁物。迷ったほうが負けだというのが鉄則であった。それを百も承知の一益が迷った。そしてこのとき、一益の負けは決まったのである。

結局、数瞬の後、一益は引き上げを命じた。どう考えてもこのままでは敵の大将の首を取るなどおぼつかないと見極《きわ》めたのである。だが決断が遅すぎた。既《すで》に北条の両翼は一益の退路を断ちつつあった。

まさに北条勢は、数に任せて一益軍を包囲殲滅《せんめつ》する作戦にでたのである。

一益は思わず天を仰《あお》いだ。

（わしの生もここで終わるか）

負けるときは負けるべくして負ける。それが織田家の家中《かちゅう》でも、いや、日本国中の武将の中でもまさに百戦錬磨と言っていい滝川一益という武将がこれまでの人生で悟った戦場の理《ことわり》であった。

しかし、まさかそれを自分が演じることになるとは夢にも思わなかった。

（やはり信長様が倒されたとき、わしの運も尽きたのだろうか）

一益は死を覚悟した。

ところがそのとき、奇妙なことが起こった。

北条軍の足軽のうち数名が、何を思ったか突然、味方に何かを投げつけ始めたのである。

それは目潰《つぶ》しの粉を入れた玉のようなものであった。それが当たると騎馬武者も足軽も目が見えなくなる。苦しんで落馬する者すら出た。当然その集中攻撃で敵陣に隙《すき》間《ま》ができた。すなわち退路が見えたのである。

一益は声をかけた。

「あそこだ、あそこに錐《きり》をもみこむようなかたちで行くのだ」

一益の命に、死を覚悟していた者たちが生気を取り戻し後に続いた。

北条軍の後方は大混乱に陥《おちい》っていた。一益はそこを上手く突破することができた。

そしてこの思いもよらぬ攻撃に驚いたのか、北条軍の本陣からほら貝の音が鳴り響いた。それは総退却の合図であった。

氏政は、一益の軍に何か特別な備えがあると見て、一時軍を退くことを決断したのである。そのおかげで一益は九死に一生を得て、本陣まで退くことができた。

(あれは一体何だったのか)

一益は不思議でならなかった。

まさに武将滝川一益の生涯はあそこで終わっていたはずなのである。だが思いもよらぬ助けのおかげで何とか逃げることができた。

そしてあの意外な攻撃に氏政はよほど戸惑ったのか、総引き上げを命じ、金窪城の背後まで後退した。少なくとも今日はもう攻めてこない様子である。

「殿、ご無事で何よりでございます」

気がつくと床几に腰を下ろした一益の前で、顔を血と汗で汚した伝蔵が平伏していた。兜もかぶっていない。主君の前だから脱いだというのではなく、敵の槍に撥《は》ね飛ばされた模様であった。

「無事であったか」

「はい、命永らえました」

「他の者は」

一益が問うと、伝蔵は無念そうに顔を伏せ、

「多くの者が戻って参りませぬ。おそらく討ち取られたものではないかと」

「笹岡も津田もやられたか」

一益はうめいた。

結局、一益は虎の子の三千の兵のうち一千の兵を失った。また味方の上州衆の損害も大きかった。

一益は、夜になって金井秀景の倉賀野城を訪れた。

秀景は沈痛の面持《おもも》ちで一益を迎えた。

「淡路守殿、このたびはご子息を二人亡くされたとのこと、この一益心からお悔やみ

を申し上げる」

「もったいないお言葉でございます。せがれ二人も武門《ぶもん》の誉《ほま》れと喜ぶことでございましょう」

秀景はそうは言ったが、その目には光るものがあった。

一益は用意していた金子《きんす》と長年の功で信長から拝領した太刀、あるいは書画骨董《こっとう》の類《たぐい》をこの場にすべて持ってきていた。

「金井殿、これで亡くなられた上州衆の方々の供養をしていただきたい。また主《あるじ》を失って途方にくれているもの達には、これを金子に換えていくばくか分けてやってほしい。拙者はこれから京へ戻らねばならぬので、後始末を貴殿《きでん》に頼みたいのだ」

秀景はそのおびただしい宝物の量に仰天していた。

「しかし管領殿、これほどの財は確かにかたじけなくありがとうござるが、御敵《おんてき》明智光秀を討つための軍資金となされるのがよろしくはありますまいか」

「それはそれ、これはこれだ。わしには、損得勘定でいけば明らかに北条へ走るべきところを、短い間の信義を重んじて我らに味方してくださった上州衆の心が重いのだ。せめてこれくらいの償《つぐな》いはさせていただきたい」

と、一益は深く頭を下げた。

「わかり申した」

秀景はあふれ出る涙をこぶしでぬぐうと、

「確かにそのご厚誼《こうぎ》お受けいたす。亡くなった者もきっと草葉の陰で喜んでいることでしょう」

一益はすぐに辞去しようとしたが、秀景は止めた。

そして、配下の諸将たちに使者を送り、倉賀野城の大広間にそれらを集めた。

一益の送別の宴を催すつもりであった。

幸いにも北条本軍は動く気配を見せない。秀景の引きとめもあり、一益は改めて上州衆と酒を酌《く》み交わした。そして興《きょう》にのって謡《うたい》を歌った。

「兵《つわもの》の交わりは頼みある中」との一節がある『羅生門《らしょうもん》』である。そのくだりを聞いて諸将は感激の色を隠さなかった。

「管領殿これからどうなさるのだ」

と誰かが聞いた。一益はあえて笑顔を見せ、

「拙者にはまだ二千の一騎当千《いっきとうせん》の兵達がいます。これらの者を率いて都に上り、逆賊明智を討ち果たす所存。なにとぞ武運を祈ってくだされ」

その言葉通り一益は、丸一日兵に休息を与えた後、六月二十一日の朝、軍勢を集結

させた上州厩橋城から出撃した。

厩橋城には留守居の兵を置いたが、百に満たぬ城兵ではこの城を北条の大軍から守りきれないのは明らかであった。もう二度とこの地に来ることはないかもしれぬ。一益はそう覚悟を決めていた。

一行が上野から関東の出口である碓氷《うすい》峠を越えようとしたとき、突然、五百騎ほどの軍勢がこちらに向かってくるのが見えた。

遠目の利《き》く伝蔵が早速その軍勢を見つけた。

「何者か」

一益は問うた。目を凝《こ》らしていた伝蔵が、

「六連銭《ろくれんせん》の旗印、真田《さなだ》殿と見受けられます」

それはもともと信濃国の豪族ながら、上州沼田《ぬまた》にも城を持っている真田昌幸《まさゆき》の長男信幸《のぶゆき》、次男信繁《のぶしげ》が率いる手勢であった。

いかにも統率《とうそつ》の取れた機動力のある騎馬隊は、あっという間に一益の一行の脇まで移動してきた。

「関東管領殿の軍勢とお見受けする。拙者真田昌幸が一子、信幸」

先頭のやや丸みを帯びた体の若武者がそう名乗ると、その次に続いていた細身の武

者が、

「同じく、その弟信繁でござる」

と、名乗った。

「これは真田殿か。いかがされたこの物々しさは」

と、一益に代わって伝蔵が不審の目をもって問いただした。

伝蔵はひょっとしたら一益の首を取りに来たのではないかと疑ったのである。

「父昌幸より管領殿をお守りせよと命を受けて参りました。これから駿河路《するがじ》に至るまでは、拙者らがお守りいたします」

代表して長男の信幸が答えた。

「おお、それはありがたい」

一益は破顔した。

「父上は神流川の戦でも見事な働きをされたと聞いておる。一時は敵の本陣を崩す勢い、拙者の采配がつたないばかりに負けてしもうたが、父上にはこの一益、深く感謝しているとお伝えくだされ」

一益は丁重《ていちょう》に言った。

真田昌幸という男は、知略の者として何かと評判の高い男であったが、悪いうわさも聞かぬではなかった。それもあって一益は最初は用心していたのだが、昌幸はどうやら一益を恩人と見ているようだった。

それは、もともと信濃に領地を持っている真田一族が、上州沼田城を奪い本拠を移したのを北条が邪魔したからである。

一益は北条と話をつけて真田の沼田領を安堵《あんど》してやった。その恩義を感じて、昌幸は二人の息子を護衛に派遣して来たのであろう。

一益も今や、昌幸のことを露《つゆ》ほども疑ってはいなかった。むしろ深く安堵した。いかに主君の仇を討つための軍勢とはいえ、神流川での敗報は色々なところに伝わっていよう。そうした敗軍の将によってたかって襲いかかるのが戦国の常というものである。

一益も正直言って、その不安を感じていた。だからこそ、真田兄弟の来訪は涙が出るほど嬉《うれ》しかった。

一益は、土地に詳しい真田兄弟に先導を頼み先へ進んだ。

信幸は駿河と言ったが、一益は別のことを考えていた。

(むしろ碓氷を越えたら諏訪に入り、諏訪から木曾路《きそじ》を目指したほうがよい)

木曾は山の中だが、かつて一益はこの地の領主である木曾義昌《よしまさ》を裏切らせるために何度も潜入したことがある。いわば土地勘のある場所であった。それにいざとなれば、木曾義昌の援助も得られるであろう。

なにしろ武田に従えば滅亡しかなかった木曾家を、織田家に引き入れることで救ったのは一益なのだから。

一益はその希望を真田兄弟に告げ、碓氷から諏訪に入った。

つい先頃までここは紛《まぎ》れもなく織田領であった。

一益と並んで武田征伐に大功を上げた織田信忠の家老格であった川尻秀隆が甲斐一国の他にこの諏訪郡も拝領していたのである。しかしその川尻秀隆は、本能寺の変の直後、蜂起《ほうき》した武田の残党になぶり殺しにされたと風の便りに聞いていた。もちろん一益は、織田家家臣として川尻とは何度も顔をあわせている。

（あの川尻殿がもうこの世の人ではないとは、まさに有為転変《ういてんぺん》この世の恐ろしさよ）

その感慨が一益の胸中にあった。

諏訪郡に入り、諏訪大社の脇を通りかかったとき、背後から声がかかった。

「彦右衛門殿ではないか」

一益は驚いて振り返った。自分のことを彦右衛門と呼ぶのはそうたくさんいるわけではない。幼い頃の友も故郷を捨てた一益にはいない。

ところがそこに親しい友の顔があった。

「誠之助ではないか。なぜこんなところにおる」

それはしばらく前からこの地に逗留《とうりゅう》していた望月誠之助その人であった。

暗転

1

　一益は思わず馬を止め、そして飛び降りるようにして誠之助のもとに駆け寄り、その手を握った。

「久闊《きゅうかつ》！　無事でおったのか。それにしてもおぬし、なぜここに居る」

「いろいろあってな」

　誠之助は苦笑した。

　一益はまだ誠之助の「反逆」のことを知らない。

「話したいこともあるのだが、おぬし急ぐのであろう」

　誠之助は言った。

一益は頷いて、

「うむ、何としても信長様の仇を討たねばならんのでな。今、西に向かって急いでおる最中だ。しかしおぬしとも少し話したいのう」

「では馬を貸してくれぬか。くつわを並べて行くというのはどうじゃ」

「おお、それは良い。誰かある」

一益は家来を呼んで予備の馬を一頭都合させた。そして誠之助は馬上の人となり、一益とくつわを並べ諏訪街道を東へ向かった。

誠之助は思いもよらぬ運命の変転を語り始めた。

あの武田の高坂源五郎昌信《こうさかげんごろうまさのぶ》と組んで松姫を救い出そうとし、それを川尻秀隆に咎《とが》められ、一時は牢獄に閉じ込められていたことをである。

一益は最初は驚き、次に苦笑した。

「いかにも情け深いおぬしらしい。だが、おぬしも命冥加《みようが》な男よ。もし信長様が本能寺で討たれていなければ、今頃おぬしの首と胴は離れておるぞ」

「まさにそうだな。おぬしにとっては信長様の横死《おうし》は許しがたきことであったろうが、わしはそのおかげで命が助かった。世の中というのは不思議なものよ」

「まことにな」

と、一益は感慨深げに、

「で、おぬしはこれからどうする」

と尋ねた。

「さあ、どうやらわしのやったことはあまり知れ渡ってはおらぬようだが、それでも岐阜に帰ればお咎めがあるかもしれん。今しばらくはこの故郷の諏訪にて様子を見ようかと思う」

「そういえばこの諏訪の情勢はどうなっておるのだ」

「川尻殿が領主だったからな。今は誰もおらぬ。無主の有様《ありさま》だ。ただ諏訪一族が、かつての高島《たかしま》城を修築し、この地を再び治めんと画策しておる」

「諏訪者のひとり立ちか」

一益は笑った。

「おぬしの年来の悲願でもあったはず。それを手伝うか」

誠之助は首をかしげて、

「いや、そのはずであったが、今にしてみると自分の気持ちもよくわからぬ。このまま何をしてよいのか、何をすべきなのか、しばらくこの湖を見ながら考えてみようと思っているところだ」

それまで見えていた湖が、少し遠ざかって見えなくなりかけていた。これから先は山の中に道が続いている。

「腹が減ったな」

一益は言った。

「腹が減っては戦ができぬ。誠之助、その辺りで弁当を使おうではないか。わしと一緒に飯を食おう」

「うん。それもよいな」

一益は全軍に小休止をかけた。そして真田信幸、信繁の兄弟を誠之助に引きあわせた。

「これはわしの年来の友で、岐阜中将信忠様にお仕えしていた望月誠之助というものだ。こちらは上州沼田城主、そして信州上田《うえだ》城主でもあられる真田安房守《あわのかみ》のご子息信幸殿と信繁殿じゃ」

「望月誠之助実高《さねたか》でござる。お見知りおきを」

誠之助は若い二人の兄弟に頭を下げた。

「ご丁寧な挨拶いたみいる。拙者真田信幸にございます」

「真田信繁でござる」

二人は頭を下げた。

（若いがなかなかの面魂《つらだましい》。真田殿は良いご子息を持たれておる）

真田兄弟が挨拶を終えて去ると、一益は街道沿いの森の中の木陰を見つけて家来に敷物を敷かせ、そこに誠之助と共に向かい合わせで腰を下ろした。

「世の中というものはまさに有為転変《ういてんぺん》、諸行無常じゃの」

一益は握り飯を手にしながら、それをほおばろうともせず、しみじみとつぶやいた。誠之助もそれは同感だった。

「まことにな。ところでおぬし、関東の領土はどうしたのだ」

誠之助は率直に聞いた。

一益は苦々しい表情で首を振ると、

「保たぬな」

と一言、つぶやくように言った。

「保たぬか」

「うむ。あまりにも信長様の死は大きかった。もう少し、せめてあと一年、いや半年あれば領土を固めることもできただろうが、年貢を取る前に関東を退転せねばならぬはめに陥ったのは痛かった」

「北条氏政め、弱みに付け込んで大軍で攻め入ったと聞いたが」

そのことは誠之助も風のたよりに聞いていた。

「あの氏政めが」

一益は怒りに震えて、

「こちらの弱みに付け込んで、四万もの大軍で火事場泥棒のように攻めて来おった。一度は破ったのだが、何しろ多勢《たぜい》に無勢《ぶぜい》でな。これもあと半年あれば伊勢からわしの精鋭を全部呼んでおったから負けるはずもなかったのだが、たかだか三千では話にならんわ」

「四万対三千か。それはきついな」

誠之助は友の苦境に同情した。

一益は頷くと、

「幸いにも上州衆が味方に付いてくれたので、四万対もう一万五千、つまり四万対一万八千にはなったのだが、やはり敵の大軍にはかなわなんだ。この一益、一生の不覚」

「いや、そうではない」

誠之助は声を大にして一益を励ました。

「並みの将なら首を取られておろう。おぬしが元気にこうして脱出してきたことは、おぬしの力量が並々ならぬことを示すものだ」

「そう言ってくれるのはおぬしぐらいよ」

一益は嬉しそうに軽く頭を下げると、

「いや、実は危なかったのだ。まさに九死に一生を得たと言ってよい。わしも長年戦場で戦い、焦りは禁物ということを頭の中に叩き込んでいたはずなのだが、あの時はつい氏政の首を取ろうと、敵の誘いに乗って深追いしてしまった。

いやあ、ようも命が繫がったものよ」

「深追いか、それは危なかったな。なぜ助かったのだ」

「いや、それがようわからん。滝川一益もはやこれまでかと思った時に、敵が不思議な崩れ方をしてな」

「不思議な崩れ方？」

「うむ。それがな」

一益は、それまで忘れていたことを思い出した。

（あの時そういえば、敵の足軽の中に目潰しを使っておる者がおった。あれは一体何だったのだ。なぜわしを助けてくれたのだ）

一益がそれを考えているとき、まるでその心中を見透《す》かすように背後から声がかかった。

「ようやくわかったかい、あんたが誰に助けられたか」

女の声だった。

誠之助は驚いて、体の右側に置いてあった佩刀《はいとう》を左手で取った。抜き打ちができるようにするためである。しかし、一益はその手を止めた。その声には聞き覚えがあった。

「千代女か」

「そうだよ」

突然、望月千代女が森の中から現われた。

どこに潜《ひそ》んでいたのか、まさに突然眼前に出現したというかたちであった。

「そうか、あのときわしを助けてくれたのは、お前の手の者だったのか」

「ようやく気が付くとは鈍《にぶ》いね、あんたも。どうしてあの絶対の囲みが解けたと思っているんだい。関東管領滝川左近将監一益は、あの神流川のもくずとなっていたはずなんだよ。それを私が助けてあげたんだ、少しは感謝をおし」

誠之助は、突然現われたこの歩き巫女姿の美しい女と一益のやり取りを驚いて見て

いた。それに気付いた一益は、

「おお誠之助、紹介しておこう、これはな、元武田の忍びの棟梁、望月千代女殿だ」

「望月」

誠之助は思わずつぶやいた。

「おお、そうであったな」

一益は破顔した。

「千代女、この男は望月誠之助というわしの織田家における年来の友じゃ。いや、この年になって親しき友と言えるのは、この男ぐらいでな。おぬしとは同族ということになるかもしれぬ」

「千代女殿も望月でござるか」

「甲賀の望月さ、あんたは諏訪の望月かい」

「左様、この地で生まれ育った」

「望月はどこでも望月だから、あなたには私と同じ血が流れているかもしれないね。とにかくこの能なしのぼんくらを何とかしておくれよ」

「能なしだと。千代女、それはあまりにもひどい言い草ではないか」

「何をのんびりと弁当なんか食ってるんだい。あんた知らないのかい」

「例の羽柴筑前が見事明智光秀を討ち取り、主君の仇を討ったんだよ」

「何をだ」

「何だと、それはまことか」

「本当さ、十日ほど前のことらしい。私の手の者の知らせがようやく届いたんだよ」

「しかし、信じられぬ」

一益は呆然《ぼうぜん》としていた。誠之助も、

「筑前と言えば、あの羽柴筑前守秀吉殿のことか」

と驚きの表情を見せた。

「そうだ」

「しかし、羽柴殿は毛利の大軍と中国路で対峙しているのではなかったのか。戻ってくる余裕など……」

「いや、それは既にこの千代女からの知らせで、軍を姫路まで戻し、京へ向かう勢いを示していたということは心得ていたのだが。それにしてもなぜ無傷で帰れたのだ。毛利は筑前が姫路まで引き返すのを黙って見逃したのか」

「どうやらそうらしいね」

千代女は言った。

「あの筑前という男、相当な強運の持ち主と見た。大変なことになるよ、これは」

「馬鹿な、あの猿めが」

と、一益は憤然として言った。

誠之助は知っていた。一益と秀吉はあまり反りが合わないことを。

もともと織田家の中で謀略の才に長《た》けているのは、一益と秀吉が双璧《そうへき》であった。一益はどちらかといえば敵を裏切らせるのが得意であり、秀吉は兵糧《ひょうろう》攻めや、城攻めに独特の工夫を発揮した。その意味で二人は互いに競い合う関係と言えた。

今回、武田征伐の成功で一益が関東管領に抜擢《ばってき》されたことは、秀吉を一歩越えたという評価もあった。もちろん秀吉が毛利との戦いに勝てば、彼が中国管領に指名されることはほぼ既定の事実と言ってもよかったが、それはまだ実現していないのだから一益が出世において先んじたと言えないこともなかった。

だがそれも本能寺でもろくも崩れた。

そして事態が振り出しに戻ったとき、秀吉は一歩先んじて逆賊明智光秀の首を取ったというのである。

「こうしてはおられん」

一益は立ち上がった。食べるはずだった握り飯もどこかへ投げ捨てていた。

「わしは一刻も早く西を目指す」

「とりあえずどうするのだ」

誠之助は問うた。

「旧領の伊勢に戻る。そして、とりあえず軍を指揮する。そうだ、おぬしの舅《しゅうと》殿である木造具政殿も伊勢松《まつ》ヶ島《しま》の城にあり北畠宰相《さいしょう》様にお仕えしておるな」

「ああ、その通りだ」

誠之助は答えた。

北畠宰相とは信長の次男信雄のことで、信雄は伊勢攻略の一翼を担《にな》って、伊勢の名門である北畠家に養子に入り、北畠家をそっくりそのまま乗っ取ったかたちになっていた。そしてもともと北畠家の家老だった木造具政は、今は信雄の家老として、その政治を補佐しているのである。

「場合によっては、木造殿に助力を頼むかもしれぬ。とにかくわしは伊勢に行く」

「それよりまず清洲《きよす》に行ったほうがいいんじゃないのかい」

黙って聞いていた千代女が口を出した。

「何、清洲だと、それはどういうことだ」

「何にも知らないようだから教えてあげよう。三日後に羽柴筑前、柴田修理亮《しゅりのすけ》そして丹羽五郎左衛門《にわごろうざえもん》といった織田家の面々が清洲城に集まって、今後の織田家をどうしていくべきかという話し合いを開くんだとさ。その席で織田家の次の当主は誰かということを決めるらしいよ」

「そんな大事をなぜお前が知っている」

「これは秘密の話じゃないからね。今ちょっとでも天下のことに関心があり、耳をそばだてているものなら誰でも知っていることさ」

「わかった。こうしてはおられん」

一益は馬に乗った。

「誠之助また会おう。達者で暮らせよ」

「ああ、貴殿も道中ご無事でな」

「かたじけない」

一益は取るものも取りあえず馬に乗ると、全軍に命じて出立させた。そして真田兄弟の見送りは木曾路の入り口で辞退すると、荷駄を持つ従者たちには後から来るように命じ、自らは牧野伝蔵をはじめとする心きいたる手練《てだれ》の者を率いて、十数騎で街道を駆けに駆けた。目指すは尾張清洲である。

千代女から聞いた期日にはまだ多少の余裕があったが、こうした大事の場には決して遅れを取ってはならない。むしろ早めに入るべきだということを、一益は長年の経験で知り抜いていた。

そして、眠る時間も削《けず》って、駆けに駆けてようやく尾張国に入った。

尾張国に入ってしまえば清洲はもうすぐである。一益ら一行が清洲城へ通じる道に入るあと少しのところに来たとき、突然、数百の軍勢が街道脇から出現し、その道をふさいだ。

「何者だ」

一益は誰何《すいか》した。

その数百の部隊の大将と見られる男は、具足に身を固めた姿のまま馬上から軽く一礼して言った。

「先の関東管領滝川左近将監一益殿とお見受けいたす。拙者、羽柴筑前が家来、福島《ふくしま》正則《まさのり》と申す者でござる」

「その福島が一体何用だ。そもそも馬上から無礼であろう」

「無礼は承知。主人、羽柴筑前より滝川殿に申し上げたき儀あり」

「何だと、筑前が。そのような口上を聞いている暇《ひま》はない。わしは清洲城に行かねばならんのだ」

「その清洲での談合のことでござる」

「何だと」

「この清洲での談合へ滝川殿にはご出席なさらぬようお勧め申し上げると、主人羽柴筑前の伝言でござる」

正則は傲然《ごうぜん》と言った。

（何を馬鹿な）

一益は怒りに震えた。

2

「わしを知らぬのか。関東管領、滝川左近将監一益である。この度《たび》、信長様亡き後の処置を決めるということで、今、急ぎ清洲に駆けつけようとしているのだ。羽柴筑前の家来ごときが、それを止めるいわれがあるものか」

しかし、その羽柴筑前守秀吉の家臣、福島正則は、馬上で大きく両手を広げると、その言葉を遮《さえぎ》った。

「いかに滝川様とてこの場はお通しできません」

「だから何を以《もっ》て通せぬと申しておるのだ。筑前ならばともかく、そなたはその筑前の家来に過ぎぬではないか」

「いえ、私は主人羽柴筑前守の代理で参っております。この口上は、筑前本人の口上と思《おぼ》し召せ」

「ならばその筑前が、わしを留《とど》める理由を言え」

「武士の恥でござる」

正則は静かに言った。

「武士の恥？」

「左様《さよう》。滝川様は数日前、北条の大軍に攻め寄せられ、せっかく故信長様が下された関東の地を放棄し、這々《ほうほう》の体《てい》で逃げてこられた。まさに敗軍の将でござろう」

「――」

「その敗軍の将が、おめおめと織田家の将来を決める会議に出席しようとすることこそ、武士の恥と申すもの」

「それが筑前の口上か？」

「左様にござる。この福島が、この場はなんとしてもお止め申す。もし、敢《あ》えてお通りになると言うのなら、刀にかけてもお止め申す」

正則は腰の刀に手をかけた。

「無礼者め」

叫んだのは牧野伝蔵であった。

「殿、このような横車《よこぐるま》、許しておいていいのでしょうか」

一益もそれは同感だった。

しかし、多勢《たぜい》に無勢《ぶぜい》である。正則率いる人数は、少なく見積もっても二百人はいよう。鉄砲も槍も備えている。それに引き替え、こちらは軽装の騎馬武者が十数人。まともに戦ったら勝てるものではない。

（くそっ、筑前め。こんなことまでするとは）

一益は怒りに目が眩《くら》む思いだった。

確かに羽柴筑前守秀吉は、競争相手であったし、反りが合わない相手でもあった。一益はどちらかというと重臣筆頭とも言うべき柴田勝家と馬が合い、その柴田勝家が嫌っている秀吉とは、人間関係は確かにうまくいっていなかったのである。

しかし、それにしてもこのような無法なことをしでかそうとは、一益にとって思いも寄らぬことであった。

「やむを得ぬ、退《ひ》こう」

一益は断腸《だんちょう》の思いで言った。

「殿、それは」

「これで勝てると思うのか。ここに屍《しかばね》をさらしても、故信長様の供養にはならぬ」

一益は馬首を巡《めぐ》らせた。

このまま南へ下って宮《みや》の渡しから伊勢路《いせじ》へ出て、旧領の伊勢に帰って力を蓄《たくわ》えようと思ったのである。伊勢にはまだ一益に忠誠を誓う精鋭どもがいる。

(今に見ておれ秀吉め、この借りは必ず返すぞ)

一益は、家来たちを連れ、道をまっすぐ南へとった。

その日、清洲城の大広間には織田家の四人の重臣が集まっていた。

かつては重臣筆頭と自他共に認める存在であった柴田勝家。

そして、今、中国攻めの成功でその柴田を抜いたと評されるのが羽柴秀吉である。

残りの二人は、これまで信長の側近くにあって、安土城の建設や大船の建造など、作事《さくじ》奉行的な働きをしてきた丹羽長秀《ながひで》と、母が信長の乳母《うば》を務めた、つまり信長とは乳兄弟《ちきょうだい》という仲で、織田家の内政的なことを取り仕切っている家老格ともいうべき池田《いけだ》勝入斎《しょうにゅうさい》であった。

本来ならば、当主の信長にすでにその後継者の地位を認められていたが本能寺で死んだ信忠の、同腹の兄弟である信雄、そして異腹ではあるが、信長が生前、その器量を信雄よりも買っていた信孝、この二人もこの場にあるべきだった。

しかしながら、それを押しとどめたのは秀吉だった。

秀吉は、当事者がこの場に出ると何かともめる、遺領配分や、今後織田家は誰が仕切っていくかということは、当事者を交えずに重臣の決議で決めたほうが公平であると主張し、その言葉に丹羽、池田らが賛成し、実は内心三男の信孝を推《お》そうと思っていた勝家も納得せざるを得なかったのである。

「さて、ではそろそろ合議に入っては如何《いかが》かと存ずる」

先輩の勝家を上座に置き、自らは一歩下がった秀吉がそう言った。

正面の首座には誰も居らず、その下座に家臣四人が対峙する形で座った。席次は、勝家、秀吉、勝入斎、長秀の順であった。

だが、勝家には不満があった。

「まだ左近将監が来ておらぬ。あの男が入らねば、重臣会議とは言えまい」

勝家は、必ず自分に味方してくれるであろう一益の到着を待ち望んでいた。

しかし、秀吉は冷たく首を横に振った。

「左近将監殿は、数日前、上州神流川の合戦において北条軍に大敗を喫《きっ》したとのこと。生死すらわかり申さぬ。それに、仮に存命だとしても、信長様から任された関東の土地を北条に明け渡したのだから、この会議に出る資格はないのではござらぬか」

「勝敗は時の運。ここで新たに体制を固め直せば、将監とて関東管領の地位を奪い返すのも夢ではなかろう」

「それは一益殿が生きておればの話。生死が不明な今、その帰りをいつまで待つと仰せなのだ」

秀吉はたたみ掛けた。

実は秀吉は正則の報告で、一益が生きていて、この尾張国の近くまで来ていることを知っていた。だが、そのことを勝家に知らせるつもりはまったくなかった。秀吉の心にはすでにある野心が生まれていたからである。

勝家は助けを求めるように、古いつきあいのある長秀に視線を送った。

「五郎左衛門はどのように考える」

だが、五郎左衛門こと丹羽長秀も、すでに秀吉によって籠絡《ろうらく》されていた。

秀吉は、実は多額の金を長秀と池田勝入斎に贈っていた。買収である。

その多額の金も、もとをただせば信長が与えてくれた領地から得たものであり、いわば信長からの借り物なのだが、こうした命ぎりぎりのときにそうした金というものがいかに力を発揮するものなのか、秀吉は少年時代からの長い放浪生活の中で、その理《ことわり》をよく知っていたのである。

「修理殿の」

と、長秀は勝家を官名で呼んだ。

「申すことには、少し無理があるように思われる。滝川殿が生きておられるにしても、何時《いつ》帰ってくるかわからぬ。とりあえずは、この織田家の行く末を決めねば立ちゆかぬではないか」

勝家は、自分に味方してくれると思った長秀が反対意見を言ったので少し鼻白《はなじろ》んだが、気を取り直して頷いた。それならば、この会議の主導権を奪ってやろうと思ったのだ。

勝家には、勝家の思惑があった。

いや、それは思惑というより、織田家に対する真の忠誠心から生まれた判断である。

次男の信雄は長男信忠と母を同じくする兄弟でありながら、性質は似ても似つかぬものがあった。信忠は、痩《や》せて筋肉質で武勇にも長《た》け、一通り戦略をこなす器量があったが、その弟の信雄はそういうことはまるで駄目で、しかも食い気だけは異常にあり、まるで豚のような体をしている男であった。そしてその外見通りの貪欲《どんよく》で、いささか頭の足らない人物であった。

それに引き替え三男信孝は、本能寺の変の直前、信長直々に四国征伐を命じられ、それが成功した暁《あかつき》には、四国探題《たんだい》になることを内々に命じられていた。

まあ、信忠ほどではないにしても、今いる信長の年長の子供の中では、一番出来のいい息子である。

だから、この出来のいい息子に後を嗣《つ》がせることが、当然、織田家を救う道であると、勝家は考えたのである。

そこで勝家はまず言った。

「織田家のとりあえずの跡目のことだが、御三男の信孝様に就《つ》いていただくのが一番いいかと思う。信孝様は英明であるし、しかも、故信長様の弔《とむら》い合戦にも参加しておられる。これはやはり重きことではないか」

実は三男信孝は、本能寺の変の直前まで大坂にいたこともあり、秀吉がいち早く中国路から戻ってきて明智光秀を討った山崎天王山《やまざきてんのうざん》の戦いでも兵を出していた。つまり、親の仇を討ったかたちになっていた。

それに引き替え、次男の信雄は、居城の伊勢松ヶ島城に籠《こ》もりっきりで、その気になれば半日で京に来られる距離でありながら、何もしなかった。

勝家がまずそれを言ったのは、そのことが信雄にとって大きな負《お》い目となっていたからである。

そして、勝家にはもうひとつ期待があった。それはこの場にいる丹羽長秀のことである。

実は、四国征伐を命じた信孝に、一人では頼りないと、信長は補佐をする重臣を付けた。それが他ならぬ長秀なのである。当然長秀は、信孝の出世を望んでいるだろう。信孝が織田家の当主になれば、長秀もそれに合わせて引き立てられるに違いないからだ。

つまり勝家は、この案を出せば、長秀が乗ってくるものと思っていたのだ。そして長秀の支持さえ得られれば、仮に勝入斎が反対しても、なんとか押し切れると踏んでいたのである。

ところが、真っ先に賛同すると思っていた長秀が、何も言い出さなかった。

(どうしたのだ五郎左衛門、何をぐずぐずしている)

勝家はこうしたことにはまったく疎《うと》かった。秀吉がいち早く彼らを買収していることに気がつかなかったのである。

　そして、おもむろに秀吉が口を開いた。

「跡目のことは、修理殿が申されることはいささか無理があるように思われる。なぜならば、幸いにも信長様の直系の御孫であり、故信忠様の御嫡男でもあらせられる三《さん》法師丸君《ぼうしまるぎみ》が戦火をくぐって生き延びておられるではないか。筋目《すじめ》というものは、大切にせねばならぬ。この三法師丸君に家督を嗣《つ》いで頂くことこそ、まさに筋目を通すこと。これ以外にはないのではないか」

　秀吉の言葉に、勝家は目を剝《む》いてあからさまに異を唱えた。

「何を申しておる、この乱世だぞ。

　それは筋目ということが大切なのはわしも異論はないが、赤ん坊に当主が務まる世の中でもない」

「いや、赤ん坊と申されるが、それは我々重臣が補佐をしていけばいいのであり、まさに修理殿が申される信孝様にも後見になっていただけばよいではないか。それだけのことだ、むしろ次男を差し置いて三男を抜擢《ばってき》するようなことがあれば、後々家督の争いが起きるかもしれぬ。ならば嫡流を立てれば誰もが納得し、家中は丸く収まるであろう」

秀吉はそう言った。

勝家は渋い顔をした。痛いところを衝かれたのである。

確かに、次男信雄が痴《し》れ者で、三男信孝のほうが優秀だということは誰でも知っている。

だが、そういうとき弟を立てれば、兄が不満を持ち乱が起こるというのも、いわば武家社会の常識でもあった。

どんな家でも派閥の争いはある。こうしたときには家が真っ二つに割れて、抗争になる場合が多い。それを避けるために、赤子ながら嫡流の三法師丸を跡目に立てるというのは、そういう意味では筋が通っていた。

そして、次の瞬間、秀吉は思わぬ行動に出た。

「皆の衆、実は、いささか家中で争いが起こっておってな。やはり大殿《おおとの》が亡くなった後の動揺が収まらぬ。そこで申し訳ないが、中座させていただく。後はおのおの方で決めていただけるか」

勝家は意表を衝かれた。

この最も大切な場から、秀吉は退席してしまうと言うのである。

「な、なんじゃと、筑前。我々で決めてよいのか」

勝家は思わず言った。

「構い申さぬ。退席する以上、ここで決められたことに後々異は唱えませぬ。それでは御免」

秀吉は、本当に席を立って出て行ってしまった。

勝家は呆気《あっけ》にとられたが、しばらくして気を取り直してむしろ好機だとも思った。

そこで長秀に話しかけた。

「どうじゃ、五郎左。貴殿はわしと筑前が申すこと、どちらに理があると思う」

長秀は目を閉じて暫《しばら》く考えていたが、

「修理殿の言うこともっともとは聞こえるが、やはり家中の争いを招かぬため、筋目を立てるために、わしは筑前の考えが正しいと思う」

と、答えた。意外な結果だった。

いや、それを意外ととったのは、この場にいる者では勝家だけで、勝入斎は長秀がどういう意見に賛同するか知っていた。だが、勝家はそれを知らない。だから慌《あわ》てて、勝入斎にも意見を求めた。

「貴殿はいかように考えられる」

「わしも五郎左殿、そして筑前殿に賛成じゃな」

勝入斎は即答した。

「うーむ」

勝家は唸《うな》った。二対一である。いや、退出した秀吉も入れたら三対一だ。まさかこんなことになるとは、夢にも思わなかった。

しかし、合議で決めようと話を持ちかけてきた以上、いくら何でも、自分の意見を押し通すわけにはいかない。力ずくではないというところにこの会議の意味があるのだから、それをぶち壊しにしてしまうことはできないのである。

勝家は、目を閉じて考え続けた。

（ここは退くしかないのか。そうだ、とりあえずは筑前の言うことを聞き、家督は三法師丸様ということにしよう。

だが、それには後見が必要だ。では、後見に信孝様に就いていただくというのはどうだ。後見人の地位さえ奪ってしまえば、後はどうにでもなる。

そうだ、それがいい）

勝家は、救われたような気分になった。

（これならば、逆に秀吉を封じ込めることができるかもしれぬ）

「では、貴公らの意見を尊重し、家督は三法師丸君にすることにいたそう。ただし、三法師丸君は赤子の身、しかるべき後見人が必要だが、それを信孝様にしていただくというのはどうであろう」

勝家はそう言って、長秀と勝入斎を見た。

その点に関しては二人も異存はなかった。

しかし、異存がないのは、それが理の当然だからではなく、秀吉からもし勝家がそういうことを言い出したら、一も二もなく賛成せよと言い含められていたからであった。

秀吉は、長秀と清洲城の茶室で会い、そのことはすでに告げていたのである。

しかも秀吉は、こうも言った。

「恐らく修理殿は信孝様を後見にするだけではなく、後見人なのだから当然、お手元で御養育せねばならぬ。したがって岐阜城を信孝様に与え、そしてそこで三法師丸君を御養育すべきだと主張するはず」

なるほど、長秀は、秀吉が先の先まで読んでいることに感心した。

秀吉は声を潜めて、

「そうなったら、それに賛成していただきたいのです」

「なに、賛成してよいのか」

長秀は首をひねった。

「それでは決め手を相手に与えることになってはしまわぬか」

「いえ、お任せあれ。この筑前に秘策有り」

秀吉は胸を叩いた。

「大丈夫でござる。それに遺領分配の件についても、修理殿の言い分を鵜呑《うの》みにしていただきたく存ずる」

「それでよいのか、本当に」

長秀は心配そうな顔になった。

「それではあまりにも修理殿の立場が強くなりはしないだろうか」

だが秀吉は、笑みを浮かべたまま、

「かまいません。そのようにしてくだされ」

と、頭を下げた。

勝家は結局、遺領の分配で秀吉の予想した通りの要求をした。そして最後に付け加えたのが、近江国の長浜《ながはま》城を貰《もら》い受けたい、ということであった。

長浜城は、秀吉が初めて信長から城主に抜擢され、一から造った城であった。子供のいない秀吉にとっては、愛着の深い城でもある。また同時に長浜城は、要衝の地にある城であった。

信長は、武田信玄亡き後、上杉謙信の南下を一番恐れていた。そのために、北陸路に睨みを利《き》かせる近江の地に安土城を築かざるを得なかったのである。

そして、その安土城の出城として北陸路を固める役目を持っていたのが長浜城であった。

今、柴田勝家は、その北陸の北ノ庄に本城を置いている。織田家の北陸探題《たんだい》とも言うべき勝家が、長浜の城も得るということは、北陸路から近江に常に出られる道を確保したことになる。

それを、勝家は要求した。

何しろその場に秀吉がいないのだから、勝家が強く要求すれば、長秀も勝入斎も頷かざるを得なかった。

そして勝家は、そのことを自分の勝利と勘違いしていた。

実はそれは、すでに秀吉によって膳立てされたことだったのである。

しかし、とにかく勝家は、己《おのれ》の勝利を確信し、城中の別の間で待っていた信孝にそれを報告した。

信孝は大きく頷くと、

「ようやってくれた。一足飛びに家督を嗣げないのは残念ではあるが、後見人という立場にあればいかようにもなろう。それに、岐阜城まで我がものにしてくれたのは感謝に堪《た》えん」

「何をおっしゃいます」

勝家は、あの場にいた四人の中では一番織田家の将来を真剣に心配していた一人だった。だからこそ、信孝を推したのである。

信孝がそうした意味で織田家の重要な地位に就いたことは、勝家にとっても喜ばしいことであった。

「ところで修理よ、一つ頼みがある。いや、頼みというか、これは貴殿にも目出度《めでた》きことなのだが」

と、信孝が不思議な笑みを浮かべて言った。

「何でござろうか」

勝家は怪訝《けげん》な顔をした。

「叔母上を貰ってはくれぬか」

「えっ！」

勝家は耳を疑った。叔母上というのは、信長の妹、お市《いち》の方《かた》のことである。

お市は政略結婚のため、北近江の浅井長政《あざいながまさ》に嫁《とつ》いだ。夫婦の仲はよく、その間に茶々《ちやちや》、初《はつ》、江《ごう》の三人の娘が生まれた。しかしながら、長政は朝倉《あさくら》との友誼《ゆうぎ》を重んじ、信長に反旗を翻《ひるがえ》すかたちになったので、怒った信長は朝倉を滅ぼし、返す刀で浅井も滅亡させ、長政の首を取っていた。

そして市は、信長の妹であるということで、特に命を助けられ、尾張国に保護されていたのである。

織田家は美男美女の家系であった。特にお市は三国一の美女とも言われ、織田家の若侍はみなお市に惚《ほ》れているという風評すらあった。それは勝家も例外ではなかった。そして勝家は、夫婦運が悪く、たまたま妻と死に別れてやもめの状態であった。

そこで信孝は、叔母と勝家を結びつけることによって、勝家を織田家に対する無二の忠臣にしようと思ったのである。

もちろん勝家にも、まったく異存はなかった。

「そのようなこと、本当にお許しくださるのか」

「許すも許さぬもない。内々に叔母上にも話しておいた。叔母上も修理殿ならば喜んでと申されておる」

「おおっ」

あの高嶺《たかね》の花が自分の妻となる。そう思っただけで、勝家は、まさに天にも昇るような心地《ここち》であった。

数日後、勝家とお市の方の祝言《しゅうげん》が行なわれた。そして、とりあえず織田家の将来は決まったので、勝家は新妻お市を連れて本拠の北ノ庄城に戻った。

途中まで信孝も同行し、信孝は三法師丸を連れて岐阜城に入り、新城主として赴任するかたちとなった。

勝家は、勝利の喜びに震えていた。あの何かと小癪《こしゃく》な秀吉に対し、三法師の養育権を奪うことで優位に立ち、その秀吉も惚れていたであろう美女のお市の方を我が妻とし、重臣筆頭の地位を固めた。

そして秀吉が、掌中《しょうちゅう》の玉のように大切にしていた長浜城も取り上げた。これ以上の勝利があろうかと、勝家は思っていた。

だがそれは、つかの間の勝利でしかなかった。

蹌踉《そうろう》の日々

1

その日、織田信忠によって焼かれた諏訪大社本宮の復興された仮殿の前に、諏訪大社の大祝《おおほうり》を務めている諏訪頼忠を中心に諏訪衆の主だった人々が集まっていた。織田の武田征伐によって武田家は崩壊し、その結果、武田領であった諏訪も一時織田領となった。

武田征伐に滝川一益と並んで大功を上げた川尻秀隆が、甲斐国と共にこの諏訪郡を与えられたのである。ところが、川尻は信長の威を借りて、またその命を受け、徹底的な武田家の残党狩りを行なったばかりではなく、長い間の村のしきたりもすべて織田流に変えてしまったため領民の深い恨みを買った。

そこに本能寺の変である。信長が横死したという知らせを聞くや、甲斐の民衆は上も下もこぞって立ち上がり、川尻を追い詰めてなぶり殺しにした。その結果この諏訪地方は、今は無主の地となっている。

武田領の分配は川尻秀隆が甲斐国と諏訪郡、滝川一益が上野国、森長可《もりながよし》が信濃のうち川中島《かわなかじま》四郡、木曾義昌が木曾の本領安堵というかたちであったが、織田信長という強い後ろ盾を失った滝川一益の軍がまず崩壊し、上野国は北条氏政に侵攻され、北条領となった。

そして北条氏政はさらに碓氷峠を越えて、この諏訪郡にも侵入しようとしていた。いわば火事場泥棒のように主のいなくなった土地をかすめ取ろうというのである。

もちろん火事場泥棒は氏政ばかりではない。長年信濃の地に執着していた上杉景勝も虎視眈々《こしたんたん》と領土拡張を狙っていた。

景勝はとりあえず川中島四郡を押さえ、さらに南進する、つまりこの諏訪に迫る勢いであった。

今日の会合は、これから諏訪氏はいかがするべきか、北条に従うか、それとも上杉に付くかということを相談するのが目的であった。

「皆の者、よう集まってくれた。今日は我が諏訪一族、そしてこの諏訪郡の行く末を極《き》める大切な談合である。遠慮なく物申してもらいたい」

そう言って諏訪頼忠は、一同を見渡した。

長い間、武田家そして甲斐衆に虐《しいた》げられてきた諏訪者にとっては、まさに独立の好機であった。

天文《てんぶん》の昔、武田家の当主武田信玄は、妹婿の諏訪頼重を謀略で自害させた。その時諏訪総領家は断絶したのである。

その時、頼重のいとこに当たる頼忠はまだ七歳であった。だが結局は、その幼さが幸いした。信玄は諏訪家をとりあえず領主ではなく諏訪大社の大祝、つまり最高神官として残すことを決めた。それは諏訪の人心を離反させないためである。そのために七歳の頼忠は格好の道具であった。

その後に頼重の娘である美紗姫と信玄の間に諏訪四郎勝頼が生まれたために、一時頼忠の地位が危うくなったこともあったが、結局勝頼が本家を継《つ》いだため、大祝としては職務を続けることができた。

実は頼忠はあまり甲斐者には反感を持っていない。既に武田の支配が三十年も続いていたのだ。まもなく五十になる頼忠より上の世代の人間は、武田家に劫略《ごうりやく》されたという思いが強く、反感を持っている者は少なくなかったが、後にその諏訪の直系の血を引く姫と信玄との間に息子が生まれ、さらにその息子が成長して武田家の本家の家督を継いだことによって、諏訪者の甲斐者に対する反感は薄れつつはあったのである。

しかしその矢先、武田が滅亡し、そしてその墳墓の土も乾かぬうちに、今度はそれを滅ぼした織田信長が滅亡するとは。

こんな事態を誰が予測しただろうか。

その時代の変遷《へんせん》の激しさが、そこに集まった人々の胸を重くしていた。未来はどうなる、などということを最も論じたくない気分であったのである。

しかし決めなければいけない。諏訪衆だけで独立を保っていくということは、まず不可能であるからだ。北条あり、上杉あり、そのどちらが勝つか、今のところはわからない。誰もが最初に発言することをためらっていた。

その気分を察した頼忠はさらに口を開いた。

「実はここに、北条殿からの書状がある」

と、頼忠は近習《きんじゅ》の若者に命じて書状を持ってこさせた。

頼忠はそれを受けると、全員に向かってその文面を広げて見せた。

「諏訪殿の本領は安堵する、故《ゆえ》に我に従え。まあ平たく言えばこう書いてあるのだな、この書状には」

「北条家が——」

一同からざわめきの声が上がった。

確かに一番近い脅威は、北条なのである。

上杉は諏訪より北にある川中島四郡を掌握《しょうあく》するために手間取っている。上杉に従うことを潔《いさぎよ》しとしない者たちが、いくつかの小城に籠もって抵抗を続けているからだ。それに引き換え北条軍は、関東管領に任命された滝川一益軍を打ち破り、破竹の勢いで碓氷峠を越えているという。それ故、一番早くここに到達するのは北条軍であろう。

そのことは誰もが予測していた。

「『それゆえ、皆の腹蔵ない意見を聞かせてもらいたい』との殿のお言葉じゃ」

と一門の長老格で、頼忠にとっては叔父にあたる諏訪頼元《よりもと》が言った。

「されど、北条と手を結ばずにはおれぬでしょう」

そう言ったのは一族の高遠頼祐《たかとおよりすけ》であった。

高遠家も本姓は諏訪で、一時その当主高遠頼継《よりつぐ》が本家横領の野心を起こし本家と対立したため、信玄はこれを口実に滅ぼし、高遠領を奪った。

しかし高遠一族は、その後目立たないかたちで家を再興させた。武田一族の血は入っていない。むしろ頼忠にとっては、今の高遠一族は頼もしい味方であった。

「その通りなのだが」

と、頼忠は軽く頷いて、

「ここで一同にある者を引き合わせたい。その者の意見を聞いてはどうかと思い、実は呼び寄せてあるのだ」

「その者とは」

頼祐が尋ねた。

「皆も存じおろう。かつて諏訪頼重殿に仕えていた望月誠之助だ」

一同から驚きの声が上がった。それは決して歓迎ではなく、嫌悪の色を含んでいた。それを代表するように頼祐が言った。

「これは大祝殿のお言葉とは思えません。望月誠之助なる者は、我が諏訪を見捨て織田に走った裏切り者ではございませんか」

「それは違う」

凜《りん》とした声が響いた。

一同が驚いてそちらを見ると、仮殿の入り口の回廊から望月誠之助が姿を現わした。

誠之助は一同に軽く礼をすると、

「拙者は裏切り者ではない。お若い方々にはわからぬかもしれぬが、我が諏訪は武田に侵《おか》されたのだ。それゆえにわしは、武田と戦いそれを滅ぼすために、武田の敵である織田に随身《ずいじん》していた。それを裏切りとは、わしは承服できぬ」

それに対して頼祐が言い返した。

「何を申されるか、武田家はこの諏訪に対して篤《あつ》く礼を尽くされた。しかしながら、織田家は、この我ら諏訪者にとって魂《たましい》のよりどころとも言うべき本宮を焼き払ったではないか」

「それはわしも残念に思っておる。ただしわしはそのことには一切《いっさい》関わってはおらぬ」

「何をぬけぬけと」

「関わっておらぬからこそ、今日この神前に姿を現わしたのだ。

もしわしが一毫《いちごう》でもこの焼き討ちに関わりがあるのならば、諏訪者の一人として神罰恐ろしく、とても方々《かたがた》の面前に顔を出すことはできぬ」

そう言って誠之助は首座の頼忠を見た。このことは頼忠には既に言ってある。

頼忠は大きく頷くと、

「そういうことだ。よく聞け。我ら諏訪者はこの諏訪しか知らぬ。言ってみれば井の中の蛙《かわず》だ。だが望月殿は、織田家の家臣として、あるいは浪人として各地を巡り、諸国の情勢には極めて詳しい。危急存亡の時ぞ、この際細《こま》かい下らぬ面目や疑念は捨てよ。諏訪者は諏訪者同士ひとつにならねばならんのだ――。よいか頼祐」

と、頼忠は若い頼祐を一喝した。

「承知仕《つかまつ》った」

明らかに不満の色を浮かべながらも頼祐は頭を下げた。

「さあ、望月殿これへ」

と頼忠は、自分の左側の空いている円座に誠之助を招いた。その席だけ談合の最初から空いていたのである。

多くの者はそこに頼忠の嫡男である頼水《よりみず》が着座するものと思っていた。頼水はまだ十二歳だが、この諏訪一族の危急のときを迎え、歳を繰り上げて元服したといううわさが流れていた。その披露もあるのではないかと一同は思っていたのである。しかしその席にまず誠之助が座った。

「望月殿、我々の話を聞いておったと思うが、貴殿はどのように考えられる」

頼忠の問いに誠之助は軽く一礼して一同を見渡すと、

「とりあえずは北条殿に従い、その所領安堵を受けるのはやむを得ますまい。何しろ敵は多い、しかも最も近くに迫っておる。それ故、すぐに取るべき策としてはそれがよいかと存ずる。ただし、この先のことも少し考えておかなければなりません」

「それは上杉がことか」

「それもございますが、皆様一つお忘れではないかな。もう一つ大敵がこちらに向かってくる恐れがある。その大敵とは徳川殿にござる」

頼忠は驚いて、

「なに、徳川。あの徳川家康殿がこの地を狙うというのか」

「はい。実は、本能寺の一件の後、その信長公の仇を討って天下に名乗りを上げようという者たちが、明智日向守《ひゅうがのかみ》の首を狙いました。そしてそれにいち早く成功したのが羽柴筑前守秀吉」

「羽柴筑前、確か織田家筆頭の大将であったか」

今度は頼元が言った。

「左様でござる。この羽柴筑前という男、あの信長公が最も信頼した大将というだけあってなかなか目端《めはし》の利く男でござる。そして実は、徳川殿も明智日向めを討ち取って、天下に名を上げることを望んでいたのでござるが、いち早く手を打った羽柴筑前殿の後塵《こうじん》を拝した。いわばとんびに油揚げをさらわれたかたちでござる」

「なるほど、つまり徳川殿はもう西に動く理由はなくなったということだな」

　頼忠は頷いた。

「左様、しかし私は徳川殿をよく存じ上げているが、あの方は転んでもただでは起きぬというしぶといお人でござる。既に無主となった甲斐に侵入し、依田玄蕃《よだげんば》殿を差し向け、武田家の遺臣に檄《げき》を飛ばし、甲斐を掌握しつつあるという知らせが入っております」

「ほう、早耳だのう。そのようなことが起こっておるのか。つまり徳川殿は、西よりも東の領地を増やそうと画策するということだな」

「はい。ですから、いずれこの地に徳川勢が攻めてくることも考えねばなりません。そのとき我らはどうすべきか」

「考えるまでもないではないか。北条殿に従い、家康など追い払えばよい」

　高遠頼祐が吠えるように言った。

「いやいや、なかなか」

誠之助は首を振り、

「皆々ご一同は、徳川家康という男をご存じない。あの信長公が最も信頼した将の一人でござる。その戦ぶりもなかなかしぶとく、侮《あなど》ってはならぬ相手と存ずる」

「しかし過ぐる三方《みかた》ヶ原《はら》の合戦で、家康という男は、信玄公に惨敗したというではないか」

頼元が言った。三方ヶ原の合戦のことである。

「左様、あのときは拙者もあの場におりましたが、あやうく徳川殿は首を取られるところでござった。まさに九死に一生を得たのでござる」

実はその時、家康の命を助けたのは、他ならぬ誠之助であった。しかしそのことは今は言うまいと誠之助は考え、口には出さなかった。

「つまり家康という男、さほど戦上手ではないということではないのか」

頼忠が一同の疑問を代表するかたちで言った。

「いやいやさにあらず、徳川殿の恐ろしさは、常に学ぶということでござる」

「学ぶ？」

「左様、敵に学び、同じしくじりは二度と繰り返さぬ大将でござる。たとえばこの合戦の折、拙者はこの目で見たのだが、武田の騎馬武者に攻め立てられ徳川殿は馬上でその、粗相《そそう》をなされてな」

「粗相？」

「つまり厠に行かぬままに粗相をされたのでござる」

「なんと」

一同はそれを聞いてどっと笑った。

「要するにそれは恐怖の余りということではないか。貴公はそれを見ていたのか」

「たまたま縁があり、一部始終を見ております。徳川殿はそのまま城に戻られた。さて一同にお伺《うかが》いしたい、下帯《したおび》を汚したまま帰城された場合、まず最初に何をなさる」

「言うまでもない、下帯を取り替えるのであろう」

頼忠が言った。

誠之助は首を横に振って、

「さにあらず、徳川殿は下帯も替えずに絵師を呼んだのでござる」

「絵師？　戦の最中であろう」

「左様、まだ戦は終わってはおりませんでした。だが絵師を呼ばれ、そしてご自分は床几に腰をかけられ、我が姿を写せと絵師にお命じになったのでござる」

誠之助の脳裏《のうり》にその光景がありありと浮かんだ。

誠之助はその場面を直接見た数少ない人間の一人である。

「そのような、誠にもって惨《みじ》めな姿を残して一体どうするというのだ。それでは家臣に示しが付かぬではないか」

「その逆でござる。徳川殿は、その最も惨めな、ご自分の油断で招かれた負け戦を二度と繰り返さぬため、わざわざその絵姿を残されたのでござる。それを子孫の戒《いまし》めにすると申されてな」

「ほう」

頼忠は首をひねった。

確かにすごい話ではあるが、かといってそれほど尊敬の念がわいたわけでもない。何よりも負け戦で漏《も》らしてしまったということが頭を離れないのである。

「いずれ徳川殿の真骨頂《しんこっちょう》が、ご一同のお目に留まる機会もありましょう。ただここで一つだけ申し上げておきたいのは、北条とも上杉とも、もちろん徳川とも、あまり深入りをせぬ付き合いをすることでござる」

「北条は当然、臣従《しんじゅう》の印《しるし》に人質を求めてくるであろうな」

頼元が、またつぶやくように言った。それは戦国の常識である。

「できればその儀は、なんとかたぶらかしていただきたい」

「たぶらかすとは」

「例えば人質にすべき子がないとか、あるいは子はいるが病に臥《ふ》せっているとか。そこは臨機応変、なんでもよろしゅうござる。とにかく相手が誰であろうと、絶対にその者にしか従えぬというかたちは取らぬよう。嵐の過ぎるのを待つべきでござる」

「嵐か、嵐はいつ収まるのだ、望月、いや誠之助殿」

頼忠は言った。

「しかとはわかりませぬが、ここ二、三カ月の内。徳川殿の動きを見極めてからのことになり申そう」

「わかった。ではそれまで皆の者、固くこの地を守ろうではないか」

それが今日の談合の結論であった。

談合が終わると、誠之助は仮殿を出て諏訪湖畔に向かった。

ようやく厳しい残暑が終わり、秋の気配が漂う湖の岸辺に、今や誠之助のただ一人の郎党と言える喜三太が待っていた。

「ご苦労だった。岐阜はどうだった」

誠之助は尋ねた。

本来なら一刻も早く岐阜に帰り、妻子の顔を見たいところだったが、そうもいかなかった。この諏訪がどのようになるかも気になったし、それに、誠之助は最後の最後で武田松姫の命を助けるために織田家に反逆しているのである。その知らせがもし届いていたとしたら、誠之助の家族も無事ではすまなかったかもしれない。そこで誠之助は、もう一度喜三太を岐阜にやり、もしそのような気配があれば、直ちに妻子を脱出させ、この諏訪に連れてくるように命じていたのである。

「ご主人様、あの件については、どうやら大丈夫のようでございます」

喜三太は言った。それが誠之助の一番聞きたいことであった。

そして誠之助はほっとした。もちろんあの件とは「反逆」のことである。

「そうか、やはりか。あの大騒ぎの中でわしが松姫を助け牢に入れられたという知らせは岐阜までは届かなかったのだな」

「左様にございます」

「それは間違いないな。妻や子には何の咎《とが》めもないのだな」

「はい、間違いございません。甲斐では川尻様以下主だった家中の人々がすべて討ち取られ、そのことによりご主人様のなさったことは、幸いにも知られなかったようでございます」

「不思議なものだな」

と、誠之助は湖畔にある大きな石の一つに腰を下ろした。

喜三太は岸辺の砂の上に片膝をついて主人を見上げている。

「信長様も、信忠様も、まさに日の出の勢いであった。いや旭日《きょくじつ》は中天に輝いていた。だが、その日はおらぬ。あっという間に落ちた。もしその日が昇ったままであれば、わしは今頃ここにはおらぬ。武田家に通じた裏切り者として、甲府辺りの辻でさらし首になっていたかもしれぬ。そうなれば我が妻も子も無事ではすまなかったであろう」

「誠におめでたいことでございます」

喜三太が言った。

誠之助は首を振って、

「めでたいか。これが幸運と言えるか。信長様はともかく、信忠様はお気の毒であったし、川尻殿もただただ己の務めに忠実であっただけだ。それがあのような惨めな死に方をされるとはな」

「川尻様が生きておられたら、ご主人様の命はないのでございますよ」

誠之助は苦笑して、

「それはそうだ。だが、わしはこのところ人の運命ほどわからないものはないと思うようになった。だからこそこの諏訪が心配なのだ。それはわしとて人の子、妻や子に対する情誼《じょうぎ》はある。だがそれを貫《つらぬ》くには人の世は危うすぎる。妻は何か申していたか」

「いえ」

喜三太は首をふった。

「しばらく諏訪にお留《とど》まりになるとお伝えいたしましたところ、お気の済むまでというお答えでございました」

「あの者は知らぬからな」

と、誠之助は言った。「反逆」のことである。もしそのことを知っていたら、自分たちの身が危ういかもしれぬのになぜ帰ってくれないのかと恨むところであろう。皮肉なことに、本能寺の変があったからよかったのだ。

ひょっとして織田家中で本能寺の変があったことによって最も得をしたのは、他ならぬ誠之助自身かもしれなかった。

「ところで上杉の動きはどうだ」

誠之助は今一番気がかりなことを尋ねた。

北条には、とりあえず臣従を申し入れておけば、いきなり攻め滅ぼされるようなことはあるまい。だが、信濃一国に大きな野望を抱く上杉景勝が、川中島四郡を平定した勢いで南下してくる可能性は高かった。そうなれば上杉北条の決戦が行なわれる。そこへ徳川軍が攻めてくれば話はますますややこしくなる。

「は、やはり上杉殿は、こちらへ寄せてくるお気持ちがあるようでございます」

喜三太は言った。

歴戦の強者《つわもの》でもある喜三太のような人間は、敵の領国を歩くだけで、なんとなくその空気がわかるものなのである。

「そうか」

誠之助は、青く静まり返っている諏訪の湖に目を向けた。

この鏡のような穏やかな湖面とはまるで逆に、この諏訪の国の周りはまさに強い嵐が吹き荒れようとしているのである。

2

その頃徳川家康は、本拠地遠江国浜松《はままつ》城にあって、今後の対策を重臣と協議していた。

重臣筆頭は、石川数正《いしかわかずまさ》。続いて本多忠勝《ほんだただかつ》、榊原康政《さかきばらやすまさ》、井伊直政《いいなおまさ》といった面々が徳川家の屋台骨を支《ささ》えている。

そこに現われたのは、もう一人の重臣筆頭とも言うべき酒井忠次であった。酒井はずかずかと大広間に入ってくると、上座にある家康の正面にどっかりと腰を下ろした。

他の四人は、控えるかたちでお互いに向き合っている。それを思えば、酒井の動きは主人に対する礼儀をいささか欠くものと言えたかもしれない。

「殿、どうなさるおつもりでござる」

酒井は吠《ほ》えるように言った。

家康はむっとした顔で酒井を見た。

実は、家康はあまり酒井のことを快く思っていない。それは長男信康の問題があったからであった。

徳川家の第二の城砦《じょうさい》、そして、もう一つの国である三河を固める岡崎城に、家康は最も優秀で最も愛する嫡男信康を置いていた。

ところが、その信康が武田方に通じたという疑いが起こり、結局信康は切腹させられた。しかしそれは、家康が岡崎城に置き去りにした正室、築山殿の陰謀のせいであった。

築山殿は、かつて駿遠三、つまり駿河、遠江、三河の太守であった今川義元《いまがわよしもと》の家臣である関口《せきぐち》氏の娘で、家康がまだ松平元康《まつだいらもとやす》と名乗っていた人質時代に、無理やり押し付けられた妻であった。

無理やりと言っても、最初の頃は長男信康、長女亀姫《かめひめ》の二人をもうけるなど夫婦仲は円満であったのだが、織田信長によって今川義元が討たれ、松平家が今川家からの独立を果たすと、家康は何かと築山殿が邪魔になった。

もちろん、年老いて女性としての魅力を徐々に失っていったということもあったのだが、最大の理由は信長との同盟である。

今川重臣の家が実家である築山殿にとって、織田信長という男は不倶戴天《ふぐたいてん》の仇であった。

だから、その信長と家康が同盟を組むと言ったときも、築山殿は決していい顔はしなかった。いやむしろ家康のことを激しくなじった。

それゆえに家康は、長男にその母をおしつけるかたちで、築山殿を三河国岡崎城に追いやり、自分は遠江国浜松城を本拠としたのである。

だが築山殿は、かえって憎悪を深め、こともあろうに信玄亡き後に武田家の当主となった勝頼に密書を送り、家康を暗殺するから助力してくれと持ちかけたのである。

実はこのことは、滝川一益の幼馴染みでもある望月千代女の画策したことであったが、もちろん家康はそのことはまったく知らない。

これは、家康が少しは働くと自負していた諜報網が、武田信玄という男が作った精緻《せいち》な、そして高度な諜者によって散々かき回された事件でもあった。

武田の諜者は、家康の家庭の内紛に付け込み、まんまと楔《くさび》を打ち込んだのである。

ただこの件に関して、信康はまったくの無実であった。

信康は母のやることにうすうす気が付いていた節がある。しかしながら、そこは実の母であるから、深く咎《とが》めることはしなかった。

ところが、信康の妻は織田信長の娘、徳《とく》姫である。徳姫は築山殿の動きを察し、密書という動かぬ証拠を摑んで安土の信長に訴え出た。

しかし信長は、実の娘の訴えだからといって、それを頭から信じ込むような甘い男ではない。そこでたまたま家康の代理として安土に使いに来ていた重臣筆頭の酒井にこういう報告が来ているがどうかと質《ただ》したのである。

そのとき酒井は、築山殿だけではなく信康もそれにかんでいると断言した。

そのために信長は激怒し、家康に対し、信康には切腹を命じ、築山殿は殺すように命じたのである。

同盟者とはいえ、信長の力は絶対であった。

これが、まだ三河にいた、家康に対武田、対北条の戦いを任せて岐阜に進出していた頃の信長だったらこんな強圧的な命令は出せなかったし、家康も唯々諾々《いいだくだく》とそれに従うことはなかっただろう。

しかしこの時、信長は事実上日本の中央部を制覇し、天下の主《あるじ》たる勢いであった。

そんな信長に逆らえるはずもなく、家康は断腸の思いで信康に切腹を命じたのだった。

では、酒井はなぜ無実の信康を巻き込むような発言をしたのか。それは、徳川家内におけるもう一人の重臣筆頭、石川数正との勢力争いのためであった。

石川は三河衆を束《たば》ね、岡崎にあった。

一方酒井は、それ以外の、特に遠江国に入ってからの新参者を束ねる立場であった。

二人は好敵手である。

その決着はいつつくのかと言えば、家康が隠居したときである。信康の時代となったら、石川の天下になることは明らかであった。その理由は、かつて家康が桶狭間《おけはざま》の合戦の後、今川家と手を切ると決断したときにあった。そのころ幼い信康は、今川家の人質になっていたのである。つまり家康は、信康を死なせてでも信長と手を組むことを決意したのだが、その時、命をかけて今川領内に潜入して信康を助け出してきたのが他ならぬ石川だったのである。

信康は、石川のことを「じい」と親しみを込めて呼んでいる。もし信康が徳川家の家督を継げば、石川こそがまさに筆頭家老になり、酒井はその下風に立たされることは明らかであった。

それが許せない酒井は、それを阻止せんと、信長の前で信康をかばうことは一切しなかったのである。

ただ驚嘆すべきは、こんなことがあっても、家康が酒井に何の咎めもしないことであった。そんなことをして家臣団が真っ二つになれば、徳川の崩壊に繋がると、家康は断腸の思いで酒井を残したのである。

だがそのことは、逆に石川の不満を招いていた。

その、ある意味で主を主とも思わぬ酒井が評定《ひょうじょう》の席に一番遅れてやって来て、家康を問い詰めたのである。

「わしは甲斐と信濃を取ろうと思う」

家康はぽつりと言った。

家康にも天下を取ろうという野心はある。

いや、正確に言えば、信長が生きている間はそんなことなどとても考えられなかった。自分は信長の下でいかに日を送るか、それだけに腐心していたのである。

ところが信長が死んだ。信長が死ねば信長の同盟者であった家康の履歴は光る。

織田家重臣筆頭である羽柴筑前守秀吉も、柴田修理亮勝家も、滝川左近将監一益もすべて信長の家臣にすぎない。自分は今でこそ家臣同様に落ちぶれてはいるが、本来は同盟者である。すなわち信長と同格だ。その自分には天下を取る資格がある、と家康は本能寺の変が起こって以降、思うようになっていた。

ただし、問題はその機会が奪われたことだ。

不運なことに、本能寺の変が起こった時に家康は、ほんのわずかの供まわりの者と共に京から堺《さかい》へ移っていた。同じく武田征伐に大功をあげた元武田家重臣の穴山梅雪《あなやまばいせつ》と共に、信長の接待を受けていたのである。

つまり、今度の武田征伐に対して二人の功績は抜群であるから、主君である信長自ら接待しようということである。それは大変名誉なことだったが、そのことが結局は裏目に出た。

家康と穴山梅雪は少人数の家臣だけで、反乱軍の明智勢が制圧した京、大坂に取り残されることになったのである。

家康は必死の思いで脱出した。幸い伊賀《いが》出身の直臣、服部半蔵《はっとりはんぞう》が身近にいたので半蔵に命じ、伊賀の地侍を金や名誉で籠絡《ろうらく》させ、伊賀越えをすることで領国三河に戻ろうとしたのである。

家康は幸運であった。

途中まで行動を共にしていた穴山梅雪は、恩賞めあての土民の手にかかりあえない最期を遂《と》げた。

家康でさえ家来は少人数しかいなかったから、穴山梅雪のように卑《いや》しき者たちに首を取られていたかもしれないのである。

だが、なんとか家康は脱出した。家康は自分が幸運に恵まれていると思った。そしてその幸運を生かせば、天下を取れると思った。

そこで伊賀越えをして伊勢に入った後は白子《しらこ》の港から船で三河に戻り、そこで招集をかけ数千の軍勢を催《もよお》し、直ちに西に向かって出発した。

もちろん明智光秀軍を撃破し、天下に名乗りを上げるためである。

ところが隣国の尾張に入ったとき、突然前方に使者が現われた。

家康はその顔に見覚えがあった。羽柴筑前守配下の福島正則という男である。

その正則がこう言った。

「徳川三河守様に申し上げます。先般、我が主君羽柴筑前守秀吉、京山崎近くの天王山において明智光秀の軍勢を打ち破り、見事その首級《しるし》を挙げてございます」

「なに」

家康は仰天した。

そして、その次に言ったのは、

「まことか」

という一言であった。

羽柴筑前にそのような動きができるはずはなかった。

なぜならば、羽柴は遠く備中国高松にあって、毛利の大軍と決戦するために一触即発《いっしょくそくはつ》の対陣をしていたからである。ただでさえ備中国から京、大坂方面に戻ってくるには時間がかかる。ましてや敵とにらみ合っているのだ。羽柴軍が急激に退却すれば、必ず毛利軍はそれを追撃するであろう。だから、無事に戻ってくるのですら大変なのに、この福島の言うには、家康が十日ほど軍勢を催している間に、早々と光秀軍を打ち破ったのだと言うのだから、耳を疑うのも当然であった。

「ご不審ごもっともでござれば、ここに書状を持参いたしました」

福島はそう言って、羽柴秀吉直筆の書状を差し出した。

家康は何度か秀吉の字を見たことがある。農民出身の秀吉はあまり字が上手くなく、その文字はひらがなを中心とした独特のものであった。逆に言えば、他の人間が真似しようと思っても到底真似のできないものであった。

その長文の手紙を読むと、家康は改めて驚きを覚えた。そこには高松城で敵の大軍と対峙していたはずの秀吉がいかに毛利軍と講和し、取って返し、なおかつ光秀軍を撃破したかが事細《ことこま》かに書かれてあった。

確かに、指を折って数えてみるとできないことではない。しかしそれは、人間のした行ないとしてはあまりにも機敏であり、まさに神速《しんそく》の行動とも言うべきものであった。

家康は悔しかった。

自分が堺見物などというのんびりしたことをしていなかったら、最初から本拠浜松城にいて、そこで本能寺の変の知らせを受け取っていたら、光秀軍を撃破し、そして天下に名乗りを上げていたのは家康のほうであったかもしれないのだ。

だが、もはやその好機は、家康の頭の上を素早く通り過ぎていた。

家康はしばらく考えた。これからどうするか、ということである。もちろん秀吉軍を撃破するなどということは到底考えられることではなかった。

秀吉は今や主君信長の仇を討った正義の軍なのである。それに難癖をつけるような行動に出れば、天下の支持を失うことは明らかであった。

ではどうするか。

家康は、とりあえず思案をまとめる前に、目の前の福島正則に言った。

「それは重畳《ちょうじょう》。筑前殿に、この家康、貴殿の勝利を心から祝っていた。これで亡き信長様もいかに喜ばれることか。いずれ直《じか》にお会いし、お祝いを申し上げる。とまあ、とりあえずこうお伝えくだされ」

「わかり申した」

福島はその場で一礼すると、顔を上げて聞いた。

「して、徳川様はこれからいかがなされます」

「とりあえず三河に戻る」

家康は苦笑いして言った。

そして、その頃には思案がまとまっていた。

（とりあえず甲斐信濃辺りに暴動が起こるかもしれん。そこを狙って国を取るか）

家康がそう読んだのは、決して難しいことではなかった。

信長は、甲斐の地を息子信忠の腹心である川尻秀隆に与えたが、その川尻は徹底的に落武者狩りをやり、武田家の恨《うら》みをかっていた。兵農分離していない武田家では、侍と農民が親類縁者であることが多い。その侍を容赦《ようしゃ》なく殺せば、民の恨みもかう。おそらくは、その支配は、信長が亡き今は数カ月も保たないはずである。

(今、甲斐に入り、まだ墓さえ作ることを許されぬ勝頼殿の墓を作り、そして、その菩提《ぼだい》を丁重に弔《とむら》えば、武田武士の心を得ることができるであろう。さすれば、武田家の浪人、遺臣は争って我が徳川家に随身《ずいじん》し、我が徳川家の勢いはますます強くなる)

家康の読みは当たった。

本能寺の変の知らせが届いてすぐ、甲斐国では大規模な武田遺臣の反乱が起こり、織田家の侍はことごとく殺された。

一時的に主のいなくなった甲斐国に、徳川軍はやすやすと侵入し、そして武田勝頼の遺骸を捜し出し、それを丁重に葬り大法要を行なった。

そこまでは家康の思い通りであった。

そして家康は、先だって武田征伐に功のあった目付の大久保長安《おおくぼながやす》を呼び出して下問した。

「武田家には、亡き岐阜中将信忠殿と婚約されておった姫がおられたな」

「はい」

「名はなんと申される」

「確か、お松御寮人と伺ってございます」

「ほう、武田の松姫か、それはなかなか縁起の良い名じゃの。その方は亡くなられたか」

「いいえ、武田家ご滅亡に際し、消息は知れませぬが、いずこへか落ちたと聞いております」

「ほう」

床几に腰掛けていた家康の顔がほころんだ。

「それはめでたい。捜し出してくれぬか」

「何となされます」

長安は顔を上げた。

「その者を嫁にもらいたい」

「嫁に、でござるか」

「そして我が子を産んでもらう。その子は徳川と武田の血を引く。当然、武田の姓を名乗ってもおかしくはあるまい。

その武田の旗のもとになら、信玄殿に仕えた人々も仕えやすかろう」

「なるほど深謀遠慮《しんぼうえんりょ》でございますな。

しかし、また気の長い話でもございます。首尾よく姫を捜し出したとしても、子が生まれるまでは早くて一年かかりまする」

「うむ、その間じゃが、実は亡き穴山殿の子、勝千代《かつちよ》にな、とりあえず武田家の家督
を継がせようかと思っている」

「勝千代殿に?」

長安は意外な顔をした。

「どうした、何か不審があるか」

「殿は梅雪殿を嫌っておいでになるのではございませぬか」

長安は思い切って言った。二人きりのときは長安がずけずけ言うことを家康は好む
のである。それも長安が物を見る目を買ってのことだ。

「ほう、どうしてそう思う」

家康は声を潜めて言った。

「過ぐる伊賀越えのみぎり、殿が梅雪殿と一緒に伊賀越えをしようと誘ったにもかか
わらず梅雪殿はそれを断り、挙句の果ては、少ない人数で山越えをしようとしたため

に、土民の手にかかってあえない最期を遂げたと伺っておりますが」

「そうか」

家康は考え深げに頷くと
「実はな、それは半蔵の流した嘘じゃ」

「嘘でござるか。ではいったい」

長安は驚いて言った。

家康は含み笑いをして、

「わからぬか、そちの頭では」

と言った。

長安はすばやく頭をめぐらせた。

（殿が、梅雪殿を嫌ってはおらぬということはどういうことだ。梅雪殿が身代わりとなって殿を助けたのか。しかしそれなればそのことを公《おおやけ》にするはず。ははあ、さては）

「殿もお人が悪い」

長安は口に出した。

「わかったか、そちは」

「はい、梅雪殿をわざと見捨てて、囮《おとり》にされましたな。その隙《すき》にお逃げになった」

「逃げるとは口が過ぎるぞ」

「はは、申し訳ございません」

長安は頭を下げた。

「しかし梅雪殿も気の毒な」

「それ故《ゆえ》、その息子の勝千代を取り立てようと言うのよ。梅雪には気の毒であったが、あの場合仕方がなかった。誰よりも自分の命が大切じゃからの」

「御意《ぎょい》」

そこで主従は声を上げて笑った。

そして長安は一礼すると、

「では早速松姫様の消息を探ります」

と立ち上がった。

幔幕《まんまく》の中から出て行こうとする長安を、家康はもう一度呼び止めた。

「待て。川尻殿の配下の織田家の武士はことごとく討ち死にいたしたのか」

「はい、そのように聞いております」

長安は振り返って言上《ごんじょう》した。

「その中に望月誠之助殿はおったかな」

「望月殿でござるか」

「どうなったか調べてみてくれぬか。実はわしは三方ヶ原の合戦の折に望月殿の機転で命を救われたことがあってな。かの者はわしの命の恩人なのじゃ」

「左様《さよう》でございましたか、それではその消息もあわせて探りまする」

長安はそう言って幔幕の外に消えた。

それが一月前である。

そこで家康は、甲斐に押さえの軍勢だけを残し、いったん三河に戻った。

甲斐よりも大きな国である信濃が目の前に横たわっていたからである。

ただし、信濃には一つ問題があった。上杉も北条もそれを狙っているということだ。どちらと組み、どちらと戦うか、それを決めなければいけなかった。

酒井が言ったのはそのことなのである。

3

武蔵国八王子《はちおうじ》。

広々とした田園が広がり、その先に山々があった。ここは一つの大きな盆地である。

この盆地の中央に心源院《しんげんいん》という寺があった。その寺の奥の客人向けの離れに、一人の貴人が滞在していた。武田信玄の六女、松姫である。

一時は、後に敵となる織田信長の嫡男信忠との婚約が調《ととの》い、いずれは信忠夫人となる身の上であったが、信玄が信長と手切れになったために松姫は行き場を失い、結局、兄である信玄五男の仁科五郎盛信《にしなごろうもりのぶ》の保護下で、高遠城で暮らしていた。

しかしながらその高遠城も、信長が起こした武田征伐軍に攻められ落城した。運命の皮肉か、その武田征伐軍の大将こそ信長嫡男岐阜中将信忠であった。

兄の盛信は、妹である松姫が信忠の手によって捕らえられることを恐れた。松姫は婚約したとはいえ一度も顔を見たことがない信忠に、せめて一目会ってからこの世を去りたいという希望を漏らしていたのだが、兄盛信はこう言って諭した。

「よく考えよ。そなたが信忠の手の者に捕らえられたら、おそらく信忠はそなたの命を助けようとするであろう。しかし、あの信長がそれを許すはずはない。ひょっとするとお前の手で処断せよと信忠に命令を下すかもしれん。そんなことになったらあの男も苦しめることになる。わしはこの高遠城を守り討ち死にすることを決めたが、そなたは死ぬ必要がない。ここを出よ」

「兄上、それは」

「わからぬか、とにかく信長という男は厳しい男ぞ。信忠を悩ませぬのが一度は婚約した者の務めではないか」

その言葉に泣く泣く高遠城を脱出した。

しかしながら、侍女の志野《しの》と近習の津川三郎太《つがわさぶろうた》と三人だけの逃避行はやはり無理だった。近くの民家に潜《ひそ》んでいるところを、信忠の家老で新しく甲斐の領主となった川尻秀隆の手の者に捕らえられたのである。松姫は死を覚悟した。

しかし、ほんの三カ月前の六月の夜、運命は大きく変わった。

本能寺で信長が殺され、その知らせが甲斐にもたらされた時に、武田遺臣の大規模な反乱が起こった。川尻は信長の命を受け容赦なく落ち武者狩りをしていた。武田の遺臣は草の根を分けても探し出されそして次々に殺されていた。ところがそこで信長が死んだということで、反乱の火の手が一気に上がり、川尻一党は無残にもなぶり殺しにされたのである。

そこで牢に閉じ込められていた松姫も何とか脱出することができたのだ。

「姫様」

文机《ふづくえ》の上の経文を読んでいた松姫に、侍女の志野が障子《しょうじ》の外から声をかけた。

「何じゃ」

「恵信《えしん》様がお見えでございます」

「左様《さよう》か、お通し申せ」

そこへやってきたのは、もう初老だが筋骨たくましい、そして面立《おもだ》ちの整った僧侶であった。

その恵信と呼ばれた僧侶は、松姫の居室に入ると一礼した。

「これはこれは姫様、相変わらずお美しくご健勝のほどなによりです」

「お坊様にそのようなお世辞を言われるとは思いませんでした。恵信殿こそ息災ですか」

「はっ、ご覧の通り、日々戦場で鍛えた体はこの歳になっても疲れというものを知りません。多少のことではびくともいたしませぬもので」

「左様か、それは結構でございます。では、茶など点《た》ててしんぜよう」

「いえ、どうぞお構いなく。ご尊顔を拝し、ご健勝かと確かめに来ただけでございますから」

(それにしても)

と、恵信は思った。

（何という美しさであろうか）

武田信玄の娘の中でもこの松姫は飛び切りの美貌であった。その母の面差《おもざ》しをそっくり受け継ぎ、輝くまでの美貌と言っていい。

（このような美しさがご不幸の種にならねばよいが）

それが恵信の本心だった。何しろ世は戦国、美女を力ずくでものにしようという人間は掃《は》いて捨てるほどいるのである。

そこへまた志野がやってきた。

「姫様」

「何じゃ」

「表に大久保長安様というお方が来られております。姫様にお会いしたいと」

「はて、大久保。聞いたことのない名じゃのう」

「実は、徳川様のお使いと申されておりますが」

「何、徳川様の」

松姫は恵信に目をやった。

恵信は少し考えて答えた。

「門前払いという手もございますが、そうしておいてもことを先送りするだけのことにございましょう。ここはとりあえず引見なさり、どんな用があるのか確かめられてはいかがでしょう。この恵信、その者に会って用件を問いただしたく存じますがお許し願えましょうか」

「かまわぬ、そちの思うとおりやってくりゃれ」

「わかり申した」

恵信はそのまま寺の玄関に出た。式台のところに立つと、土間に一人の男が立っていた。

(はて、どこかで見た顔だな)

恵信は思った。確かにその顔には見覚えがあった。

しかしそれより驚いたのは、長安のほうである。

「こ、これは」

長安は驚きを声に出した。

「高坂弾正《だんじょう》様ではございませぬか。生きておられるとは、まったく存じませんでした」

その声を聞いて、恵信こと高坂弾正昌信も思い出した。

「そうか、おぬし金山方《きんざんがた》の大蔵藤十郎《おおくらとうじゅうろう》であろう。二、三度会ったことがあるな」

「はい。仰せの通り、拙者、元武田家金山方大蔵藤十郎ではございますが、現在は徳川三河守様にお仕えし、名を大久保長安と改めてございます」

「そうか、このようなところで会うとはまさに奇遇じゃのう」

「しかしそれにしても、高坂様……」

「いや、その名では呼ぶな」

と恵信は手を上げて、

「わが名は恵信、出家して恵信というのが正式な名乗りじゃ」

「はて、えしん様というのは、どのような字をお書きになるので」

「『恵《めぐ》』むの『恵《え》』に『信玄』様の『信《しん》』だ」

「ははあ、なるほど」

「そちもなかなかの切れ者よのう。金山方をやっていた時はそんな男だとは気がつかなかったが」

「私も高坂様は山狩りに行き、そのまま行き方知れずになって亡くなられたと聞き及びましたが」

「それは方便というものだ。わしはつくづく武田家に仕えるのが嫌になってな。まあ出奔《しゅっぽん》いたしたのだ。だが出奔すれば家中《かちゅう》の者に迷惑がかかる。だから甥《おい》の惣次郎《そうじろう》に言い含めて死んだことにいたしたのよ」

「左様でございましたか。では同じく武田家を出奔した者同士ということでござるな」

長安はにやりと笑って言った。

恵信はちょっと嫌な顔をしたが気を取り直して、

「徳川殿の使者と聞いたが。使者の趣《おもむき》は何だ」

「はい。実はこちらの姫様に、我が殿徳川三河守がぜひお会いしたいと仰せなのでございます」

「なに徳川殿が、姫様に。そして会ってどうすると申すのか」

「はい、それは」

長安は少し考えたが思い切って言った。

「他ならぬ高坂、いや恵信様であるから申し上げるが、これは姫様にとってもめでたき話でございます。我が殿は、姫様を徳川家の奥に正式にお迎えになり、そして妻の一人として遇されたいと、こうお考えなのでございます」

「ははあ、そういうことか」

恵信は、そこは老いても武田信玄の智恵袋といわれた高坂弾正昌信である、家康の意図を直ちに読んだ。

「なるほどな、松姫様に御子《おこ》を産ませ、その子に武田姓を名乗らせ、武田の遺臣を糾合《きゆうごう》し、ひとつ一家を立てるか」

これはけっして悪い話ではない。なにしろ寄《よ》る辺《べ》のない身である松姫が、今や日本国内有数の大名である徳川家康の庇護《ひご》を受け、将来が保障されるのだ。もちろんこの恵信こと高坂弾正も嫌ではあるまい。この様子ならば、松姫付きの筆頭老臣としていかなる出世も可能だ。だから長安は、この話即刻松姫が受けると見た。

そこで長安は下卑《げび》た笑いを浮かべ、

「誠に姫様にとっておめでたい話で」

「馬鹿な」

恵信は怒った。

「そのようなこと姫様がお受けになるはずもあるまい。家康の子を産めと口にするのも汚らわしい」

「何を申されます。我が殿は故信玄公を、戦神、まさに大将の手本として尊敬しておられます。その殿と姫様が結びつくことは、武田家の再興にも繋がるのですから、これほどおめでたい話はないではございませんか」

「そちは切れ者じゃと思うたが、しょせんたわけ者じゃのう。女心というものがわかっておらん」

恵信は冷たく言った。

姫の織田信忠への思慕は本物であり、その信忠が本能寺の変でこの世を去った以上、もうどこにも嫁ぐ気はないということを恵信は見極めていたのである。

「はて、女心をわからぬのはどちらでございましょうか」

長安は言い返した。

「どういうことだ」

「拙者の申し状、姫様がどのように判断するかは、姫様のお心次第ではございませぬか。なぜあなた様が勝手に忖度《そんたく》なさる」

「うっ」

恵信は少し言葉に詰まった。

理屈はそうだが、恵信はそんなことはあるまいと確信している。

「いや、聞く耳持たぬ、さあ帰れ」

と、恵信が言いかけた時だった。

「お待ちなさい」

と、奥の方から声がかかった。振り返るとそこに松姫が立っていた。どうやら最前からの話を立ち聞きしていたようである。

「これは姫様」

恵信はそこに片膝をついた。

長安も一瞬、その姫の美貌を見て呆然とした。

(これほど美しい女人がおられるとは。初めて見た)

そして穴のあくほど松姫の顔を直視してしまった自分の非礼に気が付き、慌ててその場に土下座した。

「こ、これはご無礼をいたしました。拙者徳川三河守が家来、大久保長安と申す者にて」

「話は聞きました。大久保とやら、ではしばらく待っていただけますか」

「はっ？」

長安は意外な言葉にびっくりして顔を上げた。

「待てと仰せられますのは」

「この寺に控えの間を用意するゆえ、一刻か二刻待ってほしい。その間に決心をつけたいと思います」

今度は恵信がびっくりして姫の顔を見た。

「ひ、姫様、まさか、この者の言うことに従われるお気持ちではありますまいな」

「よく考えると申したのじゃ」

松姫は二人の顔を交互に見ると、

「積もる話もあるであろう、控えの間にて待っておれ。さあ恵信、この者を案内してやりなさい」

「はっ、かしこまりました」

そのまま松姫は奥の間に消え、恵信と長安は本堂の脇にある侍者《じしゃ》控えの間で気まずい顔で対面したまま松姫が出てくるのを待つかたちとなった。

しばらく二人は何言も発せず、床の間の掛け軸を見たり、天井の意匠《いしょう》を見たりして時を紛《まぎ》らせていたが、長い沈黙にさすがに長安のほうが我慢の限界に達した。

「ところで恵信様」

「なんだ」

「姫様はよくぞご無事にこの地までたどり着かれましたな。総大将の勝頼公も織田の追っ手に捕まったというのに」

「そのことか」

　恵信も退屈はしていた。それにこの男の言い状は不快極まりないが、それでも徳川の情報を少しでも引き出すことができるかと思い、話に乗った。

「あれはな、実は姫様は民家に潜んでいるところを捕らえられ、牢に入れられたのだ」

「それはそれは。よくその牢を脱出できましたな」

「例の本能寺の一件よ。あの時、一斉に反乱が起こり、その反乱に乗じて姫様をお救い申し上げたのだ」

「左様でござったか」

　ここで長安は、家康から命ぜられていたもう一つの命令を思い出した。

「ときに恵信様、あの反乱の折、川尻殿配下の織田御家来衆はみな討ち死にされたと聞いておりますが」

「それはそうであろう。なにしろ総大将の川尻殿がなぶり殺しに遭ったのだからな」

「もしやその討ち死にされた方の中に、望月誠之助殿はおられませんでしたか」

「何、望月？」

　珍しいことを聞くものだと恵信は長安の顔を見た。

なぜこの男がその名を知っているのか。

「それを聞いて何といたす」

「はあ、実は主人徳川三河守の命令でござる」

「何、徳川殿の」

「はい。殿はこう申されました。わしは一度望月殿に命を助けられたことがある。その恩もある故、何とか望月殿の安否を確かめてくれぬか、と」

「おお、そうであった」

恵信は破顔した。

「いや、世の中というのは縁があるものだな。そのことは確かに知っておる。そうか、望月殿をお捜しか」

「ご存じなので？」

「知っておるとも、大久保。実はな、その三方ヶ原の合戦の折に家康殿の首をあと一歩まで追い詰めたのは、他ならぬこの恵信、わしなのだ」

「えっあなた様が」

「そう。あと一歩のところであったわ、ところが望月誠之助に邪魔された。そのことを徳川殿は申されているのであろう」

長安は警戒の色を浮かべ、

「すると、お手前と望月殿は敵同士」

「いや、違う。奇妙な縁と申したのはそこじゃ。確かに望月殿と拙者は長年来の敵同士であった。だが、姫様が捕らえられたとき、望月は己の身を捨てて姫様をお逃がし申し上げようとしたのだ」

「それは一体なぜでございますか。それは織田様に対する裏切りではございませんか」

「裏切りといえばそうだ。だがな、望月殿はこう思ったのだ。このまま姫様が捕らえられれば殺されるか、姫様の美貌に目を付けたよからぬ輩《やから》が動き回らぬとも限らぬ。まさにおぬしのようにな」

と恵信は長安をにらみつけた。

長安は苦笑して、

「お待ちくだされ、我が殿はそのあたりの夜盗の類、女子をさらい慰《なぐさ》み者にして捨てようなどという輩とは違います。先ほども申し上げた通り、姫様に武田家の再興をしていただきたいので」

「再興。響きのよい言葉だの。だが姫様はそれをお望みになるまい」

「なぜでござる。海内《かいだい》の名門、武田家をこのまま絶やしてしまうことは、故信玄公のお心にも反するのではございませんか」

「それは私がお弔いいたします」

そういう声と共に障子が開かれた。

二人は仰天した。そこには髪を下ろし、尼姿となった松姫が立っていたのである。

脇にはこの寺の住職である卜山《ぼくざん》禅師が控えていた。

「姫様、これは一体」

と恵信が声を上げた。

「私はもう姫ではありません」

とその尼は言った。

「先ほどこちらの卜山長老のお導きにより、私は髪を下ろし仏門に入り、名をしんしょうと改めました。これからはその名でお呼びください」

「しんしょうと申されるはいかなる字でござるか」

「信義の信に、お松の松、信松尼というのがこれからの私の名前でございます」

(信松か。信はお父上の信玄の信といいなずけの信忠殿から取られたのであろう。そして俗名の松を入れて信松というわけか。それにしても思い切ったことをなさる)

恵信は感心していた。

信松尼は、長安のほうを見てにこりと微笑《ほほえ》んだ。

「見ての通りじゃ。武田の松姫なる者は、今日この日に死にました。もはやお捜しになることも無用。そのように信松尼が申していたと徳川様にお伝えください」

長安もここに至っては引き下がるほかなかった。

まさか一度俗世の縁を断った者を無理やり還俗《げんぞく》させるわけにもいかない。

「わかり申した。ではこれにておいとまいたす」

長安は一礼して出て行きかけたが、ふと思い出して恵信に向かった。

「ところで恵信様、望月誠之助殿のその後の消息をご存じでござるか」

「徳川殿は、望月殿に恩を返したいと申されているのだな」

「左様でございます」

「しかと相違ないか」

「間違いござらん」

「では申そう。望月殿は故郷の諏訪に帰ると申されていた。もっとも甲斐国境を出るとき別れたきりでそれ以後のことはわしも知らん」

「承知仕った。かたじけのうござる」

長安はそう言って部屋を出た。

家康はその頃、甲斐を掌握するために新府《しんぷ》城にいた。

ここは武田勝頼が織田信長の大軍を迎え撃つために急ごしらえで作った城だが、領民を徴用して無理やり城を作らせた後、結局この城を一度も戦に使わず、しかも敵に利用されるのを恐れて火をかけて引き上げた。その領民の恨みの象徴である城を、家康はとりあえず修復して使っている。なぜなら甲府にある躑躅《つつじ》ヶ崎《さき》館《やかた》では防備が心もとないからだ。

結局家康は上杉景勝と和を結び、北条と対峙する態勢を整えた。これで川中島方面から上杉勢に侵攻される恐れはなくなったのだが、その代わり北条勢がまとまってこの地を奪いに来る可能性はあった。

しかし新府城にこのまま居座るのはあまり得策ではないと家康は思っていた。この新府城を作るために領民は武田勝頼の苛斂《かれん》誅求《ちゆうきゆう》にあえぎ、しかもわずか三カ月の間にまた武田の手によって燃やされたのである。突貫工事で多くの領民が酷使され、中には死者も出たという。そういう恨みの城に留まっていることは、これから甲斐国を自分の領土として治めようとする家康にとってふさわしくないことだ。一刻も早くこの甲斐を固めて、さらには信濃に進出したいというのが家康の本音であった。

そこへ長安が戻ってきた。

長安は、松姫から渡された髪の一部を家康に差し出した。

「これを我が遺髪と思ってくだされと、松姫様、いや信松尼様のご伝言でございます」

長安は面目《めんぼく》なさげに目を伏せて言った。家康は苦笑した。

「振られたか、やむを得ぬな。とりあえずは穴山梅雪の一子勝千代に武田の名跡《みょうせき》を継がせよう。当面それしか手はあるまい」

「誠に面目なきしだいでござる。されどもう一つよき知らせがござる」

長安は言った。

「望月殿は無事にあの場を脱出されたようで」

「何、それはまことか」

「はい」

「誰から聞いた」

長安はここで口ごもった。恵信の正体を明かそうかどうか迷ったのである。しかし、恵信は隠せとは言わなかった。そこで長安は言った。

「高坂弾正昌信様からでございます」

家康は驚いた。

「何、高坂弾正? たわけたことを申すな。高坂殿はたしか数年前に死んでおるはず」

「いや、それがお亡くなりではなかったのでございます。勝頼様の武田家に愛想をつかされ、死んだことにして致仕《ちし》なされたのだと。今は出家して恵信様と申されますが、その恵信様は松姫様のおそば近くに仕えていたのでございます」

「うむ、高坂殿は生きておったか」

家康は左手で顔を撫《な》で回した。ものを考えるときの家康の癖である。

「高坂殿を我が陣に迎えるわけにはいかんかのう。松姫様に仕えているということは、駄目ということかな」

「はい、左様で。取り付く島もないというのは、あのことでございましょう」

長安もそこは抜け目なく、帰り際に恵信に徳川家に仕官する気持ちはないかと尋ねたのである。しかし恵信の答えは、高坂弾正は既に死んだ、死んだ者が仕官などできようか、という言葉だった。

「そうか」

家康は嘆息した。

「しかし望月誠之助が生きているというのは、めでたいことだ。で、望月殿はどこにおられると」

「はい。恵信様の話では故郷の諏訪に戻られたとか」

「何、諏訪」

家康の顔はそこで曇った。

「どうなされました」

「諏訪衆は高島城に籠もっておる、いま我が手のものが攻めているところじゃ」

とりあえず北条方に付いた諏訪一族の城を、家康は攻撃するように既に命じていたのである。

4

諏訪国、高島城。

諏訪湖の湖水を利用し天然の堀を強化し、諏訪の水城と讃《たた》えられるこの城は、今落城の危機にあった。

徳川家康の重臣、酒井忠次が率《ひき》いる三千の兵が、この城をびっしりと取り囲み、雨あられのように火矢や鉄砲を撃ちかけていた。

（この城は保たぬな）

籠城衆のひとり望月誠之助は落城を覚悟していた。城に籠もるのはわずか八百の手勢である。もちろん城攻めは、城兵の三倍を必要とするというのが常識であったから、かろうじて保ち堪《こた》える要件を満たしているとも言えないこともなかったのだが、問題は徳川軍の持つ圧倒的な火力だった。

かつて誠之助が所属していた織田軍ほどではないものの、徳川軍も織田軍の長所を見習い、特に鉄砲足軽を充実させていた。

実は、諏訪衆は七年前の天正《てんしよう》三（一五七五）年、当時日の出の勢いであった織田信長が武田勝頼をその鉄砲戦術で完膚《かんぷ》なきまでに打ち破ったあの長篠の合戦にはほとんど出陣していない。だから鉄砲の威力がどれほど凄《すさ》まじいものか、幸いにもと言おうか、不幸にもと言おうか、味わう機会はなかったのである。

ところが、そのつけが今、一気に回ってきた。

旧態依然たる弓矢で武装している諏訪衆に比べ、徳川軍の鉄砲装備率は一割を超えていた。たかが一割と言うが、これは要するに三百挺《ちよう》の鉄砲が徳川軍には装備されているということである。

これが一斉射撃をしてきたときには、城内の誰もが顔を蒼白にした。

それほど鉄砲の音というのは凄まじい。

長篠の合戦ではこの十倍にあたる三千挺もの鉄砲が火を放ち、何よりもその轟音《ごうおん》に驚いた武田騎馬隊は完全にその機能を失った。

諏訪衆は籠城しているのであるから騎馬隊は使えない状態であったが、それにしても、この生まれて初めて耳にする鉄砲の轟音というものは、城内の士気を沮喪《そそう》させるのに充分であった。

誠之助は、総大将の諏訪頼忠から呼ばれ、その居室に赴《おもむ》いた。

見ると頼忠は、白装束に身を固めている。

「如何《いかが》なされた」

「間もなくこの城は落ちるであろう。腹を切る支度をしているのよ」

誠之助は慌てて止めた。

「いや、それはまだ早《はよ》うござる。北条家の援軍が来るかもしれません」

その可能性はないとは言えなかった。

本能寺の変の後、空白となった甲斐、信濃をめぐって、徳川、上杉、北条の三者が三つ巴《どもえ》の戦いを繰り広げていた。

素早く甲斐国を取ったのは徳川家康だった。

実は家康には、切り札とも言うべき家臣がいた。元武田家の家臣の依田信蕃《よだのぶしげ》であった。織田信長は、かつて悪鬼のように恐れていた武田勢を天正十（一五八二）年の武田征伐でようやく滅ぼしたが、そのとき、武田家の残党は皆殺しにせよという過酷な命令を下した。この命令が仇《あだ》となって、その後甲斐国を領有した川尻秀隆は、本能寺の変で信長が死ぬと同時に、まさにその武田家の残党に襲われ無惨な死を遂げた。

だが、家康は逆のことを考えていた。

もともと家康は武田信玄を尊敬していた。三方ヶ原で自分を完膚なきまでに破ったこともあるが、何事も新しもの好きな信長に比べて、信玄の旧来の戦法を活《い》かした戦いぶりはその性《しょう》に合っていた。

だから武田征伐に参加しながらも、何とか武田家の残党を自分の家来にできないかと、そればかりを考えていたのである。

その布石として打っておいたのが、依田信蕃であった。

信蕃はかつて武田信玄が甲府を進発し上洛《じょうらく》の途についたとき、その軍に属していた。

だが、信玄が陣中で病になり、本国に引き返す途上亡くなったとき、途中の城の守備を任され孤立無援となってしまった信蕃を、家康は城は落としながらも助命したのである。

つまり、武田の臣である信蕃を、自分の保護下に入れることによって、いずれ武田家の侍を徳川家の家臣にしようという計画の第一歩としたのである。

そしてその目論見はまんまと成功した。

本能寺の変で信長が死に、甲斐の新領主川尻秀隆までが死ぬと、家康はただちに依田信蕃を甲斐国に派遣した。そして、徳川に味方して武田軍団を再興しようと檄《げき》を飛ばさせたのである。

その呼びかけに数百の武田武士達が集まった。これを味方とし、家康はまんまと甲斐国を乗っ取ることに成功した。

だが問題は大国信濃であった。

北からは上杉景勝が侵入し、東からは北条氏政が信濃全土を奪おうと侵入してきていた。

まず上杉と北条の戦いが起こったが、北条は信濃の北四郡を上杉に与えるという条件で和を講じた。

それは全力を徳川軍に振り向け、信濃の残りのすべてを徳川軍から奪うためである。

この段階で氏政は、信濃の豪族に対して「我に従え、従うものは本領を安堵する」という内容の書状を送った。

それを受けた諏訪一族が、談合の末、とりあえず北条に荷担すると決めたのが十日ほど前のことであった。

だが、あくまでも信濃を狙う家康は、北条の本軍が到達せぬうちに諏訪の城を奪えるだけ奪っておこうと、とりあえずこの要害の地である高島城を攻撃してきたのである。

高島城は守りの堅い城だ。その城を奪って徳川軍の拠点にすれば、北条の大軍にも充分対抗できるというのが家康の目算であった。

幸いなことにこの守りの堅い城も、今は手勢八百しかいない。北条の援軍が到達せぬうちにこの城を落とせば、徳川の信濃支配が大きく前進する。

そのために酒井忠次に率いられた精鋭三千が、火の出るように高島城を攻めていたのである。

頼忠は、その猛攻に心を挫《くじ》かれていた。

誠之助は頼忠を励ました。

「まだ早い。まだ早いですぞ。北条の援軍は紛《まぎ》れもなくこちらに向かっておる。だからこそ徳川軍は、一刻の猶予《ゆうよ》もならぬと攻め立てているのでござる。今少し保ち堪《こた》えれば必ず活路は開ける。腹を切ってしまうのは早すぎますぞ」

「誠之助、むざむざと徳川に首級を挙げられよと言うのか。わしはそんなのは御免だ。奴らに首を渡すぐらいならこの城に火をかける」

「いや、お待ちくだされ。まだ早い。とにかく待つのです」

「待つ、待つと言っても、そろそろ敵の先手が大手門を突破するのではないか」

頼忠は情けなさそうに首を振った。

「拙者が見て参る。くれぐれも軽挙はなりませぬぞ」

誠之助はもう一度、自分の持ち場でもある物見櫓《ものみやぐら》の方へ戻った。


その頃、徳川の陣に一人の使者が到着した。

「急使でござる！　酒井様にお目通りを」

馬をとばし息せき切ってやって来たのは大久保長安であった。

「何事じゃ、騒々しい」

酒井は、実はこの男があまり好きではなかった。かつて武田の金山師上がりであり、しかも元を正せば能役者であったという。そんな得体の知れない男が主君家康の近くに仕えて、何かとしゃしゃり出て来るのである。

「用があるなら早く申せ。今は城攻めの要《かなめ》の時ぞ」

「その城攻めを一時中止されたくまかりこした」

と長安は言った。

「何を馬鹿な！」

酒井は咆《ほ》えた。

「間もなく城は落ちるのだぞ」

「これは殿の御諚《ごじょう》でござる。どうかお控えくだされ」

と、長安は懐《ふところ》から主君家康の書状を出した。

ひったくるようにしてこれを受け取った酒井は、一読して舌打ちした。そこには長安の指示通りに動けと書かれていたのである。

「いったい何をするつもりだ」

「とりあえず城攻めを一時止めてくだされ。拙者が軍使として城内に乗り込みます」

「何、軍使？　何をするというのだ」

「暫《しばら》くは拙者にお任せくださるよう、殿もそのようにご下知くださっているはず」

長安はそう言って、酒井の手から書状を取り戻した。

「これは拙者が殿の名代であることを示す大切な書状、持って行きますぞ」

「勝手にせい」

酒井は吐き捨てるように言った。


物見櫓から下を見ていた誠之助は首をかしげた。

今にも大手門を打ち破り城に突っ込む勢いだった徳川勢が、突然退いたのである。

攻撃はすべて止《や》み、辺りは嘘のように静まりかえった。

それまで聞こえていなかった蟬《せみ》の声が聞こえるようになったほどである。

(何としたことだ、これは)

誠之助は目を凝《こ》らした。

そうすると、敵陣から一人の男が太刀を頭の上で振り回しながらやって来た。

これは軍使の作法である。

その男は長安であった。長安は城の大手門から少し離れた矢がぎりぎり届かない位置に立つと、大音声《だいおんじょう》で言った。

「城内の方々に申し上げる。拙者、徳川三河守家来、大久保長安と申す者。城内に望月誠之助殿はおられるか。御意《ぎょい》を得たい」

誠之助は驚いた。自分が名指しで呼ばれたのである。

誠之助は物見櫓の窓から身を乗り出すと、長安に向かって言った。

「拙者が望月誠之助だが何用だ」

「おお、望月殿。ご無事でござったか。拙者、主君徳川三河守より格段の指示を受けて参った者でござる。どうかお目通り願いたい」

長安は言った。

誠之助は応えて、

「暫し待て」

と、頼忠のもとに向かった。この城の主はあくまで頼忠である。誠之助は客将としてここにいるに過ぎない。城中に使者とはいえ敵の者を入れるのには、やはり城主の許可を得るべきだと思ったのである。

「今更《いまさら》、軍使などと何用だ。しかも、わしではなく、そなたに用とはな」

頼忠は不思議そうに言った。

「実は、思案がござる」

誠之助は言った。

「あの者を城内に入れることをお許しいただけませぬか」

「入れて何とする」

「話を聞いてみたいのでござる」

「話を聞けば何か変わるか？」

「変わるかもしれません、変わらぬかもしれません。しかしながら、聞いてみなければ始まらぬこと。今あの者を殺しても、何の益もございますまい」

「わかった。そなたに任せよう」

「父上、それは如何なものでございましょうか」

脇から嫡子の頼水が口を挟んだ。

「ではそちは、どうせよと言うのだ」

「もちろん討ち取ればよろしゅうござる」

「今、望月殿も申したではないか。討ち取っても何の益にもならん。この城は放っておけば落ちるのだ。今はそれを中止し、談合があると言うのだから、話を聞けばよいではないか」

頼忠もさすがに長年武将として生きてきただけのことはある男であった。何かの進展が見込めると考えたのである。

誠之助は足軽に命じて大手門のくぐり戸を開けさせ、長安を城内に入れた。そして、大手門の脇の番所で長安と対面した。

長安は辺りを見回した。

城兵は外で警備しているが、部屋の中にはいない。

「初めて御意を得ます。徳川家家臣、大久保長安でござる」

「望月誠之助だ。して、使者のおもむきは」

「はい。主君三河守が申しますには、かつて三方ヶ原の合戦のみぎり、貴殿に一命を救われたことがある、とのことでございましたが」

「おお、そのようなこともあったな」

誠之助は思い出した。

「確かに、友の滝川一益と組んであと一歩で討ち取られる寸前であった徳川殿を助けたことがある」

「そのことを殿は恩義に感じておられ、是非、望月殿の一命を救いたいと、私を差し向けたわけでございます。望月殿、城を出られませぬか？　その一命はこの長安が命に代えて保証いたします」

「ありがたい申し出だがそれはできぬ。この城は今、徳川軍と戦いの最中にある。わし一人が皆を裏切って外に出るわけにはいかぬ。わしとて諏訪者なのだ」

「しかし、望月殿。今、私の使者としての差配で攻撃を中止いたさせましたが、いつまでもこれは続きませぬ。総大将の酒井殿は、この城を落としたくてうずうずしているのでございますから」

「さもあろうな」

誠之助は笑った。

「わしとて逆の立場なら、あと一歩で城が落ちたものをと歯嚙《はが》みしているところであろうよ」

「ご賢察恐れ入ります。望月殿、どうしても城を出ていただくわけにはまいりませぬか」

「今はおぬしとわしの二人しかおらぬから、今度はわしがおぬしの陣に行って話を聞くというかたちにすれば、この城を出られぬことはあるまい。だが、わしはそれをせん。それをせぬのが諏訪者なのだ」

「わかり申した。しかし残念でござる。殿もむざむざ望月殿を討ち死にさせるのではないと仰せられておりましたが」

「では、こういたさぬか」

誠之助は膝《ひざ》を乗り出した。

「なんでございましょう」

長安は怪訝《けげん》な顔をした。

「この望月誠之助が、徳川殿への貸しを返してもらう。そのことだが、どうだ、ここは黙って兵を退くというのは」

「兵を退くのでござるか」

長安は驚いたような顔を見せた。

「できぬか？　もし徳川殿がわしに些《いささ》かでも借りがあると思うてくださるのなら、その借りを今、そういうかたちで返してもらいたい。それでもう貸し借りはなし。これではいかぬか」

「わかりました。そのように計らいましょう」

長安があっさり言ったので、誠之助はかえって驚いた。

「できるのか？　そんなことが」

「できます。実は私、殿よりお前の差配に任すというお言葉を賜《たまわ》っておりますれば。では、いったん城を出させていただきます」

「よかろう」

誠之助は長安の脇に立ち、その身を庇《かば》うようにして門まで見送った。こうしないと味方の者が長安を矢で射たりすることも考えられたからだ。

長安は無事に陣に帰ると、総大将の酒井にまた面会を求めた。

「兵を退いていただきます」

「なに、たわけたことを申すな！　この城は間もなく落ちるのだぞ」

「それはわかっております。しかしながら諏訪衆は殺さず、このまま城も残せとの殿のご指示でござる」

「それはおかしいではないか。ならば、なぜ先ほどそれを申さぬ」

「殿がこの城を救いたいとお考えなのは、かつて三方ヶ原の合戦の折、命を救われた望月誠之助殿が籠城されているからでござる。その望月殿の安否を確かめてから、決定を下せとのご指示でござった」

「ならば、その望月なる者だけを助ければいいではないか。城全体を救う必要はあるまい」

「いや実は、北条の大軍がこちらに迫っておるのでございます」

それは嘘ではなかった。

長安は家康から、とにかく誠之助の命を助けるためなら、とりあえず高島城は落とさずともよいという指示すら与えられていた。その理由は、北条の大軍が間近に迫っているからである。

ここで無理押しして信州の人心を失うよりも、貸しを作っておいたほうがいい。そういう計算が家康の心中に働いていたのである。

酒井がなかなか決断せぬのを見て、長安は声を張り上げた。

「まさか殿の御諚《ごじょう》に従わぬおつもりではございますまいな」

「わかった、わかった。兵は退く。だが殿も無駄なことをなさる」

最後のそれは愚痴であった。

城内の者は奇跡が起こったと目を疑った。

どう考えても今日中は保たぬと考えていたこの城が、城攻め部隊全員の引き上げによって保ち堪えたのである。

頼忠はそれが誠之助の手柄によるものということは、かろうじてわかった。外部の使者と接触したのは、誠之助しかいないのだから。

一同が城の大広間に集まったとき、頼忠は感服したように誠之助に尋ねた。

「いったいどのような技を使ったのだ」

「いえ、実は拙者、かつて三方ヶ原の合戦の折、徳川殿の一命を救ったことがあり、そのときの恩義に徳川殿が報いたいと申されるので、ではとりあえず兵を退いてくだされとお願いしただけでござる」

「おお、そうか。情けは人の為ならずとはこのことだな。そなたのおかげで助かった。この頼忠、礼を言う」

上座からながらも、頼忠はその場に両手をつくと、下座の誠之助に向けて頭を下げた。

「いえ」

誠之助は慌てて手を挙げて制すると、

「お止《や》めくだされ。確かに一時の虎口《ここう》は逃れましたが、これにて徳川殿への貸しはなくなり申した。また攻めて来られたときは、この手は二度と使えませぬ」

「そうか」

「それにしても北条は何をしているのか」

頼忠の脇に控えていた嫡子頼水が忌々《いまいま》しそうに言った。

確かに北条の援軍さえ来れば、すべてが解決するという思いが一同にはあった。

だが、誠之助だけは別のことを考えていた。

（あの北条が、果たして徳川に勝てるであろうか）

誠之助の予感は当たっていた。

5

その頃北条氏政は、新府城に本軍を移した徳川家康軍と甲斐国の中央でにらみ合っていた。

実は北条の当主氏政は、まず南下してくる上杉景勝軍と戦端を開いたが、謙信以来の勇猛を誇る上杉軍の威容に恐れをなし、景勝と和を結んだ。その和議の内容も北信濃の四郡を上杉家に割譲《かつじょう》するというものであった。

信濃一国は、信長の死によって完全な無主の状態になった。その一国を五万五千もの大軍を率いて奪い取るはずだったのに、北条氏政はまず上杉景勝に大幅譲歩したのである。

それは新たな大敵、徳川家康が北上してきたからであった。

家康は腹心で元武田家家臣の依田信蕃を派遣し、甲斐国を固め、信濃にもその触手を伸ばしつつあった。

氏政は本能寺の変の後、新領土を固め切れない滝川一益をまるで火事場泥棒のように襲い、上野一国を奪うことには成功したが、それよりさらに大きな獲物である信濃国を、すでに上杉には半分取られ、残りの半分も奪われつつあるのだ。

氏政は、はらわたが煮えくり返る思いであった。

まったく予想していなかった家康の動きであった。

実際、家康がこれほど早く甲斐を固め、信濃に手を伸ばしてくることを、北条家の家臣は誰一人予想していなかった。しかも氏政にはもう一つ頭痛の種があった。

北信濃の上田に城を構える国人《こくじん》、真田昌幸の動きである。

氏政が徳川軍と対決するために甲斐国に侵入したとき、すかさず、まさに示し合わせたように真田昌幸は上田城を出撃し、その退路を断つ構えを見せたのである。いかに大軍とはいえ、本領を遠く離れて出撃している北条軍である。へたをすれば挟み撃ちに遭《あ》って、袋のねずみとなり、軍が崩壊する恐れすらあった。

もちろん真田昌幸の兵力はたいしたことはない。せいぜい千五百ぐらいであろう。

しかしながらその千五百を引き返して討とうとすれば、昌幸はまるで亀が首を引っ込めるように堅固な上田城に籠もってしまう。上田城は、いかに五万五千の大軍とはいえ、そう簡単に落とせる城ではない。そこで今度は、氏政が家康に当たるために甲斐方面に向かうと、まるでその動きを見計らったように昌幸が出てきて、後方を攪乱《かくらん》するのである。

例えば兵糧を奪ったり、その他の補給物資の荷駄に火をかけたり、昌幸の戦法はまさに変幻自在であった。それなのに捕まえようとすると、脱兎《だっと》の如《ごと》く上田城に逃げ込むので、これまで北条軍は、ただ一人の真田勢を捕まえることすら成功していなかった。

そうこうするうちに刈り入れの季節が近づいてきた。

言うまでもなく北条軍の大半を占める足軽たちは、領内の百姓を徴発してきたものである。農繁期には彼らを田畑に戻さないと、北条家の収入はがた落ちとなる。もちろん昌幸はそれを知っていて、そうした攪乱戦法に出ているのである。

「おのれ真田め、小面《こづら》憎いやつ」

本陣で総大将として軍議に出た氏政の口をつくのは、愚痴ばかりであった。

軍議には氏政の弟である氏照《うじてる》や氏規《うじのり》が副将格として出席している。

まず年下の氏規が言った。

「兄者、一体どうするつもりだ。このままでは我らは干乾《ひぼ》しになって戦えなくなるぞ」

氏規が干乾しという言葉を使ったのには訳があった。

昌幸は、特に北条軍の兵糧部隊めがけて執拗な攻撃を仕掛けてきたのである。奪えるときには奪い、奪えないときはその食料を燃やしたり、川に流したり、とにかく北条軍の口に入らぬようにして、一気に逃亡してしまう。

こんな戦法を食らうのは、実は北条軍には初めての経験であった。

他の部隊はそれなりに精強で、自分の身は自分で守ることができるが、補給部隊を襲われた経験がないので、その守りは当初は薄かった。そこを昌幸につけ込まれたのである。

氏政が慌てて兵糧部隊の警備を厳重にした頃には、全体の兵糧の三分の一が失われていた。なまじ大軍であるだけに兵糧の欠乏は極めて痛い。

現地で徴発しようにも、信州《しんしゅう》の民は北条軍に極めて非協力的で、強制的に徴発しようとしても巧みにどこかへ隠してしまう。それもあって兵士の食事の量は減らされ、そのために士気が低下しつつあった。

「わかっておるわ、そんなこと」

氏政は怒鳴りつけた。

そして、さらに言った。

「氏規、ここは軍議の場だ。兄者と呼ばず御《お》大将と呼べ」

氏政は先代氏康の嫡子《ちやくし》であり家督を継いだのだが、同母弟の氏照や氏規は、未だに氏政を心の底では当主と認めていないような節がある。そのことも氏政の癪《しやく》の種であった。

「さらば御大将、わしも申し上げるが」

と、年上の弟氏照が言った。

「このままでは埒《らち》が明かぬ、いっそのこと和睦《わぼく》を考えてはどうか」

「和睦？　どう和睦する」

氏政は氏照をにらみつけた。

「我らはすでに上野一国を得た。これで充分ではないか。それに、今更甲斐は奪えぬ。あれだけ固められては我々も手出しできぬし、何よりも武田旧臣が家康についたのは大きい」

それは事実だった。

家康は武田旧臣の依田信蕃を利用し、巧みに武田家の武士の心を奪った。もっとも、その効果が上がったのは、家康が武田勝頼最期の地である天目山《てんもくざん》を訪れ、勝頼の遺骸を捜索させ、それを丁重に葬り大法要を営んだことによる。これによって織田憎しで凝《こ》り固まっていた武士たちが、家康に好意を持つようになったのだ。

最初は、あれは織田と同盟を組んでいる家ではないかと白い目で見ていた武田旧臣の心の氷が、この家康の振る舞いによって解けたのである。

織田信長の威を借りて武田旧臣の生き残りを殲滅しようとした川尻秀隆亡き今、以前の領主である川尻があまりにも過酷であったことの反動もあり、家康の人気は高まるばかりであった。

したがって敵は徳川軍だけではない。甲斐国の地侍は、いや武田旧臣は、今やことごとく徳川家についたと言ってもよかった。だから甲斐国は取れない、氏照はそう言うのである。

「ではこの信濃はどうする」

氏政は再び氏照をにらみつけるようにして言った。

「これも徳川に譲り申そう」

「何、馬鹿を申すな。信濃は大国だぞ」

「それはもとより承知。ただ、すでに北半分は上杉に与えると約束してしもうた。我々が得られるのは南半分だけ」

「南半分でも大きいではないか」

「いや、この南半分にこだわると、せっかく手に入れた上野国も失うことになる。

ここは兄者、いや御大将、徳川に甲斐と信濃を譲る代わりに上野一国はこちらに任せよと使者を送るのだ。さすれば面白いことが起こるぞ」

「何じゃ面白いことというのは」

「知れたこと。今、北信濃四郡の主となった気でいる上杉は、当然徳川と対立する」

「なるほど」

氏政は膝《ひざ》を打った。

「上杉と徳川を戦わせると言うのだな」

「左様。そうすればどちらかが倒れるであろう。その倒れた隙《すき》を狙ってもう一度出兵してもよいではないか。我らに損はない」

その言葉に氏政は初めて頷いた。

「よかろう。では軍使を出すとするか」

使者に選ばれたのは、板部岡江雪斎《いたべおかこうせっさい》という氏政の家臣であった。

板部岡江雪斎は、先代氏康のときから祐筆《ゆうひつ》として仕えていた文官であった。武骨者の多い北条家には珍しく、茶の湯にも長《た》け、学問もあり、何より外交の才があった。

かつて武田信玄存命中も、武田家との交渉に動いていたのはこの江雪斎であり、いわば順当な人選であった。

江雪斎はその頃、北条家の本拠地相模国小田原城にいたが、急遽早馬で呼び出され、主君氏政の意を受けて、その書状を持って直ちに家康のもとに向かった。

急ごしらえの新府城の陣屋で、家康は江雪斎を引見した。

「これはこれは、貴公の盛名は耳にしておる。北条家きっての交渉上手だそうな」

「恐れ入ります」

江雪斎は微笑を浮かべ頭を下げた。

家康も笑みを浮かべて、

「北条殿からの御使者とは、御用向きは何かな。しかと承《うけたまわ》ろう」

「さすれば申し上げます。実は和睦の件でござる」

「和を講じたい、と申されるか」

「はい。主人北条氏政の意向でございます」

「では和と言われるが、どのような条件を出されるのか」

「はい。これは徳川様にとって極めて有利な条件でございます」

「ほう、聞こうではないか」

「当方、京での一件以来、乱れに乱れた秩序を立て直すべく、上野一国を我がものといたしました。徳川様はこの甲斐一国をものにされた。残るは信濃の一国をどうするかということではござらぬか」

「その信濃一国をどうする」

江雪斎は家康を正視して言った。

「ほう、全部差し上げます」

「全部くれると申されるか」

家康は再び笑みを浮かべて、

「しかし北条殿は、この信濃欲しさにここまで押し出してこられたのではなかったかな。五万もの大軍を率いて」

「左様ではございますが、人間、欲をかくということはあまり良からぬことと、手前主人は気が付いたのでございます。ここは上野一国で満足し、信濃は徳川様に差し上げ、両家の友誼《ゆうぎ》を結びたい、このように考えたのでござる」

「なるほど、なるほど、それは重畳《ちょうじょう》じゃが」

と家康は、今度は意味深な笑いを浮かべて、

「しかしながら、この前北条殿は、あの上杉景勝と何やら密約を結んだと聞き及んでおるが」

江雪斎はそれを聞いて内心ぎくりとした。

徳川家康という男が相当な情報網を持っているということが、この一言でわかった。

しかしそれはおくびにも出してはならない。

「はて、何の一件でございましょうか」

「そちも相当の狐じゃのう、わかっておるはず。北条殿は上杉とことを構える愚を悟り、信濃の真ん中に線を引き、北半分は上杉、南半分は北条と分けたと聞いておる」

「はてさて、誰がそのようなことを申しましたことやら。手前はいっこうに関知しておりません」

「左様かのう。もし、北条家が北信濃を上杉に譲ったということが事実ならば、わしに信濃をくれると言っても南半分だけということになる。北の半分は貰《もら》えぬのかな」

「いえいえ、そんなことはございません。どうぞご存分になさってください」

「ということは、上杉と争えということだな。なるほど、わしと景勝を争わせ漁夫の利を得ようという魂胆か」

「滅相もない」

それが本心だったが、江雪斎は身振り手振りでそれを完全に否定して見せた。外交というのは、こうしなければ成り立たないものである。

「そのようなこと、我ら一切考えておりません。なにとぞくれぐれも誤解のないようにお願いしたいものでございます」

「誤解か、言葉は重宝じゃのう。しかし、和議というのはめでたい。わしも甲斐はわが領土と認め、さらに信濃一国をくださるというのなら、和議に異存はない」

家康は言った。

家康が今、関心があるのは中央である。つまり西だ。

信長亡き今、その仇を討つという点では羽柴秀吉に一歩も二歩も遅れを取ったが、この後天下はどう転ぶかわからない。はっきり言えば東の領土などはどうでもよい。早く西に駒を進めたい。しかしそのためには、東を安全にしておく必要がある。

だからこの北条側からの和議の申し入れは、まさに渡りに船であった。

「それでは和議をお認めくださるのか。誠に祝着《しゅうちゃく》に存じます」

と、江雪斎が一礼をすると、家康は慌てて手を上げた。

「いや、大もとのところはそれで良いが、わしのほうから一つ頼みたいことがある」

「頼みたいこととは一体何でござろうか」

「確かにこのことはめでたいことじゃ。だがこの乱世、口約束だけでは心許ない。いや、証文を交わしたところで所詮は一枚の紙。世の中どう転ぶかわからぬ。もっと確かな証《あかし》が欲しい」

「とは、人質でござるか」

江雪斎は、内心まずいことになったなと思った。

氏政が徳川家に人質を出すところまで譲歩するとは到底思えぬからだ。

だが家康が言ったのは、その逆のことだった。

「我が娘に督《とく》という者がおる、これをどうだな、氏政殿の嫡子氏直殿の嫁にしていただくというのは」

「なんと、それでよろしゅうござるのか」

と、江雪斎は思わず言ってしまった。

自分の娘を人質同然に差し出すというのだから、これは徳川方がむしろ譲歩したということである。

もちろん将来、その二人の間に子供が生まれれば、それは北条家の家督を継ぐことになるだろうから、徳川が一方的に損な取引ということではないが、この時点では北条方が一方的に徳川方から人質を取るというかたちになる。だからこそ江雪斎は、それで良いのかと言ったのである。

「かまわぬ、めでたいことだ。どうじゃ御使者殿、この話まとまると思うか」

「まとまりまする」

江雪斎は頷いた。

「いや、まとめてご覧に入れます」

それは本心だった。

これは北条家にとっても、徳川との相互不可侵を高めるためにも大変有効な手立てと言える。

北条家とて、家康と反対側の東側には伊達政宗《だてまさむね》という侮れぬ大敵がおり、これと対抗していくためにも、徳川家との強固な同盟はむしろ望むところである。

「では、よろず任せる。頼むぞ」

家康は江雪斎に対して、まるで自分の家臣であるかのように声をかけた。

江雪斎はかしこまって頭を下げ、その場を退出した。

話はとんとん拍子にまとまった。

家康の次女督姫は、嫁入り支度もあわただしく、北条氏直のもとに嫁いで行った。

このことにより徳川と北条の間に姻戚関係が生まれ、その同盟は強固なものとなった。

家康は念願の甲斐、信濃両国を固めることに成功した。

一つだけ、北条側の思惑《おもわく》が外れたことがあった。

それは上杉景勝の動きである。

北条は上杉に北信濃の領有権を認めた。それを理由に、進駐してくる徳川家と、北信濃を渡すまいと粘る上杉家の間に大規模な戦端が開かれるはずであったが、景勝はなぜか自重《じちょう》し、兵を退いてしまったのである。

それはやはり中央情勢に対する対応の問題であった。

実は本能寺の変の直前、上杉家は滅亡寸前であった。その春に行なわれた武田征伐によって、上杉の唯一の後ろ盾であった武田家が滅び、絶体絶命となった上杉領に、織田の北陸方面軍司令官とも言うべき柴田勝家が大軍をもって迫った。

そのまま行けば越後一国は柴田勝家の思い通りとなり、上杉景勝は春日山《かすがやま》城を枕に討ち死にしていたかもしれない。しかし本能寺の変によってすべてが変わった。

柴田勝家は上杉家を滅ぼすことよりも、中央の羽柴秀吉との対立を深め、そちらのほうに主力を置くようになった。

そうした中、当の羽柴秀吉から上杉景勝に対して同盟の申し入れがあったのである。つまり、共に力を合わせ、柴田勝家をたたいておこうということだ。

一も二もなく景勝はこれに乗った。

しかしそのためには北信濃四郡を維持するために、大軍を貼り付けておく余裕はない。

そこで景勝は北信濃に対する領土欲をさらりと捨て、内を固める方針を採ったのである。

このため北条家が期待した信濃を巡る徳川と上杉の大決戦は起こらなかった。

それは逆に言えば、信濃は無血で徳川家のものになったということである。

その知らせが、誠之助のいる諏訪高島城にも届けられた。

使者はあの大久保長安であった。

一同は狐につままれたような表情をしていた。

それはそうだろう、ついこの間まで北条を頼り、その力をもって徳川軍を追い払おうと意気込んでいたはずなのに、いつの間にか信濃の国主は徳川家康ということになり、しかも北条家もそれを認めたというのである。

使者の口上を聞いた諏訪家当主諏訪頼忠は、改めて誠之助の眼力の鋭さに感心していた。

「やはりお主の言うとおりになったな。この信濃を領するのは徳川殿か。北条などに操《みさお》を立てて命を失わずに良かったのう。

いや、誠之助、礼を言う」

頼忠は頭を下げた。

「いや、何を申される、これはたまたま当て推量が当たっただけのこと」

誠之助は謙遜した。

「いや、それは違う。お主の見識、武者としての力量がやはりなみなみならぬことが、このことによって判明したと言ってもよい。

どうじゃ誠之助、わしの家老になってくれぬか。どうやら我ら諏訪衆がこの地を束ねることは、徳川殿もお認めになるようだし、徳川殿と強いつながりがあるお主がこの地に留まり我らを支えてくれれば、これほど心強いことはない」

思いもかけぬ頼忠の申し入れに、誠之助は戸惑った。だが嬉しくもあった。

（ようやく諏訪者による諏訪者の国ができるのか）

思えば長い道のりであった。武田信玄の侵攻以来、その独立を失った諏訪衆が再び城を持てる、国を持てるのである。

「その申し入れ、いかにも嬉しく承った。ただ、少し待っていただけぬか」

「待てとはどういうことかな」

「拙者、岐阜に妻子を置いて参った。直接の主君岐阜中将信忠殿は京において横死なされたことは事実だが、一応は、わしはまだ織田家の家臣でもある。岐阜に立ち戻り、妻とも話し合い、身辺を整理した上で、改めてお申し出について考えさせてはいただけまいか」

「おお、良いとも、では早速行って来てくれ。おぬしの帰りを待っておるぞ」

「わかりもうした」

誠之助は頭を下げた。

久しぶりに妻子に会える。妻は、子は、そして主である信忠を失った岐阜城下はどうなっているのか。

誠之助は一刻でも早く馬を飛ばして帰りたいと痛切に思った。

嵐の日々

1

諏訪を発《た》った誠之助は、十日後に岐阜に入った。

まだ徳川、北条、上杉の騒乱が治まらず、街道も何かと騒がしく、安全を期して回り道をしたため、それだけの時間がかかったのである。

岐阜の街も騒然としていた。

かつてこの街は、旧主織田信長が日本で最初の巨大な街を作った場所であった。

それまで城主は本拠地の城の周りに館を建てて住み、家臣は自分たちの領地にそれぞれ館を築いて住んでいるのが普通の形態であった。今川義元の本拠である駿府《すんぷ》のような大きな街もなかったわけではないが、結局家臣どもはそれぞれの領地に住んでいるので、招集するにも結構な手間と時間がかかる。

それを信長は一気に解決した。領地は代官どもに任せ、わしの家来ならば岐阜の城の周りに住めと土地を分け与えたのである。重臣から足軽に至るまで、当時一万人はいた信長の軍勢が、ここ岐阜へ引っ越してきた。

一万人といっても、その一万人にはそれぞれ家族がいる。一番若手の独身の足軽でも両親を連れてきたし、兄弟もいる。重臣になれば夫妻の他に子供が数人、さらに召使いを連れてくるから、一人で十人以上連れてくることも珍しくなかった。

ここに至って、それまでほんの数百人しか住んでいなかった場所が、あっという間に五万を超える人間の住む大都市になったのである。こんな大きな街は京都以外に日本中のどこにもなかった。

この土地を訪れた遠いヨーロッパからやってきた宣教師たちが、あまりの繁栄に驚き、バビロンの市のようだと本国に報告を送ったというほどのものであった。

信長がこの城と美濃国を嫡子信忠に譲って安土に移転してからは、その繁栄はやや安土にゆずるところがあったが、それでもいわば織田の領国の西の安土に対する東の岐阜として、そのにぎわいは並々ならぬものがあった。

ところが、久しぶりに帰ってきた誠之助の目に映《うつ》ったものは、繁栄とは逆の大きなかげりであった。

どこと言って建物が変わったわけではなく、人の往来が減ったわけでもないのだが、何かしら艶《つや》がなく、活気というものが薄れている。

それも当然で、ここの城は城主岐阜中将信忠を京都で失ってしまったのである。その後は家老斎藤玄蕃允が留守居を務め、織田重臣による清洲会議の結果で、この岐阜城は三男の織田信孝が預かることになっていた。

近々信孝が入城するという噂を誠之助も耳にしていた。

（だがこの岐阜にかつての繁栄が戻る日があるのか）

誠之助は久しぶりに帰ってきた岐阜の街を見ながら、懐かしさよりもその感慨を抱いた。

誠之助の屋敷は、城の三の丸を出たすぐのところにあった。格の高い家来ほど城に近接して住む慣わしである。そういう意味で言えば、誠之助は信忠の腹心とも言える位置にいた。

懐かしい屋敷の門をくぐると、誠之助の顔を見た下女の桔梗《ききょう》が「あっ」と声を上げ、「ご主人様がお帰りになりました」と中に向かって大声で呼ばわった。

それを聞いて転げるように出てきたのが、妻の冬である。

「あなた」

冬は目に涙を浮かべていた。

誠之助も目頭《めがしら》が熱くなった。

人目がなければ抱きしめたいところだ。

冬は部屋の中から履物《はきもの》もはかずに走り出て、誠之助の前に駆け寄るとひざまずいた。

「ようもご無事でお帰りなさいました。お帰りをお待ちしておりました」

「うむ、ただいま帰った」

誠之助は太刀を抜くと、冬に渡した。冬はそれを大事そうに袖《そで》で包むと、

「これ、早くすすぎの支度《したく》をしなさい」

と桔梗に命じた。

今回の旅には喜三太も付いてきていた。誠之助は玄関の敷台で固く結んだわらじを少しずつほぐして脱ぐと、すすぎ水で足を洗った。すでにこの辺りには秋の気配が漂っていたが、冷たい水が何となく心地よかった。

「父上」

ふと少年の声がした。

振り返るとそこに一子小太郎がいた。

「おお、大きくなったのう。さあこの父のもとに参れ」

誠之助は破顔した。

小太郎は十歳になるはずであった。この頃の子の成長は早い。家督の都合によってはこの年で元服するのも珍しくないほどで、小太郎の成長は著《いちじる》しいものがあった。

（これなら十五歳と言っても人は信じるだろう）

誠之助と祖父である冬の父、木造具政の頑丈な体を引き継いでいるようだ。このまま無事に育てば、身の丈《たけ》六尺（一八〇センチ）を超える堂々たる武者になるかもしれないと、誠之助は思った。

誠之助は中に入った。

廊下を抜けて奥に入ると、屋敷の中からも少し活気が失われていることに気が付いた。家の中を取り仕切る庄兵衛《しようべえ》という家臣がいたのだが、それが見当たらない。

「松尾《まつお》庄兵衛はいかがいたした」

それを聞くと、冬の顔が少し曇った。

「暇を取りました」

「何、暇を取ったと、わしの許しもなくか」

「はい。それが置手紙をして出奔《しゅっぽん》いたしたのでございます」

「出奔、何故《なにゆえ》だ」

「はい、この家に仕えては将来が見えぬと勝手なことを書き付けておりました」

「なるほど、将来がのう」

それは充分にあり得ることだった。考えてみれば、信忠の家臣のうちの主だった者は、ほとんど川尻と共に甲斐国に行き、そこで本能寺の変のあおりで起きた一揆で壮絶な討ち死にを遂げているのである。

何よりも当主信忠がこの世を去ったのが大きい。目端《めはし》の利く者の中には、この家を見捨てる者も出たのだろう。

「冬、旅の疲れを癒《いや》したい。まずは行水《ぎょうずい》だな。少し湯を入れてくれ」

「はい、かしこまりました」

この時代、湯風呂はまだそれほど普及していなかった。井戸端で体を洗うのが普通のことだったが、この季節では少し寒い。

台所で沸《わ》かした湯をたらいの水に混ぜ、体を拭《ふ》くのがこうした場合一番早い旅塵《りょじん》を落とす方法であった。

「本来なら挨拶回りをせねばならぬところだが、今日は疲れた。そちと一緒に酒でも酌《く》み交わしたい」

「わかりました。私もそれがよろしいかと存じます。すぐに支度いたします」

誠之助は家の中の奉公人が松尾庄兵衛だけではなく、二、三人欠けているのに気が付いた。どうやら禄米もきちんと支給されているわけではないらしい。

誠之助は久しぶりに妻と子と三人で食事をとった。小太郎は飯を何杯もおかわりした。それでもけっして太ってはいないから、日々鍛錬しているらしい。それに引き換え冬は小食だった。

「どうした、もっと食べぬのか」

「はい、今日はあなた様もお帰りですので、あまり米がございません」

「そうか、それは悪いことを言ったな」

「いえ、明日はまた米が届けられる予定になっております。それに伊勢の父からも」

「おお、舅《しゅうと》殿はお元気か」

「はい。父は北畠の御本所《ごほんじょ》様にお仕えして、今は家老職を務めております」

「ほう、家老職か」

北畠の御本所というのは、織田信長の嫡男信忠とは同腹の弟である信雄のことであった。

信雄は伊勢松ヶ島城主として、名門北畠家を継いだかたちで、そこの領主となっていた。そしてその下の弟が異母弟の信孝で、信孝は同じ伊勢の豪族、神戸《かんべ》家を継いで神戸信孝として四国遠征に出かける予定だったが、それが本能寺の変で頓挫《とんざ》したために、清洲会議の結果、岐阜城主となったのである。

「家老の斎藤様からお達しがございました。信忠様の御家臣はもれなく信孝様にお仕えするようにとの御下知でございました」

「そうか」

誠之助は頷いた。

信忠の旧家臣団を信孝が領地と共に引き継ぐということであろう。そしてそのまま浪人はせずに済むということだ。

その時、小太郎が突然食べるのを止め、箸《や》を置いた。何か物問いたげな顔をしている。

「なんじゃ小太郎、言いたいことがあるのか」

「はい、申し上げてもよろしゅうございますか」

きびきびとした声で小太郎は言った。

小太郎は武術だけではなく、学問にも秀でている。

「父上はこのまま信孝様の家来となられるのでしょうか」

「これ、仮にも御主君の名ぞ、そのまま呼んではならぬ。神戸宰相《さいしょう》様と申せ」

「はい、でも母上が」

小太郎は口を尖らせた。

確かにそう言えばつい先ほど冬は信忠様、信孝様と言った。だがそれは兄弟のことをはっきりとわかりやすくするために言ったことである。

「冬、お前がかような言い方をするから、子が従ってしまったではないか」

誠之助は苦笑して言った。

冬ははっとして頭を下げて言った。

「申し訳もございません」

「まあよい、これは礼儀だ。外では気をつけるのだぞ。そうだ小太郎、我々はたぶんこのままいけば神戸宰相様の家来に横滑りするのだろうな」

「父上はそれでよいのでございますか」

「うん、よいとはどういうことだ」

「侍にとってどなたに仕えるかは一生の大事。それをそのように決められて、よろしいのですか、ということです」

（ほう）

誠之助はちょっと息子を見直した。まだもののわからぬ年かと見ていたが、思いのほかきちんとした意見を持っているようだ。

「そうだな、確かにそちの申すとおりかもしれん。だが、だからといって我々の一存で決められぬこともあるのだ。まあわしも実は考えるところがある。それを相談するためにこちらに戻ってきた」

「考えるところと仰せられますのは」

冬は怪訝な顔をして言った。

「いや、それは後で申そう。とりあえずはこの食事を片づけることだ」

食事が終わって小太郎は寝所に下がった。誠之助は奥の間に膳を置かせ、岐阜の名物でもある干した鮎を肴《さかな》に手酌《てじやく》で酒をやっていた。

そこへ片づけを済ませた冬が戻ってきた。

「そちも盃《さかずき》を持ってこい、一杯やろう」

「はい」

冬は結構酒好きなのを誠之助は知っていた。

冬が持ってきたのは、盃というより茶碗に近いものであった。誠之助は苦笑して、それになみなみと注《つ》いでやった。それを冬は一気に飲んだ。

「ああ美味《おい》しい、こんな美味しい酒は生まれて初めてでございます」

「おお、そういうものか」

「そういうものかではございません」

怒ったように盃をもう一度誠之助の前に突き出した。二杯目を注げということらしい。

「あなた、どのように私が心配したかご存じなのですか。もう、あの本能寺の一件以来、中将様は亡くなられるし、川尻様も一揆で横死されたと伺い、私は夜も寝られなかったのですから」

「そうか、そうか、すまんのう」

誠之助は苦笑して冬にもう一杯注いでやった。冬はそれも一気に飲み干し、

「そうか、そうか、ではございません。あの時、私はもはやあなたはこの世におられぬものと覚悟を決めたことすらあったのでございます」

「うん、そうだな。確かにあれは危《あや》うきことであった。わしの生涯において最も危険な切所《せっしょ》であったかもしれぬ」

誠之助はしみじみと言った。

実際、誠之助が死を覚悟したあんな行動に出なければ、逆に死んでいたかもしれないのである。そのことを話さねばならないと、誠之助は思っていた。

そして自分も手酌で一杯やると、誠之助は盃を置いた。

「まあ聞け、そなたに是非話しておかねばならぬことがある。わしがなぜ生き延びたかということをだ」

「はい」

「あれは六月六日の夜のことであったか、本能寺の報が甲斐に届き、それまで虐《しいた》げられていた甲斐の旧武田家家臣、あるいは百姓どもが一気に反乱を起こし、多くの織田家の兵は逃げ散り、川尻様は無残な最期を遂げられた。あの日、わしはなぜ助かったかということだ」

「切り抜けられたのではございませぬのか」

「切り抜けるなど無理だ。よいか、──」

と、誠之助は朋輩《ほうばい》での武勇に長《た》けた人間の名を二、三挙げ、あの方々も逃げる手立てはなかったのだぞ。あの甲斐はいわば天然の岩牢。あの岩牢の中で、逃げ道をふさがれ、次々に討ち取られていったのだ。

だがわしだけは生き残った。

「それはな」

誠之助はあまりのことに苦笑して言った。

「わしは牢に入れられておったからなのだ」

「牢に？　牢にとはどういうことでございますか」

誠之助は辺りにまず聞き耳を立てた。まさかとは思うが、誰か聞いている人間がいたら大変なことになる。

「わしはあの時、川尻様の御不興《ごふきよう》を買い、やがて死罪にさせられるかもしれぬ身を、あの甲府の陣屋の牢の中に置いていたのだ。どうやらあの騒ぎでこの騒ぎはこちらに届かなかったようだが、もし信長様がわしのことを聞いたら、必ず首を刎《は》ねよとおっしゃっただろう」

「いったいあなた様は何をしたのです」

「姫を助けたのよ」

「姫を」

「そう、武田の姫だ、松姫と言う」

　冬もその名は聞いていた。

「あの中将様の奥方様になられるはずだった松姫様でございますか」

「そうだ。あの後な、落武者狩りで捕らえられたのだ。それをわしはお救いせんとした。ところがそれが見つかってしまい、牢に入れられた。わしは死を覚悟した。そなたにはすまぬと思ったが、もはやこの身は死ぬものと決めておった。だがその日、本能寺の一件が甲斐に知れ、反乱が起こった」

「何故に松姫様をお助けになったのです。そんなことをすれば命がないと、おわかりにならなかったのですか」

「いや、上手くいくと思っていたのだ。実はある男が助けてくれてな。まあ武田家の旧臣だった男だが」

「それでは御主家に対する裏切りではございませんか」

「しっ、声が高い。そちはこれを裏切りだと言うが、必ずしも裏切りとは申せぬぞ」

「なぜでございます」

「実は、いよいよ武田攻めにかかろうとする数日前のことだ。わしはこの岐阜のお城にいる中将様にたった一人茶室に呼び出されてな。中将様はわしの前に手を突いて、頼むと仰せられたのだ」

「何をです」

「姫を助けてくれと」

「それでお受けになったのですか、その時」

「それは無理でございましょうとは申し上げた。その時はそう思ったのだ。しかしその後、まあ世の中というのは、色々なことがあるものだ」

しばし沈黙があった。

その沈黙を破ったのは、冬のほうだった。

「その松姫様という方は、お美しい方なのでしょうね」

「うん。故信玄殿の姫の中では一番美しい、甲斐きっての美貌だと言われておる」

「それでお助けなされたのですか」

「何を馬鹿なことを言う」

誠之助は首を振った。

「その姫が美しかろうと美しくなかろうと関係ない。旧主の奥方になられる方だったのだ。その方をお助けせよと言われていたのだから――」

「諏訪の美紗姫様」

冬は突然毅然《きぜん》とした声でそう言った。

「でしたわね。あなたが若い頃お仕えになり、その方を助けられなかったと生涯悔いていらっしゃる姫様。その姫様と松姫様、どちらがお美しかったのでございましょう」

「これこれ、馬鹿なことを申すでない」

誠之助はまたまた苦笑した。女というものはいくつになってもそういったことは覚えているものらしい。

誠之助にとって、正直言って美紗姫というのは、かつて憧《あこが》れの対象であった。妻の言うようにそれを助けられなかったことを悔いてもいる。そしてそのことが松姫を助けるきっかけになったかもしれない。だが、そのことを妻が嫉妬することはない。自分の妻はあくまで冬なのであり、冬だけが一子小太郎を産んでくれているのだから。

だがそういう男の考えは、冬にはあまり通用しないようであった。

「先ほどまで、これほど美味しいお酒はないと申し上げましたが、私、考えを変えさせていただきます。これほど苦いお酒はございません」

誠之助は話の接《つ》ぎ穂《ほ》に困ったが、話さねばならないことはまだ他にもあった。

「そう、へそを曲げるな、昔のことではないか。それよりもこれから先のことを考えねばならぬ。実はな、わしは諏訪に戻ろうかと考えているのだ」

「諏訪に？　それはいかなる訳でございますか」

冬が言った。

そこで誠之助は、本能寺の変の甲斐の反乱で無事牢を脱出してからのことを語った。

諏訪一族との関わり、そして徳川家康との因縁によって、何とかその危機を収めたことなどであった。

「その功もあり、諏訪者のよしみもあってな。諏訪のご当主頼忠殿は、わしを家老として招きたいとおっしゃっておられるのだ。わしは諏訪者だ。諏訪衆はようやく自分の国を自分で治められることになった。家康殿が領土安堵してくださったから、諏訪者の将来は明るい。わしも望まれて家老になるならば、これほどよいことはないと考えておる。どう思うそちは。わしと一緒に来てはくれぬか」

冬はすぐには答えなかった。

ややあってようやく口を開くと、

「私はあなたの妻です。妻である以上どこへでも付いて行くべきだと思っております。されど諏訪という国は、これまで一度も行ったことがなく、諏訪衆の皆様とうまくやれるかどうか自信がございません」

「そうか。しかしそれはわしが助ける。そもそも妻というのは、他国から来ることが多いものだ。そちも元々実家はここではなく、伊勢国ではないか」

「その伊勢国の父のことも心配なのでございます。北畠様の家老を務めるとはいえ、これから天下はまた乱れるかもしれません。そうした中、実家の父と遠く離れるのは、何かと心配なのでございます」

「そうか」

誠之助は目を閉じた。一も二もなく賛成してくれるかと思っていたが、そうでもないようだった。

そうでもないということが誠之助の心に少し衝撃を与えていた。

「わかった、今すぐにとは言わん。とにかく考えてみてくれ。わしもせっかくこちらに来たのだから、しばらく休んで辺りの情勢を見極めたい」

その夜の話はそれで終わった。

翌朝、誠之助は再び妻と子と三人で食事をとった。召し使うものは、別間で食事をとるから、食事の時だけは親子三人水入らずである。

食事が終わると小太郎は真っ先に箸を置いて父誠之助を見た。

「なんじゃ、また何か申したきことがあるのか」

誠之助は言った。

「父上、私を羽柴筑前守様のご家来衆に加えていただいてはいけませぬか」

「なにっ」

誠之助は驚いた。

青天の霹靂《へきれき》とはこのことであった。

誠之助は目を見張っていた。

あまりにも突然のことである。一子小太郎の口から秀吉の名前が出るとは。しかもその家来になりたいと言うのだ。

「小太郎、何を言うのです」

妻の冬がたしなめた。

小太郎は文句を言いたげに冬を見た。

「まあ、待て」

誠之助は妻を制した。

「一体なぜ羽柴殿に仕えようなどと思ったのだ。その訳を聞かせてくれぬか」

「はい。実は友の佐脇新之助《さわきしんのすけ》から誘いがあったのでございます」

「ほう、佐脇というのは佐脇宗右衛門《そうえもん》殿のお子か」

「はい」

誠之助は頷いた。同僚の一人であった佐脇は、どちらかと言うと御殿勤めであり、今回の信忠の諏訪遠征には参加していなかった。だからこそ無事だったのではあるが。

「佐脇殿のところに羽柴殿から何やら言ってきたのか」

「今、羽柴様はあちこちで人集めをされているようでございます」

小太郎は答えた。

「とにかく、誰でも出世の志ある者はわれのもとに来い。われのもとで養育し一手の大将に育て上げてやる。支度金《したくきん》など要《い》らぬし、給金はこちらから出す。身一つでやって参ればよい、というお達しがあったのでございます」

「そのようなことがあるのか」

誠之助は冬を見た。

「そのことは私も耳にしておりました。羽柴殿はとにかく人集めに奔走《ほんそう》しておられるようでございます」

「何故《なにゆえ》そんなに人が必要なのだ」

「さあ、益々家を大きくされようとのお心でございましょうか」

冬は言葉を濁《にご》したが、誠之助はその言葉の裏に妻の直感を嗅《か》ぎ取っていた。野心である。

（まさか羽柴殿はこのまま織田家の天下を奪うつもりではあるまいな）

それは想像としては突飛《とつぴ》と言えた。

羽柴筑前守秀吉にとって信長は大恩人である。最も卑《いや》しい小者《こもの》の身分から引き立てられ、一手の大将にまでしてもらったのだ。いや、少なくとも柴田勝家、滝川一益にならぶ織田家の重臣であり、現時点で率いている兵の多さから言えば、秀吉が織田家筆頭重臣と言っても間違いはなかった。

その秀吉が大恩ある織田家の遺児を押しのけて、天下を狙うであろうか。

誠之助は腕を組み、目を閉じてしばらく考えていた。

冬と小太郎は黙ってその様子を見守っていた。

ずいぶんと長い時間が経ち、誠之助は目を開けると小太郎を見た。

「この戦国の世だ、誰に仕えれば立身出世が叶《かな》うか、それははっきり言ってわしにもわからん。つい十年ほど前、天下で最も強い大名は武田信玄だと言われ、その言葉を疑う者は誰もいなかった。だが今、その武田家は影も形もない。その武田信玄に匹敵する強さを誇ると言われた上杉家も、ついこの間までは青息吐息《あおいきといき》であった。だが信長様が本能寺で亡くなられたことで息を吹き返した。その信長様は誰もが天下を取ると思っていた。つい二、三カ月前まではな。ところがその信長様は今この世にいない。

その跡を継いで織田家を磐石ならしめるとされておった中将様もだ。よいか、この世は何が起きるかわからぬのだ。だからそなたが今、日の出の勢いになりつつあるという羽柴筑前殿に仕えたいという気持ちもわからんではない」

「はい、それでは」

「待て。今は待ったほうがよい」

「待つのでございますか」

小太郎は言い返した。少し不服そうである。

「ここはわしの言葉を聞け。わしはそなたよりも何年も余分に生きている。その勘がこう言っている、今は迂闊《うかつ》に動くなとな。乱世なのだ。どう転ぶかわからん。今は信長様が倒れ、織田家の行く末がわからぬ。風が右に向かって吹くのか、左に向かって吹くのか今ひとつわからぬところがある。だからわしはしばらく様子を見るのが得策だと思う。

そなたはまだ十歳と若い、元服もいまだ済ませておらん。慌てることはないと父は思うがな」

それでも小太郎は不服そうであった。

「父上の仰せられることはよくわかります。しかし私も一個の男子としてこの乱世に生まれた以上、自分の道は自分で決めたく存じます」

「ほう」

誠之助は少し小太郎を見直していた。まだ十歳ながらなかなかしっかりとした自分の考えを持っている。だが、まだ十歳であるのも事実であった。まだまだ親のもとから離れ独立する時期ではない。

「少なくとも来年までは待つことだ。父の予感ではこの冬から春にかけて大乱が起こるかもしれん」

「大乱でございますか」

これまで黙って聞いていた冬が心配そうに言った。

「うん。信長様というこの国の大きな要《かなめ》が崩れ去ったのだ。それをもう一度締め直す。それにもう一度誰がなるかというところで、争いは必ず起こる」

「ではわが父もその渦中《かちゅう》に」

「うん、巻き込まれまいとは残念ながら申せぬな。神戸宰相様はこの大きな流れに巻き込まれざるを得まい」

誠之助は言った。

冬は顔を曇らせて、

「それにつけてもどなたがこの後、この国をまとめていかれるのでしょうか」

誠之助は首を振った。

「それははっきりとは言えない。だが一つ言えることがある。それは信長様の残した遺児、御次男北畠信雄様、御三男神戸信孝様では恐らくあるまいということだ」

だが、今誠之助はこのまま何もせずにいれば、三男信孝の家来として横滑りすることになる。まさに思案のしどころであった。

2

その頃、羽柴筑前守秀吉は京の山崎にいた。

ここはつい数カ月前明智光秀と雌雄《しゆう》を決した天王山のある場所である。そのまさに天王山の裾野《すその》に、秀吉は急ごしらえの城を作りつつあった。本拠である姫路城は家臣に預けて、とりあえずここに本拠を移すつもりなのである。

秀吉は上機嫌であった。

もともと普請《ふしん》や工事の類は大好きだが、現場をあちこち見て回って、工事の進捗《しんちよく》状況が速いのに笑みが浮かんできていた。このところこうしたことは、家臣の中で軍事以外には最も長《た》けている石田三成《いしだみつなり》に任せてある。

三成は、戦争は苦手だが、物産の管理や財政の調整、あるいは城の建設などということになると異様な才能を発揮する。加藤清正《かとうきよまさ》、福島正則といった武芸には強いが、事務的なことはからきし駄目な家来たちに比《くら》べると、三成はこうしたことに頼りがいのある男であった。

その三成を秀吉は通称の佐吉《さきち》で呼んでいる。

「佐吉、わしがなぜここに城を築いているかわかるか」

「はい」

三成は大きく頷いた。

「ではその理由を述べてみよ」

秀吉は時々、お気に入りの家臣や、鍛《きた》えがいのある家臣にこういう質問をする。もちろんそれは武士として、あるいは軍師としての腕を磨《みが》くためである。

三成は辺りをはばかるようにして言った。

「殿、ここではまずいのでは」

普請場の真ん中であった。多くの人足が働いている。

もっこを担《かつ》ぐ者、土嚢《どのう》を運ぶ者、柵《さく》の木を縄で結《ゆ》わえている者、臨時普請の城とはいえ、壁を作るために土をこねている者もいた。

「こういうところで密談しても、人にはあまり聞こえぬものだ。だがそちがそう申すならあちらに行くか」

秀吉は軽い足取りで丘を登り、少し開けたところに出た。そこからは眼下に山崎平野が一望できる。

「さて、佐吉、申せ」

「はい、殿には天下をお取りになるお志ありと見ました」

「なに」

秀吉は内心ぎくりとしたが、豪快に笑い飛ばした。

「馬鹿なことを申すでない。わしが天下を取れるわけがないではないか」

「はて、なぜでございますか」

三成は反駁《はんばく》してきた。

「何を言う、天下は信長様のものだ。そして信長様亡き今は嫡孫三法師様がおられる。このお方が天下の主《あるじ》であることは、清洲の談合でも決まったことじゃ」

「しかし、それでは天下は治まりません。赤ん坊が成人するには早くて十年かかりまする。この十年、この国をそのような無主の状態に置いてよいものでございましょうか」

「ふん、若造のくせに思い上がったことを言うでない」

秀吉はとりあえず叱りつけた。だがその目は笑っている。

「わしはな、佐吉、この城を作ったのは、ただただ一つの考えがあってのことだ」

「はい、それもわかっております」

三成は言った。

「ならば申してみよ」

「柴田修理亮殿をお討ちになる御覚悟でございましょう」

秀吉は苦笑した。

苦笑せざるを得なかった。何もかも三成に見通されていたからだ。

「さればどうやって勝家を討つ」

と、秀吉は柴田を官名でも姓でもなく呼び捨てで言った。それは暗黙のうちに三成の見方が正しいことを本人に示したのである。

「まずは上杉殿と連携されるのがよろしいかと存じます」

と、佐吉は言った。

上杉謙信の後継者景勝のことである。

信長は上杉家を完全に滅ぼすつもりだった。武田征伐の時点で上杉は最も有力な同盟者を失った。いわば越後の地に孤立したのである。

そして信長は、滝川一益をして上州をまとめさせ、いわば関東方面軍を形成し、その関東方面軍と既に存在している柴田勝家の北陸方面軍を呼応させ、両面作戦で景勝を討つつもりでいた。この事態が進行していれば、景勝の命はなかったであろう。上杉家も完全に滅んでいたに違いない。だが本能寺の変ですべてが変わった。

天下取りの野心がある秀吉にとって最大の敵は、織田政権の存続を願う大忠臣柴田勝家である。

その柴田を倒すためには、柴田の敵である上杉景勝と結ぶことだ。そういう意味で佐吉の見方はまったく正しい。

つい半年前までは、上杉家は織田家の仇敵《きゆうてき》であり、滅ぼされるべき家であった。だから秀吉の家来の中にも、今だに上杉を敵だと思っている人間は数多い。そんな中でこの佐吉だけは、今何をすべきか、ということがわかっている。

(やはりわしが見込んだだけのことはある)

秀吉は、満足だった。

そういう見込みのある人間は、もっと徹底して教育しなければならない。

「では佐吉、わしが大将として、お前が軍師だとしよう。軍師であるそちに尋ねる。柴田はどうやって討てばよい」

「はい」

流石《さすが》に三成は少し考えていたが、

「上杉殿と連携し、まず上杉家が北ノ庄城を攻めます。そしてある程度攻めた後、兵を退く。とても敵わぬと見て引き上げる体《てい》を取るのです。さすれば勝家殿は北ノ庄城を出撃し、それを追わんとするでしょう」

「その隙に乗じ、われらもここから出撃し、越前の野で勝家を挟み撃ちにするか」

「はい」

秀吉は笑った。

「まだまだじゃのう。それでは天下取りの戦略とは申せぬ」

「なぜでございます」

三成は頬を膨らませた。こういうすぐにカッとするところがあるのが三成の欠点と言えば欠点である。

「そちの目には勝家しか見えておらん。仮にその手で勝家を討たんとしたら、岐阜城の信孝殿が黙っておるまい。信孝殿の手中には今三法師君がおられる。三法師君を旗印に立て、織田家の天下に逆らう逆賊秀吉を討つなどと挙兵されたらどうなる。それに勝家が呼応したならどうなる。わしらの身のほうがかえって危なくなるではないか」

　秀吉は笑みを浮かべて言った。

　佐吉は確かにそうだと思った。

「ではどうするのです」

「まず三法師君だ。これを何とかせねばなるまい」

「何とかするとおっしゃいますと」

「まさか討ちはせぬよ。討てばわれは明智光秀と同じことになってしまう。三法師君をわが手に取り返すのだ」

「それではまず岐阜城を攻めるので」

「そうだ。岐阜城を攻め、信孝殿の手から三法師君を奪い返す」

「しかしそんなことができましょうや。岐阜城を囲めば、柴田殿も黙ってはおりますまいし、主君に弓引く逆賊ということになるのでは」

「ふん、まず勝家のことじゃがの、あの者はたわけ者よ、越前に帰ってしもうたわい。越前に帰ったということがどういうことなのか、佐吉ならわかるであろう」

そこで三成ははっと気が付いた。

越前は雪国である。早くて十一月、遅くても十二月になれば、柴田はこの日本の中央部へ進軍してくることはできなくなる。雪がそれを阻《はば》むからだ。

そこまで考えて、三成は秀吉が勝家のことをたわけ者呼ばわりした意味もわかった。

天下が定まろうとしている時である。勝家は何が何でも信孝を守らねばならない。そのためには、ちょうど今、秀吉が本家の姫路城を部下に任せて、自分は京都に進出しているように、冬になっても出兵できる場所に本拠を移すべきだ。

北ノ庄城は難攻不落の巨城だから、それは少数の部下に任せておいて、自分はこちらのほうに進出すべきなのである。しかもこの間の清洲会議で、勝家は焼け落ちた安土城と岐阜城の中間にある、近江長浜城を秀吉の手から奪っている。

長浜城は秀吉が一から作った城であり、数万の大軍の猛攻にも耐える堅城でもある。そこに本拠を移すべきであったのに、勝家はわざわざ、長ければ三カ月も軍事行動ができない越前国に帰ってしまった。

（なるほど、まさにたわけだわい）

三成は納得した。

「わかったか。あのたわけ者が雪の牢獄に閉じ込められているうちに、信孝殿の手から三法師君を奪い返すのだ」

「しかし、その大義名分はいかがなさいます」

三成はその点が心配だった。

仮にも信孝は前の主君の三男である。しかもその三法師丸という切り札は、今信孝のもとにある。

うっかり攻めれば、本能寺を襲った明智光秀と同じことになってしまうのではないか。

「そうよ。そこがこの戦の最も要だ。われに秘策があるのだ」

「秘策。秘策と申しますのは」

三成は思わず聞いた。

「佐吉、耳を貸せ」

流石の秀吉も周りをはばかって、三成にさらに近くに寄るように命じた。

三成が近づくと、秀吉は三成の耳に何事か耳打ちした。それを聞いて三成の顔に驚きの表情が浮かんだ。

それからほぼひと月過ぎた。

秋も深まった越後路に、巡礼姿に身を変えた三成の姿があった。三成は秀吉の密命を受け、上杉景勝との同盟を模索するため、ひそかにこの地に潜入したのである。もちろん織田家と上杉家は不倶戴天《ふぐたいてん》の敵同士であったから、このことは大変危険な賭けでもあった。

また、かたちの上では味方とはいえ、柴田勝家の領国、越前国を通って越後に入ることはさらに危険であった。もし万一捕らえられて身分がばれたら、何のために越後へ行く道を取っていたのかということは必ず問題にされる。それは絶対に避けねばならなかった。

秀吉の勢力範囲である京山崎方面から越後に出るには、近江、越前を通って行くのが最も近道ではあるが、近江には柴田陣営の手に渡った長浜城があることもあり、三成はその経路は避けねばならなかった。

結局、三成が選んだのは、通常の連絡を装い信長政権の本国である美濃国に入り、そこで巡礼に変装し、進路を北に取り、越中国立山《たてやま》越えをして越後に入る道であった。

この道は大変険《けわ》しく冬は通行不可能だが、折よく季節は秋も半《なか》ばのことであり、三成は何とかそこを通ることができた。

立山はこの辺りでは白山《はくさん》と並んで信仰の対象であり、立山自体は地元の領主の制約を受けぬ治外法権の地であった。したがってその道を通ることは、最も危険が少なかったのである。

ただ、三成自身はあまり体力のあるほうではなかった。もともと武将というには蒲《ほ》柳《りゅう》の質《しつ》なのである。しかも三成は生来胃腸が弱かった。固いもの冷たいものを食べると、すぐ下痢《げり》を起こす体質であった。

秋とはいえ、高山である立山の道は特に朝夕厳しく冷えた。そうした中、綿入れも用いぬ巡礼姿で旅をすることは、正直三成の身にはかなりこたえていた。だが何とか歯を食いしばり、越中側へ下りた。

越中は柴田勝家に心を寄せる佐々成政《さっさなりまさ》の領国であり、ここを通ることも多少の危険はあったが、近江方面から越前を通ってくるよりは危険度が少ないと言えば言えた。

そして、巡礼ということで無事越中、越後の国境を越えた三成は、なんとか上杉家の本拠である春日山城までたどり着いたのである。

春日山城は巨大な山城であった。

先代の上杉謙信が、この国全体を治めるために力を込めて造った城である。その謙信の急死後、跡目をめぐって実の甥《おい》の上杉景勝と養子の上杉景虎《かげとら》が争い、結局、景勝が勝ったのだが、その最終的な勝利の秘訣は、この城の金蔵を押さえたことであるということは、三成も風のうわさで知っていた。

その巨城、春日山城の門前に、三成は巡礼姿のまますたすたと近づいて行った。

それに気が付いた門番が手に持っていた木杖を振り上げ、三成を威嚇するとともに誰何《すいか》した。

「何者だ。ここは御領主様の館であるぞ。通ることまかりならん」

門番は二人いたが、そのうち年かさのほうがそう言った。

三成は手に持っていた錫杖《しゃくじょう》を伏せると、一礼し、

「拙者このような身なりをいたしておりますが、実は京の山崎より羽柴筑前守秀吉の使者として参ったものでございます。どうぞお取り次ぎくだされ」

「何、羽柴筑前守」

門番は驚いてもう一人と顔を見合わせた。

「羽柴筑前守と申さば、織田家の筆頭家臣と言われる者ではないか。その者の使者だと申すか」

「はい、書状をこれに持参いたしております。なにとぞお取り次ぎを」

三成は越中国内では細くこよりにして帯に巻きつけていたものを広げ、きちんと書状の体裁《ていさい》にしたものを差し出した。上杉景勝に宛てた秀吉の直筆書状であった。門番はそれを見て驚いた。そのような者を一存で追い返しては、後で何を言われるかわからない。

「しばし待て」

門番は、そう声をかけるともう一人を見張りに残し、あわただしくくぐり戸から城内に入って行った。

半刻近く待たされただろうか、城内がにわかに騒がしくなると、裃《かみしも》姿《すがた》の身分ありげな武士が二、三人、三成を迎えに出た。

「ご無礼をいたした。拙者上杉家家臣、高梨主水《たかなしもんど》景継《かげつぐ》と申す者」

「石田佐吉三成でござる」

「どうぞ城内へお通りください。ご案内いたす」

三成が導かれたのは、春日山のふもとにある城主の館らしき場所の一室であった。大広間というよりは控えの間である。どうやらすぐに当主上杉景勝が会ってくれるわけではないらしい。

その辺は三成も納得していた。いきなり巡礼姿のみすぼらしい男がそれまで敵対していた大将の使者だと言ってきても、頭から信用しろというのが無理である。だからまずその人物を見極めようとするに違いない。それは予想のうちであった。

（恐らく今頃は、殿の書状を検分してああだこうだと言っているに違いない）

三成はにやりとした。

そこでも小半刻近く待たされたが、しばらくして一人の若い侍が三成のいる部屋に入ってきた。その男はまさに眉目秀麗《びもくしゆうれい》と言うにふさわしく、男が惚《ほ》れ惚《ぼ》れするような容貌の持ち主であった。三成はこれが誰か既に知っていた。

その若い武士が挨拶しようとするのを、三成は右手を上げて押しとどめると、

「直江兼続《なおえかねつぐ》殿でござろう。拙者羽柴筑前守が家来、石田三成でございます。お見知りおきを」

と、言った。

「ほう、これは」

兼続と呼ばれた男は笑みを浮かべて、

「なぜ拙者が直江であるとおわかりか」

三成も笑みを浮かべて、

「上杉殿の懐刀《ふところがたな》にして智恵袋、そして、女子もうらやむほどの美貌となれば、いか

に上杉家中に人多しといえども、直江殿以外にはござらぬではないか」

「ほう、どうやら当家のことを詳しくお調べになったようですな」

そう言って、兼続はただ一人三成と向かい合うかたちで座った。刀は向かって左に置いている。これは害意のないしるしだ。三成はもともと錫杖の他に武器になるようなものは持っていない。その錫杖も今は部屋の隅に置いてある。

「羽柴殿の書状には」

と、兼続が話を切り出した。

「今後、わが主君上杉景勝と長く睦《むつ》みを結びたいとあった。しかしながら委細は使者石田三成が言上《ごんじょう》するとあったが、その委細、今ここで伺ってもかまわぬかな」

「御主君に代わって貴殿が伺われると申されるか」

「左様、不服でござるか」

「いや、上杉殿の懐刀、智恵袋とされる直江殿でござる、何の異存がござろう。では申し上げる」

三成は兼続の目を真っ直ぐ見ると、

「ご存じのごとく、故右大臣織田信長様は、御当家を敵とされていた。それは事実でござる。しかしながら右大臣様は本能寺において亡くなられ、あとを継ぐはずの御嫡子岐阜中将信忠様もあえない最期をとげられた。

そこで今、これは家の恥を申すようでござるが、織田家においては家督相続争いが起こっているのでござる」

「御次男北畠信雄殿と御三男神戸信孝殿の争いに、御嫡孫三法師君が絡んで、なにやら相当混乱されておるような」

兼続は言った。

兼続も相当詳しく織田家の内情を知っている。

三成は苦笑して、

「その通りでござる。ならば話ははやい。

わが主君羽柴筑前守は、この跡目相続のもめごとにおいて、柴田修理亮殿とやむを得ぬ対立をしているのでござる。残念ながらいずれは修理殿と戦になるかもしれぬ。その場合、何も修理殿を当面の敵とされている御当家と争ういわれはない。むしろ両者共に手を携《たずさ》えて修理殿に対抗していくほうが、かえってよろしかろうと。これが主君羽柴筑前守の存念でござる」

「なるほど、修理殿は邪魔でござるか」

兼続は言った。

三成は頷いて、

「修理殿がともに手を携えて、本来の主人である三法師君を守《も》り立てていくというならば、我らは何の異存もないのでござるが、どうやら修理殿は御三男信孝様を押し立てて、織田家を牛耳《ぎゅうじ》ろうとの意図があるご様子で。これは絶対に認めるわけにはいかぬというのが、主君筑前守の考えでござる」

「なるほど、なるほど、そういうことでござるか」

兼続は頷いた。

三成は膝《ひざ》を進めて、

「おわかりいただけましたでしょうか、この同盟のこと、ぜひともご承認いただきたく。まずは上杉のお屋形様に是非お会いして、色よい返事を頂きたいのだが」

兼続はしばらく黙っていた。

顔には微笑は浮かんでいるのだが、なぜか一言も発せず、三成の顔を見つめている。三成は少しじれた。

「いかがでござる、直江殿」

「その前に少し伺ってもかまわぬかな」

兼続は言った。

「何なりと」

「羽柴殿は、柴田殿を倒したいのであろう、それは我らにとっても望むべきこと。柴田殿にはずいぶん痛い目にあわされているからの。ただ、羽柴殿はその後どうされるのだ」

「その後とは」

「知れたこと、織田家の天下をどうされるかと伺っている」

三成は驚いて兼続を見た。

（流石に上杉の智恵袋と言われるだけのことはある。我が殿の真意を見抜いているのか）

三成はそう思ったが、逆に深読みしすぎて失敗してもいけないと思い、そこはとぼけた。

「はて、何のことかとんと見当がつかぬ」

「石田殿、これは拙者の当て推量でお怒りになるかもしれぬが、拙者はこう考えている。羽柴殿はおそらく、天下を狙っておられるのであろう。天下を取るためにまず必要なことは、織田家を弱らせること。そのためにまずしなければならないのは、織田家の遺児の中では一番出来のよい、信孝殿に家督を継がせてはならぬということ。したがってそれを後押しする柴田殿も邪魔以外の何者でもない。

そこで我が上杉と組んで、まず柴田殿を滅ぼし、そして柴田殿から後押しを受けている信孝殿を滅ぼし、挙句の果てには織田家の天下を乗っ取る。こういう目論見があるのではないかな」

「直江殿、それは悪口雑言《あっこうぞうごん》というものだ。我が殿は故右大臣様に海より深い恩を受けている。その殿を乗っ取りなどと。直江殿、もしここに刀があれば、拙者は貴殿を主君を貶《おとし》める者として成敗《せいばい》していたかもしれぬ」

三成は怒って、いや、怒ったふりをして言った。

「腹を割って話そうではないか」

と兼続は言った。

「お互い主君のためを思い、主君に命をささげる身と見た。そのために我が上杉と同盟を結びたいと仰せならば、まず本音をお聞かせいただかなければならぬ。本音を話さぬ者と同盟など組めますか。貴殿が拙者の立場ならどうなさる」

兼続にそう言われて三成は言葉に詰まった。確かにその通りである。

「おっしゃることはまことにごもっとも。しかし、仮にそのようなことがあるにせよ秘中の秘、まさか家臣の身でそこまでは申せませぬ」

「わかり申した。ではこういたそう、これから申し上げることが間違っていたのなら、貴殿は首を振っていただければよい。もしそうでないのなら、何もせずにいただきたい。何もしないということは、そちらには落ち度はない。そのためにこちらが勝手に何かを思い込んだとしても、そちらの与《あずか》り知らぬところだ。これでいかがかな」

「わかり申した」

三成はちょっと感心して頷いた。

「そうしていただこう。では申し上げる。羽柴殿は天下を狙われるのだな」

兼続は言った。そして三成の顔を見た。

三成は首を横には振らなかった。ただ黙って兼続の顔を見ているだけである。

「よろしかろう、主君上杉景勝にお取り次ぎ申そう」

兼続は笑って言った。

「かたじけない」

三成もほっとした。

「ところで石田殿、貴殿は何年の生まれかな。なにやら年が近いように思われるのだが」

兼続は言った。三成は答えた。

「永禄《えいろく》三年の生まれでござる」

「永禄三年、拙者もじゃ」

兼続は笑った。

「なるほど、同年でござるな。これからは長いよしみを貴殿と拙者も結びたいものだ」

「それはこちらも異存はござらぬ」

「では、ここで固めの盃《さかずき》をするというのはいかがか」

「それはよろしいな、是非お願いいたす」

兼続は家来に命じて酒を運ばせた。

3

柴田勝家は越前国北ノ庄城に引き上げてきていた。

この辺りは都近辺の温暖な地域に比べると、秋が来るのも冬が来るのもひと月は早い。しかも一度冬に入れば大雪が降り、軍勢どころか旅人が通行するのも難儀な場所になる。そうした不便な場所でありながら、勝家は清洲会議が終わった後は、あくまでここが本城であるということで、引き上げてきていた。

もちろんついこの間婚儀を挙げたばかりの信長の妹、お市との睦まじい日々を大切にしたいという思いもあった。

そこにとんでもない知らせが届いた。それは羽柴秀吉からの招待状であった。近々京の大徳寺《だいとくじ》で故大殿、つまり信長の葬儀をするから是非参列されたいというものであった。しかしながら、その日付を見た勝家は二度怒った。なぜならそれはわずか二日後であり、これから直ちに支度をして出発しても到底その葬儀には間に合わないことがわかったからである。

（何故このようなものが）

勝家は怒り心頭に発した。

そもそも今日で言う密葬に当たる信長の葬儀は済ませてあるのである。なにぶんにも本能寺は焼け、信長の遺体は完全に焼失してしまったために葬儀のやりようがなく、清洲会議の直前、地元の僧侶を呼んで信長の簡単な位牌を作り葬儀を行ない、位牌は岐阜城の近くに廟《びょう》を作って安置するということを決めたばかりであった。しかもその席に秀吉はいたのである。

ところが、姫路に戻ると言っていた秀吉は、何食わぬ顔をして実は京の山崎まで進出して城を作り、なおかつ京の大徳寺で恐らくは柴田勝家を抜きにした葬儀を開くというのである。

「三法師君はいかがなされた。まさか葬儀に出席されるのではあるまいな」

勝家は怒鳴りつけるように近臣に訊《き》いた。

「いえ、先日岐阜城の信孝様から進物がこちらに届きましたが、その折の使者の口上にはそのようなことはまったく入っておりませんでした」

「そうであろう、それに違いない」

勝家は言った。

信長の嫡孫である三法師の養育権は、勝家が推戴《すいたい》している三男信孝が獲得し、信孝はその三法師と共に今岐阜城にある。信孝は秀吉を嫌い、勝家を慕っている。だからこそ自分の叔母であるお市と勝家の仲を取り持ったのだ。

その信孝の承認なしに三法師が京の葬儀に出るはずがない。

そうするとこの葬儀というのは、当然喪主である三法師も、その後見人に指定された信孝も、そして織田家の重臣であり羽柴秀吉と拮抗する勢力を持つ勝家ですら出席しない変則的なものになる。

「このようなものが認められるか」

勝家は、そこにいる家来たちがまるで秀吉でもあるかのように怒鳴りつけた。家来たちは縮み上がった。

「そうであろう、このような葬儀は偽りではないか」

「はは、仰せの通りでございます」

近臣の一人が頭を下げた。

「それにしても喪主はどうするつもりなのか。三法師君がいないかぎり、喪主などありえないではないか」

「それがどうやら、養子の秀勝《ひでかつ》様をお立てになるようでございます」

「何、於次丸《おつぎまる》様をか」

勝家は舌打ちした。

於次丸というのは、信長の四男であった。次男信雄、三男信孝とは年の離れている別腹の息子である。そこで子のいない秀吉は、生前の信長にねだって養子としてもらい受けたのである。その子の名を於次丸と言った。

於次丸はまぎれもなく信長の子だが、今は羽柴家に入り、羽柴秀勝と名乗っている。

いかに血縁者とはいえ、他ならぬ秀吉自身が正式な後継者として主張した三法師抜きで葬儀を進めるというのは、極めて異常な話である。

（筑前め何を考えている。一体どうするつもりなのだ）

勝家は、その時まだ、これから秀吉が繰り出す様々な陰謀の手がまるで読めていなかった。

十月十五日、信長が非業《ひごう》の最期を遂げてからわずか四カ月後、秀吉はすばやく移した本拠の山崎城を出て洛中《らくちゅう》に入り、大徳寺に移動した。養子とした信長四男の秀勝を連れてのことである。

京は晴れていた。抜けるような青空である。大徳寺の周辺にはすでに大勢の人が集まっていた。これから信長の葬儀を、しかも公開で行なうということを民にふれてあったのである。群衆は恐らく万を超えていた。

秀吉はほくそ笑んでいた。

（さすが亡き信長様の人気はたいしたものだ。これだけ人が集まるということは、この葬儀は成功だな）

秀吉が大徳寺の奥の間で、文事を担当する家臣らと葬儀の詳細な打ち合わせをしているところへ、石田三成が越後から戻ったとの知らせが入った。秀吉は一旦その奥の間を出ると、本堂の外にある茶室に入り三成を待った。

三成は巡礼姿のまま躙《にじ》り口《ぐち》から入り、中に上がると主の座にある秀吉に対して一礼した。

「取るものも取りあえず、ご報告いたそうと存じ、装束《しょうぞく》も改めぬまま参りました。ご無礼をお許しください」

「なに、かまわぬ。で、首尾はいかがであった」

秀吉は上杉景勝との同盟について尋ねた。

三成は微笑を浮かべて、

「お喜びください、うまくいきました。今後、長い睦みをお願いいたすと上杉殿のお言葉でござる」

三成はそう言って元結《もとゆい》を解いた。

実は、それが紙縒《こよ》りとなっていて、開くと景勝の誓紙が入っていた。

京の都は必ずしも味方ばかりとはいえない。柴田勝家に心を寄せる者がないとも限らない。三成は万一を考え、この茶室に入るまで密書を隠し持ったままにしておいたのである。

その薄紙で作られた景勝の誓紙を読んで、秀吉は大きく頷いた。

「これはありがたい。早速このようなものをくださるとは。こちらも取り急ぎ送らねばならぬな」

「はい。しかしこれからは雪が降り積もりますゆえ」

三成は頷いた。

「そうだな、来年の春までは無理であろう。だが、上杉との睦みはこれからさらに進めていかねばならぬ。そういえば上杉家はどうであった」

秀吉は尋ねた。

たったそれだけの聞き方である。並みの家臣なら「何をお尋ねですか」と問うところだろう。だが三成は、秀吉の呼吸がわかっていた。

秀吉は、上杉家の軍威、あるいは領国の統治、あるいはどのような家臣がいるかについて尋ねたのである。

「使者が本分ゆえ、あまり綿密に見聞はいたしませなんだが、領内の仕置きは良く、民も上杉殿に服していると見ました。また、家臣の統制もなかなかのもので、家督争いがあったことによって、かえって家中が引き締まったと思われます」

と、三成は御館《おたて》の乱のことを言った。

謙信の死後、謙信が後継者を明確に定めておかなかったために、甥の上杉景勝と養子の上杉景虎の間で争いが起こった。家中は真っ二つに割れたのだが、それを見事に収めたのが景勝なのである。もっとも、その勝利の陰には軍師の直江兼続の存在があった。三成はそれを今回の訪問で、直に兼続に会ってみて強く感じていた。

「切れ者はおったか」

秀吉は言った。

「はい。なかなかの者がおります」

「誰だ」

「上杉殿の懐刀といわれる直江兼続という者にございます」

「直江か、その名はわしも聞いたことがある。上杉随一の切れ者じゃという話もあるが、真《まこと》のことか」

「はい。実は――」

と、三成は兼続との会談の内容を語った。そして、秀吉の天下取りの野心が見抜かれたことを言うと、秀吉は驚きの表情を浮かべ、

「そうか、なかなかの者だな。年はいくつだ」

「拙者と同年でございます」

「ほう、同年か。それで気は合うのか」

「はい。実はすでに固めの盃を交わしてございます」

「そうか」

秀吉は破顔一笑した。

「それは良い。そのような切れ者がおるならば、上杉家も今後道を誤ることはあるまい。このわしに付くということだな。あやつの悪あがきもこれまでよ」

「それは柴田修理殿のことでございますか」

「そうだ、これを見よ」

と、秀吉は懐から書状を取り出して三成に渡した。

三成がそれを開いて見ると、それは秀吉がいかに虎狼《ころう》野心を持ち、織田家に仇なさんとしているかを弾劾《だんがい》した、織田信孝、柴田勝家連名の書状であった。個人宛のものではなく、どうやら写しが広く配られているようだ。

「これを柴田殿は、いろいろなところにばら撒《ま》かれたと」

秀吉は頷いた。

「左様じゃ。そちはそれを読んでどう思う」

「はい」

三成はもう一度その内容をじっくり読んでから、

「何か、女子《おなご》が男に振られ泣き喚《わめ》いているような」

と言った。

秀吉は大口を開けて笑った。

「面白いことを申す、その通りじゃの」

秀吉は頷いた。つまり、内容があまりにも感情的で、弾劾の言葉は多数あるのだが、ではなぜ秀吉が悪いのか、ということに対して具体的な証拠に当たるものは書かれていないのである。

「これでは思い過ごしと言われても仕方あるまい」

「御意《ぎょい》」

「まあとにかく、これをもらってわしに悪意を抱く者は少なかろう。それが付け目だ。間もなく越前は雪が降る。その間に手筈《てはず》通りわれらは固める」

数多くの秀吉の家臣の中で、ただ一人三成だけがその「手筈を固める」の意味を知っていた。

秀吉にとっても、それほどの大事を話せ、場合によっては意見を聞くことができるのは、この三成しかいなかった。

その時、茶室の隅にあった釜が鳴った。

最前から炭をくべて湯を沸かしていたのだが、ようやく沸いたのである。

秀吉は、茶人としても一流であった。

「わしが一服進ぜる。まず飲んでいけ」

「はっ、ありがたき幸せ」

三成は改めて手をついた。

秀吉は見事な点前《てまえ》で茶を点《た》てると、三成の前に置いた。

「いただきます」

三成はそれを三度に分けて服した。

「では装束を着替え、直ちに」

「奥の間に参れ。これから大仕事だぞ」

秀吉はそう言うと、もう立ち上がっていた。

葬儀は、午《うま》の刻（正午）より行なわれた。

まず本堂において信長の位牌が立てられ、何十人もの僧が一堂に集まり、読経が行なわれた。

その位牌には秀吉が朝廷に奏請《そうせい》して、つまり多額の献金をして下賜《かし》してもらった戒名が書かれていた。

「総見院殿贈大相国一品泰巌尊儀《そうけんいんでんぞうだいしょうこくいっぽんたいがんそんぎ》」というのがそれである。

大相国というのは、左大臣以上に与えられる称号である。信長は生前右大臣であったが、秀吉が朝廷に献金して二階級上の太政《だじょう》大臣の位を追贈してもらったのである。だから贈るという意味の「贈」という字が付いている。これもかたちだけ見れば、秀吉は主君信長の恩義を忘れず、その恩に報いたというかたちになるわけだ。

この葬儀の最大の問題は、喪主の件もそうだが、信長の遺体が本能寺と共に失われて、ここにはないということであった。

しかし、そこは何事も臨機応変に考える秀吉である。秀吉は主君信長のお姿を模したと称し、高価な香木に観音像を彫らせ、それを棺の中に入れた。

喪主の件は、本来の喪主であるべき三法師及び信孝を無視し、信長の四男で今は自分の養子となっている秀勝を据《す》えた。

実は、ここにも秀吉の深謀遠慮があった。

秀吉は近々、柴田勝家と組んでいる信長の三男信孝を攻める予定である。そのために、その兄である次男信雄の了解をすでに取り付けていた。ならば、その次男信雄を喪主としてもよさそうなものなのだが、秀吉はあえてそうしなかった。

信雄は伊勢松ヶ島城主であるから、都に呼ぶのは造作《ぞうさ》もない。それに、秀吉が頼めば喜んで喪主を引き受けてくれるだろう。しかし秀吉は信雄を呼ぶことは呼んだが喪主とはしなかった。そうさせることで、信雄の評判が高くなることを恐れたのである。

この葬儀の喪主は、名目上は秀勝であるが、実際にはその秀勝の養父である秀吉でなければならなかった。

秀吉こそが信長の後継者であると、日本の世論を支配する京 童《きょうわらべ》たちに見せつけるのが、今日の葬儀の狙いだからである。

焼香の順はさすがに秀勝、織田信雄の順番であった。いくらなんでも織田家との血縁関係のない秀吉が最初に焼香するわけにはいかなかったからだ。

しかし、その先の企《たくら》みが格別であった。

秀吉は、喪主である秀勝に信長の棺を担がせたのだ。

棺と言っても中に遺体が入っているわけではない。香木で作られた一尺ほどの木仏が入っているだけだから、棺自体の重さはあるもののそれほど重くはない。秀吉は、秀勝ら四人の若侍に棺を載せた輿を担がせた。

秀勝はすでに元服が終わっているとはいえ、まだまだ幼さが顔に表われている。それに秀吉に心を寄せる大名の子息の中から同じぐらいの年の者をあてがい、四人で棺を担がせたのである。

年端《としは》もいかない少年が父の棺を担ぐという場面は、多くの人の涙を誘った。

その棺がさぞ重かろうと涙する者もいた。実際は重くない。

本能寺で信長の遺骸が髪の毛一つ残さず燃え尽きてしまったことは、京童は知っているはずであった。だが実際に目の前に、重そうな棺を担ぐ父を失った少年の顔を見ると、人間は涙してしまうのである。その機微《きび》を秀吉は知っていた。

信雄には位牌を持たせず、親戚筆頭ということで後ろの行列の先頭に置いた。そして、秀吉自身が位牌を持って棺の前に立ち、葬列の中心となって行進した。

大徳寺を出てから遺骸を荼毘《だび》に付す三条《さんじょう》河原まで、人々は信長の戒名が記された大きな位牌を持って歩く秀吉を見た。それは秀吉を、信長を継ぐ者として公認させる意味があった。

そもそも遺骸がないのだから荼毘に付す必要はさらになく、大徳寺から三条河原までの行進は、本来は必要ないものであった。それをわざわざ実施したのは、多くの人々に秀吉こそ信長の後継者であるということを深く印象付けるためであった。

そして秀吉の目論見はまんまと成功した。

秀吉は位牌を手に沈鬱《ちんうつ》な、これ以上ないような悲しみの表情を浮かべて歩きながら、全然別のことを考えていた。

(さて修理め、次はどんな手を打ってくるか。さしずめ使者を派遣し、わしと和睦を結ぼうなどと言うであろうな。時を稼ぐつもりか。使者は又左衛門《またざえもん》あたりかな)

又左衛門というのは前田利家《まえだとしいえ》のことである。秀吉とは個人的に親しい友であったが、現在は柴田陣営にいる。生前信長が柴田勝家の寄騎《よりき》として府中《ふちゅう》城主にしていたのである。もっともこれは、通常の寄騎と言うよりも、織田軍団の中で秀吉と並ぶ強い力を持った勝家を監視するという意味もあった。したがって利家の身分は信長の直臣で、勝家のほうが地位も年次も高いが、基本的には同僚であるという関係であった。

実は秀吉は、そこに付け込むつもりでいた。

利家が和睦の使者として勝家から派遣されて来たら、それを説《と》いて味方にしてしまおうというのである。秀吉にはその自信があった。

行列は葬送ということもあり、長い時間をかけて三条河原に着いた。

秀吉はこの歩みはいくら遅くてもいいと考えていた。遅ければ遅いほど、人々は位牌を持って沈痛な表情で歩く秀吉を信長の後継者として認識するからである。

河原に着いた棺はかねて用意の薪の上に置かれ、僧侶の読経の中、火が点《つ》けられた。

高く昇る炎は、雲ひとつない快晴の空に吸いこまれて行った。

（ようも晴れたものよ。わしにはツキがあるな）

秀吉はそう確信していた。

もし雨が降ったなら、人出も大きく減っただろう。煙もこのように美しくは立ち昇らなかったに違いない。

そのうち人々の間からざわめきが起こった。

棺が焼けるにしたがい、えもいわれぬ芳香があたりに漂い始めたからである。

中に遺骸が入っているはずもないのだが、棺が燃やされるのを見て、悪臭を嗅《か》ぐことを恐れていた民衆は驚き、そして喜んだ。

帰りかけた人々もまた三条河原の辺りに集まって来た。

香木で作った木像が燃えているのだから、それは当然のことなのだが、庶民はその中身を知らされていない。そして人々は、その漂う芳香をこの葬儀の事実上の主催者である秀吉に対する天の祝福と思った。

それはまさに錯覚である。

しかしそれこそが、事前に計算した秀吉の狙いでもあった。

4

秋も深まった都の近郊を旅姿で急ぐ武士があった。供を一人だけ連れている。武士の名は前田又左衛門利家。

実は、織田信長軍団の北陸方面軍とも言うべき柴田勝家軍団の中核をなす武将の一人で、能登《のと》二三万石の城主でもあった。そもそも城主の身分ともなれば、城外に一人で出ることすらないのに、供をたった一人連れての旅というのは、いかにも異例であった。理由は、それが密使であったからである。

洛西《らくせい》の寺院に滞在している羽柴筑前守秀吉を訪ねるのがその目的であった。もちろん秀吉は、利家以上に身分の高い、いわば織田軍団最大の中国方面軍の司令官であるから、秀吉自身も少人数で外に出ることなど原則としてはありえない。だがこの日は、秀吉もわずかの供回りを連れ、極秘にその寺の庭に設けられた茶室に、警護の侍を外に待たせて一人で入った。

要するに、差しで話をしようというのが秀吉の口上であり、利家もそれにはまったく異存はなかった。

　二人は複雑な関係であった。

　初め秀吉が足軽以下の最下級の小者として信長の家来となり、「サル」と呼ばれて草履《ぞうり》取りをしていた頃、すでに利家は信長気に入りの小姓組《こしょうぐみ》の一人で、将来織田家が発展するならば、その幹部として城の一つも任されるという身分であった。当時「秀吉」という名すら持たなかった秀吉は、利家の前では土下座をし、その顔を直接見ることすらはばかられる間柄であったのである。

　しかし秀吉は、めきめきと頭角を現わし、身分も小者から足軽、そして侍へと出世した。

　木下藤吉郎《きのしたとうきちろう》秀吉という名乗りにもなった。その頃利家は、出世の道では停滞気味で、秀吉には肩を並べるところまで追いつかれた。

　そもそも利家は律儀《りちぎ》な人柄で、直情径行なところはあったが、その武勇は誰もが慕《した》うほどのものであった。しかしながら利家の才能は一人の武者としての才能であって、多数の人間を指揮したり、あるいは謀略を仕掛けたりするものではなかった。そのため、その方面に異常な才能を発揮した秀吉に、どんどん追い抜かれていくかたちとなった。

今や秀吉は、かつての織田軍団の筆頭大将であり、天下に覇を唱えるほどの勢いを持つ大大名だ。それに引き換え利家は、その五分の一ほどの石高しか持てぬ北陸の一大名にすぎない。

だがこの二人は意外なことに仲はよかった。

通常このような経過をたどれば、追い越されたほうは追い抜いたほうを激しく嫉妬し、憎むものである。

織田家の中でも滝川一益はそうだった。かつて自分の前では土下座しなければいけなかった男が、みるみるうちに自分と対等の口を利くようになり、さらには自分より身分が上になってあれこれものを言ってくる。人間にとって、そして負けず嫌いの武士にとって、これほど悔しいことはない。だから滝川一益や、秀吉に抜かれるまでは織田家筆頭重臣であった柴田勝家も秀吉が大嫌いだった。

だが利家はそうではなかった。人間、不思議なことに「馬が合う」という感情がある。利家と秀吉は、まだ利家のほうがずっと身分が高く、秀吉を顎《あご》で使えるような時から仲がよかった。そして身分が対等になったとき、二人は親友になった。そしてその友情は、今も変わらなかった。

利家は織田家の人事編成上、秀吉の軍団に所属するのではなく、柴田勝家軍団に所属させられ、北陸方面を担当することになった。だから親友の部下になるという事態は避けられた。これは信長の配慮かもしれなかったが、それゆえに友情はまだ壊れていない。

そのことは旧織田家の家中で知らぬものはないほどのことだった。二人は妻同士も仲がよいのである。

秀吉と深い対立関係となった勝家も、そのことはよく知っていた。だからこそ、秀吉のもとに出す密使は利家と決めたのである。勝家は尻込みする利家に、「わしと筑前の仲を取り持ってくれ」と言った。そして織田家の家督のことは、年が明けて春になり、雪が解けたらまた越前から上洛するから、そのときに決めようではないかという案を出した。それを秀吉に伝えて返事をもらうのが、今回の利家の役目であった。

「ここで待て」

供の者にそう命じると、利家は笠を取り、刀を鞘ごと腰から抜いて脇差だけを残し、供の者に預けた。

「殿、大丈夫でござるか」

供侍は不安そうな顔をした。

「案ずるな」

利家は笑顔で言った。

「わしと筑前殿は友垣《ともがき》じゃ。第一、我は使者ぞ。使者を討つという作法がどこにあるか。筑前殿はそのような馬鹿者ではないわ」

それは口先だけの虚勢ではなかった。

利家は秀吉が自分に害意を持つなど、夢にも考えていなかった。だから何の警戒心も持たずに躙《にじ》り口《ぐち》をくぐって茶室に入った。

そして驚いた。秀吉は主の座にいるのではなく、立ち上がって、躙り口のところまで来ていたのである。目の前に秀吉の顔があった。

「又左、よく参ったの。さあさあこれへ」

と、秀吉は利家の手を取って、引っ張るようにして客の座に座らせた。そして主の座に座ると、満面の笑みを浮かべて言った。

「久しぶりじゃのう、この前会ったのは、いつになるのかの」

利家は両手を突いて挨拶を述べようとしたが、秀吉は手を振ってそれを制した。

「又左、わしとおぬしの仲ではないか、そのような堅苦しい礼はいらん。いやあ、それにしてもお互いこの厳しい戦の世の中、上手く乗り越えて生きておるの」

秀吉はそう言いながら、釜の湯の様子を見た。主が客に茶を点てるのは、茶室での決まりである。

「まことに」

利家は、しかしまだ緊張していた。

秀吉が自分に害意があるとは、夢にも思っていないが、任務のことが頭にあった。果たして秀吉は勝家との講和を、それが一時的なものであるにせよ、受けるつもりはあるのだろうか。それは正直言って、利家にもわからない、予測のつかないことであった。

「奥方殿は息災か」

秀吉は湯が沸くのを待つ間、そう問いかけた。

「ああ、元気にしておる」

「貴公は子沢山で羨《うらや》ましいの、わしなど、この年になっても一人の跡継ぎもおらぬわ」

と、秀吉はそれでも笑顔で言った。

「いや、子が多ければ多いほど、親の苦労は増えるものでな」

利家もだんだんくつろいだ気分になってきた。

「おお、湯が沸いたようじゃ。それでは一服点てて進ぜる」

秀吉は言った。

「かたじけない」

利家は頭を下げた。

秀吉の点前は見事なものであった。

そもそも織田家では、茶会を開く資格というのが、大将の名誉の一つとされていて、それを持つ者は数えるほどしかいなかった。利家も万石取りの城主であるから、外へ行けば大名として通用するのだが、茶会を開く資格は与えられていなかった。

信長はそういうものを褒美《ほうび》として、家臣を競わせていたのだ。いわば名茶器というのは、織田政権における勲章であり、それをもらうことは茶人として、そして優秀な大将の一人として、自他共に許す存在になったということなのである。だからこそ武田征伐に大活躍した滝川一益は、関東管領に抜擢されながらも、「茶入れのほうが欲しかった」と愚痴を漏らしたのである。

利家は喉が渇いていたこともあり、その茶を一気に服した。

茶には頭をすっきりさせる効果がある。利家は急ぎ旅で歩いてきた疲れが、少し癒《いや》されるのを感じた。

「いかがじゃ、今一服」

「いただこう」

利家は茶碗を差し出した。

秀吉は再び茶入れから茶を入れて、茶釜からひしゃくで湯を汲《く》み、それを茶筅《ちゃせん》で器用にかき回した。

「さあ、どうぞ」

秀吉は二杯目を利家の目の前に置いた。

利家は一礼して、それもほとんど一気に飲み干した。

「おお、おお、なかなかの飲みっぷりじゃのう、酒でないのが残念だ。もう一服、喫されるか」

「いや、充分でござる」

利家は茶碗の自分の口をつけた部分を指でぬぐうと、それをさらに胸元の懐紙でぬぐった。

「結構な御点前でござった」

「いや、お粗末、お粗末」

秀吉は機嫌よく頷いた。

利家はそろそろ本題に入らねばいけないと思った。今日は茶を飲みに来たのではない。

「ところで筑前殿」

と、利家が話を切り出そうとすると、秀吉はそれを手で制した。

「わかっておる。修理殿はこう申されたのだな。来年春を迎え、雪が解けたら、わしは再び上洛する。そのときに織田家の行く末のことを話そうではないか、とな」

利家は苦笑した。秀吉の頭の働きの鋭さは、利家が一番よく知っている。だから驚きはしなかったが、いつものことで感心はした。

「使者の口上など述べる必要がないな、貴公には」

「ふん、その通りだ。それでおぬしはどうするつもりだ」

秀吉はさらりとした口調で訊いてきた。

「どうする、とは」

「決まっておるではないか。修理殿に味方するか、このわしに味方するか、二つに一つのどちらを選ぶかを訊いておる」

秀吉は利家の目を覗き込むようにして言った。

「それは」

利家は言葉に詰まった。実を言うと、そこまでは考えていなかったのである。

「悠長だの、修理殿もおぬしも」

秀吉は、今度は自分のために茶を点てながら言った。

「貴公、このままわしと修理殿が丸く収まるとでも思っておるのか」

「いや、それは」

利家は口ごもった。秀吉は、

「いずれは雌雄を決せねばならぬ。そのことはわかっておろうな」

「だ、だが、我ら織田の遺臣は三法師様を立てて、織田家を盛り上げていかねばならぬのではないか」

利家は、自らを励《はげ》ますようにきっぱりとした口調で言った。

秀吉はそれに対してすぐには答えなかった。

だが、答える代わりになんとも言えない微笑を浮かべた。

人はこれを秀吉殿の「人たらし」と言う。このなんともいえぬ、見ようによってはとろけるような微笑を浮かべられると、人はまるで魅入られたようにその言葉に従ってしまうと言うのである。秀吉は実際、他の誰もが絶対に実現しないと思っていた困難な和議や会談を、何度もまとめたことがある。実は信長は、その面での秀吉の能力を高く買っていたのである。それもあって信長は秀吉を重用したのだ。

しばらく沈黙の時間があった。

利家が少しじれて話を切り出そうとすると、秀吉は再び手で制して、視線をそらした。

「又左、貴公がこれから聞くことはあくまでわしのつぶやきじゃ。使者殿への口上でもないし、まして人前で口にすることでもない。まあ、昔の友が久しぶりに訪ねてきて、酒はないが、酒に酔っての戯言《ざれごと》だと聞き流してくれ、よいかの」

秀吉はそう言って、もう一度利家の目を覗き込むように見た。

「うむ、それはかまわぬが」

利家がそう言うと、秀吉は再び視線を外し、思い切ったことをいきなり言った。

「わしは天下を取る」

その言葉に、利家は目を剝《む》いて秀吉を見返した。

だが、秀吉はそれとは視線を合わせず、

「男子として生まれて、天下が目の前に転がってきたのだ。それを取らぬという法はあるまい。確かにわしは信長様には大きな恩を受けた。それは今でも感謝しておる。そしてもし、あの明智光秀が信忠様までも討たなければ、わしは信忠様の忠実な家来として織田家を守り立てるために戦ったであろう。だが、今おられるのは三法師様、赤子に過ぎぬ」

「赤子でも信忠様の嫡子、信長様にとっては嫡孫に当たられる方ではないか」

利家は叫んだ。

「それはそうだ。だが、この乱世、赤ん坊に天下を任せられるほど世の中甘くない。もし、我々が三法師様こそ天下の主という建前に固執したのならば、天下は乱れに乱れ、かえって信長様の思いを損ねることになる。信長様はこの天下に静謐《せいひつ》をもたらすこと、平和をもたらすことこそ第一義とお考えであった。だが、今お主の考えているような、いや修理殿の考えているようなやり方で天下を治めようとすれば、それは災難を招くであろう。そうなれば、泉下《せんか》の信長様も決してお喜びにはなるまい」

「おぬし、まさか」

利家は二杯も茶を飲んだばかりなのに、喉がからからになっていることに気が付きながら、

「三法師様を弑《しい》し奉《たてまつ》るつもりではあるまいな」

「まさか」

秀吉は笑った。

「そんなことはせぬよ。やらずともよいし、やればわしも明智光秀と同じじゃと、皆

から叩かれることになる。三法師様はきっときちんとお育て申し上げ、ご成人のあかつきにはしかるべき国の大名となっていただく。ああ、あるいは公家《くげ》になっていただくのもよかろうな。だが、天下の仕置きは、それまで待てぬ」

「それをおぬしが仕切ると言うのか」

「つぶやきじゃよ、つぶやき。又左、つぶやきじゃ。ただ、もしそうなった暁《あかつき》には、修理殿とは争わねばなるまいな」

利家は頷いた。

確かにそうだ。織田家を守り立てて天下を立て直そうとしている柴田勝家が、秀吉のそんな野望を許すはずがないからだ。

秀吉はそこでまたつぶやくように、

「そこで話は元へ戻る。わしと修理殿が争うとなれば、貴公はどちらに味方するのか」

「――――」

「律儀者の又左には、そう簡単には答えられまいの。だが、これは仮にだが、貴公が修理と袂《たもと》を分かつにしても、それは裏切りではあるまい」

「裏切りではないか」

「いや、裏切りではない。なぜなら、貴公は修理の家来ではないはず。貴公は双方の主君でもある故信長様に命ぜられ、修理の寄騎となっただけではないか。寄騎というのは、本来主君直属であり、家臣の格としては同格じゃ」

いつの間にか勝家のことを秀吉は呼び捨てにしていた。だがその言葉は嘘ではなかった。信長はこういうやり方で、自分の直属の臣をいわば地方軍団に出向させることによって、軍団を強化していたのである。もっともそれをやりすぎたために、信長の周辺には有力な武将がいなくなってしまい、そこを光秀に衝かれてしまった。

秀吉は、心の底では信長は最も信頼できる利家を手元に置いて、近衛《このえ》軍団の長などを務めさせればよかったのにと思っていた。そうしていれば、おそらく、光秀も信長を討つという馬鹿な考えを抱くことはなかっただろう。

(もっともそれがあったから、わしが天下を狙えるのだがな)

いかに親友の利家だとて、このことは口にするつもりはまったくなかった。それは天下を狙う者として、心の中に秘めていればいいことである。

「いずれにせよ」

と、秀吉は言った。

「わしと修理は近いうちに雌雄を決する。そのときにどうするか、今から考えておいてくれ。わしは友を信ずる、おぬしはどうだ」

秀吉はまた飛び切りの笑顔で利家を見た。

（この男にはかなわん）

利家はつくづくそう思った。年は同じだが、この男の人間としての強さはまるで兄か父のようなのである。

「それでは使者殿、口上を申し上げる」

微笑を消して、秀吉は居住まいを正した。

利家は突然の変化についていけず、呆気《あっけ》に取られた。

秀吉は今度はくすくす笑って、

「貴公、修理の使者として来たのであろう。ならば返答を持って行かねば、役目が務まらぬではないか。これから申すのはそのことだ」

利家は納得して居住まいを正した。

秀吉はこれまでとはまったく違う表情でこう言った。

「柴田修理殿、確かにお申し込みの件は承知した。拙者、来年の春の貴殿のご上洛をお待ち申し上げておる。それでは冬の間、お体を損なうことなく堅固に過ごされよ」

「かしこまった。只今《ただいま》の御口上、直ちに修理殿に伝える」

利家は軽く一礼した。これで使者の役目は果たしたのである。

「酒でも飲んで行けと言いたいところだが、すぐに戻らねばならぬであろう。なあ、越前はそろそろ雪になるのか」

「まだ早い、今年はあと十日ほどで初雪だな。そして初雪が始まればさらに半月ほどで、あたりは一面雪に閉ざされる」

「そうか、雪国というのは、わしは行ったことがないが、相当に不便なものらしいな」

「なに、住めば都よ。それでは失礼する、奥方にもよろしく」

と、利家も言った。

「うん。又左も奥方殿も壮健であると伝えておこう」

利家は去った。

秀吉は外までは見送らず、相変わらず茶室の中に留まっていた。

しばらくして声がした。秀吉が最も信頼している家臣の佐吉、つまり石田三成である。

「又左は無事に帰ったか」

「はい。街道に入るのを見届けて参りました」

「そうか、そちも中に入れ」

「はっ」

三成は躙り口から入り、そして客の座に座った。秀吉は、三成に自分の点前で茶を振る舞った。

「それを飲んだら行け」

「はい」

「先ほどの又左の話は聞いていたか」

「はい」

と、三成は視線を床に落とした。

この茶室には仕掛けがしてあって、床下にひとり人が忍べるようになっている。場合によっては畳を跳ね上げて、中の客を殺すこともできるが、主な役割は密談を盗み聞くことである。

「それならばわかったであろう。越前はあとひと月で雪に閉ざされる。そうなったら直ちに出陣だ。どこへ行くかはわかっておろうな」

「はい、岐阜でございましょう。岐阜城を攻め、信孝様を屈服させ、そして三法師様を奪い返す」

「その通りじゃ」

普通なら反逆になることも、他ならぬ信孝の兄である信雄に了承は取ってある。その名目は本来ならばできるだけ速《すみ》やかに三法師を岐阜城から安土城に移さねばならないのに、後見役たる信孝はそれを怠《おこた》っている、というものであった。

実際、本能寺の変のとばっちりで焼け落ちた安土城は、焼け跡に仮屋が出来たばかりで、三法師を移すような環境にはないのだが、とにかく約束は約束だというかたちで、その違約を責めるのが秀吉の戦法であった。しかもそれを、柴田勝家が絶対に軍を動かせなくなるひと月後に行なおうというのである。

その情報をもたらしたのは、他ならぬ前田利家であった。しかも利家はその致命的な情報を秀吉に漏らしたことも、秀吉が表向きの口上の裏で何をしようとしているかも知らない。

秀吉は利家が好きだった。友として信頼もしている。だが、勝家の裏をかいてひと月後に軍を起こすことは利家に伝えなかったし、伝える必要もないと思っていた。敵を騙《だま》すためにはまず味方からというよりも、真面目で律儀な利家にそのことを伝えれば、どうしても顔に出るからである。

そういう意味では秀吉は利家を信用してはいなかった。

(又左よ、貴公もこの辺の機微がわかれば、大大名になれるのだがな)

武士としては抜群の能力を持ちながら、それが必ずしも出世に繋がっていない友への、それは同情であった。

しかし、秀吉はだからといって、利家にそれを教えてやるつもりもなかった。そんなことをしても結局は無駄であるし、利家は何も知らぬかたちで秀吉の持ち駒として使ったほうが、有利だからである。

秀吉はほくそ笑んだ。

「人たらし」の微笑と違って、その「ほくそ笑み」のもの凄さを間近で見て知っているのは、石田三成だけであった。

5

織田信長の三男神戸信孝は、岐阜城主として、自分の甥でもある兄信忠の忘れ形見、三法師を庇護《ひご》していた。

十二月に入ったある日、信孝は昼から酒を飲んでいた。取り立てて領内には問題もなかった。このままあとひと月ほどすれば、もう正月である。

自分の最大の後見人とも言える北陸の柴田勝家からは、先月、「とりあえず羽柴秀吉とは和を結んだ、しばらく織田家の家督のことについては懸案事項を棚上げにし、来春、雪が解けてからおもむろに安土あたりで協議すべし」という内容の書状が届いていた。

本能寺の変で横死を遂げた信忠の嫡男ながら、三歳の赤ん坊の三法師を後継者と定めたのがこの年の六月の清洲会議だが、今度は来春、恐らくは三月に入ってからの安土会議で織田家の将来を決めようというのである。

とりあえずは、その間やることもない。

信孝にとって必要なことは、織田家を統制していくのに絶対必要な三法師という切り札を、手元に押さえて放さぬことであった。

この岐阜城は急峻《きゅうしゅん》な山の上に天守閣があるが、麓《ふもと》の二の丸に壮大な御殿があり、信孝はそこで母や妻子、そして三法師と一緒に暮らしている。最近は三法師も信孝の母や妻たちによくなつき、その意味でも将来の見通しは明るかった。

だがその見通しは、長廊下を音を立てて走ってくる家来の足音によってまったく暗転した。

「殿、一大事でござる」

駆け込んできたのは、信孝の乳母《うば》の息子、つまり信孝にとっては乳兄弟《ちきょうだい》の幸田彦《こうだひこ》右衛門《えもん》であった。

彦右衛門は、信孝より三つ年下の二十二歳である。まだ若い。

その彦右衛門の息が切れていた。顔色も真っ青であった。よほどの変事が起こったに違いない。だが信孝は、それでもまだ己の運命には気がついていなかった。

「一体どうしたと言うのじゃ、まあ一口飲め」

と、信孝は自らの盃を飲み干すと、彦右衛門に差し出した。

奥女中がそれを受け取って、彦右衛門に渡そうとすると、彦右衛門は大きく首を振った。

「殿、それどころではございません。天下の一大事でござる」

「天下の一大事だと、何を仰々《ぎょうぎょう》しい。一体何が起こったと言うのだ」

「羽柴筑前殿が兵を挙げ、長浜城を囲んだのでござる」

「なにっ」

信孝は耳を疑った。そんなはずがない。ついこの間、後見人の勝家から秀吉とは和を結んだと知らせてきたばかりではないか。

「まことか、その話は」

「はい、まことのことにございます」

「おのれ、秀吉めっ」

信孝は盃を畳に叩《たた》きつけると、勢い込んで立ち上がった。

「和議を破るとは天も許さざる所業。早速軍議じゃ、皆を集めいっ」

「ははっ」

半刻の後、大広間に信孝の重臣たちが集まった。いや、集まるはずであった。

しかしながら家老の岡本良勝《おかもとよしかつ》はともかく、この場に当然現われてしかるべき重臣の幾人かが欠けていた。

「一鉄《いってつ》はいかがした」

信孝は叫んだ。こういうとき一番頼りになり、父信長も最も信頼していた家臣の一人である稲葉《いなば》一鉄がこの場にいない。

「はっ」

良勝はその問いに対して、ためらいの表情を見せた。

信孝はいきり立って、

「いかがいたしたと訊いておるのだ」

「はい」

良勝はもう一度頷いて、自分に言い聞かせるような素振《そぶ》りを見せると、思い切って信孝の目を見つめて言った。

「稲葉殿に不審の動きがございます」

「なに、不審の動きとは何事じゃ」

「はい、先ほどより何度も使者を送り、登城を促しておるのでございますが、稲葉殿は館に引きこもられ、周りを兵で囲み、中に進入しようといたせば、鉄砲を撃ちかけようとする勢いでございます」

「なにっ」

信孝は一瞬、何がなんだかわからなくなった。だが冷静に考えると、答えは一つしかない。

「まさか、一鉄が筑前に内応したと言うのではあるまいな」

「はあ、遺憾《いかん》ながら、そのように考えてしかるべきかと」

信孝の怒りは倍加した。秀吉は勝家と和議を結んでおきながら、裏でこの岐阜城下に調略の手を伸ばしていたのだ。

信孝が改めて大広間に集まった家臣を見渡すと、主だった重臣十人のうち四人までがこの座に来ていなかった。

緊急に登城すべしという触れを出してあるにもかかわらず、である。

（おのれ秀吉め、柴田修理が雪で動けぬ間に、我が城を落とそうというのか。そうは行かぬ）

「良勝、直ちに長浜に応援を出すべきであろうな」

と、信孝は意見を求めた。

長浜城は、もとは秀吉の持ち城であった。それが清洲会議の結果、勝家が奪った。そして勝家は、自分の養子である勝豊《かつとよ》にそれを与えた。つまり、現在、長浜城というのは、北陸の勝家と美濃の信孝を結ぶ貴重な連絡基地なのである。

「いかにも左様、良策でござる。直ちに拙者が長浜城の後巻《うしろまき》を仕りましょう」

後巻とは、包囲されている城を救援するために、援軍が包囲軍の背後から襲い掛かることである。

「よかろう、直ちに向かえ」

とりあえず打つ手としては、それぐらいしかなかった。

良勝は兵一万を率いて、直ちに北陸街道を隣国、近江国長浜に向かった。

信孝は、一通り手配が終わると奥御殿に入り、側室の育《いく》を呼んだ。

信孝の正室は神戸具盛《とももり》の娘、鈴与《すずよ》姫であった。これは、織田家の血筋で神戸家を乗っ取るために、信孝が無理やり伊勢の名族である神戸氏に婿入《むこい》りした結果である。そのため妻の鈴与とは当初から上手くいかなかった。子も生まれなかった。それに対して、側室の育とは初めから気が合い、娘が一人生まれていた。信孝は、この若い側室と二人で過ごしているときが、一番心が和《なご》むのを感じていた。

「殿、何か恐ろしげなことが起こったと聞いておりますが」

「聞いておるのか。羽柴筑前めが裏切ったのよ」

「筑前殿が」

育は目を丸くした。

「では、この城にもかの者が攻めてまいりますのか」

「いや、大丈夫だ。まず長浜でこれを迎え撃つ。長浜は修理殿の息子、勝豊殿が守っている。そもそもあの城は筑前自身が築いた天下の堅城、そうやすやすと落ちるものではない。

先ほど良勝を救援にも行かせた。

秀吉め、雪の間は修理殿が出て来ぬと、甘く見ての挙兵であろうがそうはいかぬ。明日には良勝から秀吉の首を取ったという吉報が届くかもしれんぞ」

信孝は心にもないことを言った。

「そうでございましょうか、それならばよろしいのですが」

「ふん、何を弱気なことを申すか。不義の者が栄えるものではあるまい。あやつの悪運もこれまでよ」

口ではそう言ったが、信孝は深い大きな不安を感じていた。何しろ秀吉という男は、織田軍団の中では最も戦上手と言われた男である。実際、信孝は山崎天王山で共に明智光秀軍と戦ったときの秀吉の手並みをよく知っている。

光秀も織田軍団の中では戦上手と謳《うた》われた男だが、その光秀が秀吉にかかっては手もなく破られた。その戦上手の指揮する軍勢が、最大の味方である柴田勝家の動けぬ冬の間にこちらに攻めてくるのである。

（なんとしても三月《みつき》は保たせねばならぬ。三月保てば修理殿も越前の野から出てこれる）

信孝は脇息《きょうそく》を外すと、畳の上に大の字になった。

何もすることがなければ、とりあえず休むしかない。

そういうところは、父譲りの豪胆さが信孝にはあった。

「このようなところでお休みなされては、お体に障《さわ》ります」

育が心配そうに言ったが、信孝は目を閉じたまま、

「なに、しばしのことだ。それより三法師は元気にしておるか」

と、訊いた。

「はい、このところは言葉も少し話されるようになり、すくすくとお育ちでございます」

信孝は少し安心した。三法師さえいれば、秀吉も手が出せまいと思ったのである。

ところが、その予想は完全に外れた。

まず度肝を抜かれたのは、秀吉軍の背後を襲おうと勇躍岐阜城を出撃した岡本良勝以下一万の部隊が、わずか一日で岐阜城に帰って来たことであった。もちろん秀吉の首を取ってのことではない。

「いかがいたしたのだ」

信孝は報告を待ちきれず、大広間から縁側に出て、甲冑《かっちゅう》姿で平伏する良勝に向けて問いかけた。

「殿、長浜城が落ちてございます」

「なにっ、長浜城が」

信孝はわが耳を疑った。そんな馬鹿な話はない。いかに秀吉軍が精強だとはいえ、まだ兵を出して二日目である。たった二日であの長浜城が落ちるなどということは、ありえないはずである。

だがそれは事実だった。

「勝豊殿、裏切りでございます」

良勝は、はらわたの煮えくり返るのを抑えかねて、うめくように言った。

「なにっ、勝豊殿が裏切ったと」

信孝もそれは信じられない思いであった。

勝豊は北ノ庄城主柴田勝家の養子なのである。将来柴田家を継ぐ人間が、なぜ義父最大の敵の秀吉に寝返ったのか。

「一体どういうことだ、わけを言え」

信孝は目の前にいるのが良勝ではなく、当の柴田勝豊本人であるかのような訊き方をした。

だが良勝は首を振った。

「わかりません。とにかく長浜城は開門し、筑前の軍勢を受け入れたのを見届けて参りました」

「だからと言って、勝豊殿が裏切ったとは限るまい。おそらく勝豊殿は秀吉の手のものによって闇討ちされたのではないか、それで長浜城を乗っ取られたのではないのか、そうであろう、良勝」

信孝は藁《わら》にもすがる思いでそう言った。

だが良勝は首を振った。

「いえ、遠方からではござるが、城主の勝豊殿が威儀を正して平装のまま門外へ出、馬上の筑前を迎えるところをしかとこの目で見てきたところでございます」

「うーむ」

信孝は唸った。

長浜城が落ちたとすれば、もう敵は明日にでもこの岐阜に押し寄せてくるだろう。そうなれば、とにかく保ちこたえるしかない。

「良勝、疲れてもおろうが、直ちに籠城いたす、すぐに支度をせい」

「かしこまって候《そうろう》」

良勝は下がった。

信孝は、本当を言えばその場にへたり込みたいところだった。だが、城主がそんな姿を見せたら、全軍の士気に関わる。信孝はかろうじておのが身を保ち、大広間から奥御殿に入ったところでがっくりと膝を落とした。

(おのれ秀吉、この身に代えても三法師は渡してなるものか)

信孝は、歯嚙《はが》みしながらそう思った。

だがその覚悟をあざ笑うかのように、わずか二日後、三万五千の軍勢が岐阜城を蟻《あり》の這《は》い出る隙間もなく取り囲んだ。そして信孝を絶望させたのは、その籠城軍の中に稲葉一鉄など、本来なら美濃国岐阜城主である信孝に従うべき故信長の主だった重臣が少なからず参陣していることであった。

そして戦が始まった。

秀吉の作戦は巧妙であった。

いや、それは巧妙と言うよりも陰湿とさえ言えた。

三万五千の大軍で岐阜城をびっしりと取り囲みながら、秀吉は時々兵に鬨《とき》の声を上げさせ、あるいは鉄砲を空に向かって何発も撃たせるだけで、いっこうに攻め寄せようとしなかったのである。

冬の寒気は厳しく、攻城戦には適さない季節であったが、それでも美濃国岐阜は越前ほど寒くはない。何よりも雪が積もることがないというのが攻城軍にとっては幸いであった。

そのうち、彼らは交代で周囲の寺や民家に入って充分に休養をとり始めた。そうしておいて鬨の声と鉄砲の轟音《ごうおん》で、岐阜城に籠《こ》もる信孝以下一万の軍勢を苛立たせるのである。

「おのれ筑前め、汚い手を使う」

信孝は岐阜城内の大広間にあって歯噛みしていた。

あと三カ月、三月の中頃まで保ちこたえれば、越前の雪も解け、北ノ庄城にいる柴田勝家が応援の軍勢を送ってくれるだろう。それはわかっているのだが、こうした攻め方をされると、城内の兵士たちの決戦の覚悟は日に日に萎《な》えていく。そのことを信孝は敏感に感じ取っていた。

「あと三月、三月足らずの辛抱ぞ」と、声をかけるのだが、兵士の士気はいっこうに上がらない。それどころか女子供たちは、鉄砲の音に怯《おび》えて震え上がり、炊事など城内の勤めにも怠りが生じるような有様であった。

初めは三カ月足らず保ちこたえれば何とかなると思っていた人々が、あと三月もこの状態で我慢せねばならぬのかと、ものごとを逆に考えるようになっていた。

秀吉が嵩《かさ》にかかって攻めてくれれば、信孝もそれなりの覚悟で敵に打撃を与えるつもりでいた。そしてそれは不可能ではなかった。

岐阜城は御殿の部分は麓にあるが、本丸に当たる部分は急峻な山の上にある。最近は戦もなくほとんど使用されてはいなかったが、この本丸部分に籠もって戦えば、たとえ三倍以上の敵兵に対してさえ、数カ月は保ちこたえられるはずである。

だが、秀吉の仕掛けた一種の心理作戦とも言うべき方法に、城内はまさに攪乱されていた。

信孝は、城に籠もっている部隊の諸将を大広間に集め、打開の策を練ろうとしたが、名案が浮かぶはずもない。何よりも長浜城がわずか三日で落とされてしまったのが大誤算で、その失地を回復するだけの手立てが今のところ思いつかない。

残された手は、春になって柴田勝家が軍事行動を起こせるようになるまで、籠城で保ちこたえるということしかなくなっている。ただ、その籠城策にもほころびが出ている。そこが最大の危機と言えた。

そうしたまま時が過ぎ、いつか年が明けた。

正月の宴《うたげ》がかたちばかり営《いとな》まれたが何しろ籠城中である、酒を飲んで騒ぐというわけにもいかない。それでも新年ということで、信孝を中心に諸将は盃一杯の酒を飲み干した。だがそれは、かえってお互いの気分を滅入《めい》らせるだけであった。

さらに悪いことに、今年の冬はいつもより寒気が厳しく、越前あたりの雪解けはかなり遅れそうだという見通しが立っていた。これでは益々、秀吉軍が有利になる。

岐阜も正月三箇日は吹雪《ふぶき》であった。吹雪と言ってもこのあたりでは雪が根雪のように積もることはない。だが、美濃でこうなら、北の越前はさらに雪に閉ざされているはずであった。それを思うと、信孝をはじめ一同の意気は益々消沈していくのであった。

そんな中、雪を突いて秀吉の使者が岐阜城を訪れた。

軍使とあれば引見してその用向きを問いたださなければならない。信孝は使者に会った。それは石田三成という青二才と言っていいほどの若造であった。

(筑前め、いったい何を考えている)

信孝は三成と名乗る若者をじっと見つめた。

いかにも華奢《きやしや》で賢《さか》しげではあるが、武士として強くは見えない。お互い槍を取って戦えば、簡単にねじ伏せられるだろうと信孝ですら思った。

だが、相手は使者なのである。とりあえずは用向きを確かめることだ。

三成は、まるで信孝を小馬鹿にするように軽く頭を下げると、まず秀吉の書状を差し出した。

家老の岡本良勝が一旦それを受け取り、中身を確かめた。そこにはこの石田三成がまぎれもなく秀吉の使者であることと、細かいことは本人が口上にて申し上げるということが書かれていた。

（筑前め、面倒なことをする。言いたいことがあればここに書けばよいのに）

信孝はそう思ったが、とりあえず尋ねた。

「して、口上とは何だ」

「はっ」

三成は軽く目を伏せたが、すぐに信孝を直視すると、

「ここは宰相様とぜひ講和を結びたい、とのことにござる」

「何、講和。和を結ぶと言うか」

「御意《ぎょい》」

「和を結ぶと言うからには、条件があろう、申してみよ」

「はっ。それは三法師様でござる」

三成はズバリと言った。

「三法師を渡せと言うのか」

信孝は、その要求は予期していた。三法師は幼児とはいえ、現在は織田の当主でもある。その切り札を手に入れた者が、織田家の代表としてあらゆる者に命令を下すことができる。それが秀吉の狙いであることは、別に切れ者でなくても充分に読めるこ

とであった。だから信孝もある程度覚悟はしていた。

だが、あまりに口惜《くちお》しいことはまぎれもない。

「もし、渡せぬと言ったらどうする」

信孝は三成をにらみつけた。

「まさかそのようなことはなさりますまい」

「なぜ言わぬとわかる」

信孝の問いに三成は冷笑を浮かべ、

「もしお拒《こば》みなさるならば、我らはこの城を攻めます。この城は故右大臣様が、精魂を込めて築かれた城。その城があの安土の城に続いて灰燼《かいじん》に帰すばかりか、場合によっては三法師様にも危難が及ぶことになるでしょう。それでは宰相様の故右大臣様の御子としての道が立ちゆきませぬ」

(何を馬鹿な)

と信孝は思った。

そもそも自分をこのように追い込んだのは秀吉ではないか。秀吉さえ軍を引き上げれば、岐阜城も灰にならず、三法師に危害が及ぶこともないのである。その己の蛮行を棚に上げて、いかにもそれが信孝の責任のように難じるのは、とんでもない話である。

だが信孝は、それを口にしても意味のないことを知っていた。秀吉という男は、最初からそういう理屈が通らない男なのである。通らないからこそ、今こうして奴らは岐阜城を包囲しているのである。

「それで筑前は三法師を受け取り、どうすると言うのだ」

「清洲での談合の取り決めどおりに、安土城に移っていただきます」

「安土城だと。城は焼け落ちたではないか」

「いえ、今お兄上の信雄様の御下知のもとに、三法師様を迎え入れる御殿を普請いたしております。そろそろ出来上がる頃でござる」

「そこへ三法師を移すと言うのか」

「御意」

（やられたか）

信孝は内心舌打ちをした。

秀吉の背後に、自分を憎んでいるあの兄がいる。清洲会議の頃に織田姓に復し、北畠信意《のぶおき》から織田信雄と名を改めた信孝の兄であった。母が違う。そのこともあって、この兄と信孝はこれまでの人生で一度も反りが合ったことはなかった。そして信孝は自分のほうがはるかに優秀な人間だと自負している。それは決して信孝の勝手な思い込みではなく、父信長も公然と認める事実であった。

だからこそ父信長は、その愚兄を伊勢松ヶ島城主に留め置き、信孝のほうは四国遠征軍の総大将に任命したのだ。あのいまいましい本能寺の変さえなければ、信孝は今頃四国に遠征し、織田家に逆らう長宗我部元親《ちょうそかべもとちか》の軍を一掃し、四国探題の座に就いていたに違いないのだ。そしてその暁には、三男である信孝は次男である兄を完全に越えていただろう。

だが、すべては本能寺の変によって狂った。

(このままでは城は保たぬ)

信孝が先ほどからずっと考えているのは、そのことであった。

秀吉は容赦なくこの城を攻めつけるつもりらしい。そしてその背後に兄がいるとすると、秀吉は何のためらいもなく、自分を討とうとするだろう。

秀吉が単独で自分を討つなら、それは本能寺における明智光秀と同じ反逆になるが、兄の承認を受けてのことなら、反逆にはならない。それに清洲会議での合議のこともある。

清洲会議では確かに三法師をいずれ安土に移すということを定めた。だから、その取り決めを果たすことを信孝に強要するということは、必ずしも反逆とは言えない。つまり敵側に大義名分があるのである。

やられたと感じたのはそのことで、信孝は、ここは一歩引かざるを得ないと感じていた。

（仕方ない、ここは一歩ゆずってやるか。まあそれも春までのことだ。春にさえなれば修理がわしを助けてくれる。それまでの辛抱だ）

信孝は自分に言い聞かせた。

「三法師を渡せば全軍を引き上げると筑前は申すのだな」

「いかにも左様でござる」

「わかった、和議に応じよう」

三成は、満面の笑みを浮かべて見せた。

「それは重畳、早速主君羽柴筑前守に申し伝えます。では、受け取りの使者をすぐに派遣してもよろしいか。善は急げと申しまする」

「かまわぬ、そちらが攻めぬと約束するなら、直ちに我らも門を開こう」

「では、早速帰って出直して参ります」

三成はあわただしく席を立って、挨拶もそこそこに退出して行った。

家老の岡本良勝は三成が大広間を出て行くのを見届けると、信孝に向かって言った。

「殿、これで本当によいのでござるか」

「仕方あるまい」

信孝は悔しそうに言った。

「何かほかによい手立てがあるか、あるまい。ここはあの猿めの言うとおりにしておくほかはあるまい。まあ春までのことだ」

信孝はそう言って奥の間に引っ込んだ。

三法師を引き取るための秀吉の軍勢は直ちにやって来た。

「開門」と叫んだ秀吉の軍勢は、三成の指揮の下《もと》簡単に城内に招き入れられた。

信孝は敗北の瞬間など見たくもなく、奥の間に引き籠もって酒をあおっていた。

和を結んだ以上、秀吉が自分に危害を加えることはあるまい。ならば三法師引渡しという屈辱の場面に立ち会う必要はない。そんなものは配下に任せておけばよい。秀吉が引き上げた後は再び門を固く閉ざし今後の方策を練ろう、というのが信孝の心積もりであった。

だが、その束《つか》の間《ま》の安寧はすぐに打ち破られた。

側近の幸田彦右衛門が血相を変えて廊下を走って来たのである。

「いかがした」

あまりにも異常なその姿に、信孝はさすがに盃を止めて問うた。

「殿」

彦右衛門は名状しがたい表情をしていた。

そして言った。

「筑前めの軍勢が、殿のお母上と奥方様方を人質にすると称して、三法師様と一緒に連れ去ってございます」

「なにっ」

信孝は立ち上がった。

あまりのことに一瞬我を失ったが、次の瞬間強い怒りがこみ上げてきた。

「おのれ、筑前め、許さん」

だがその頃、秀吉の軍勢は人質と共にすでに城門を出ていた。

柴田勝家は、雪に閉ざされた越前北ノ庄城にあって、中央の情勢を歯噛みしながら見ていた。

「おのれ筑前め、そこまでするか」

羽柴秀吉が、勝家が雪の間動けないのをいいことに長浜城を奪取し、岐阜城に兵を進め、織田信孝を降伏させて三法師を奪い、あまつさえ信孝の母や、室と娘まで人質に取ったという報がもたらされたのである。

使者は長浜城の士で、勝家の養子、勝豊の家臣であった。

勝豊は秀吉に籠絡《ろうらく》されて、養父勝家を裏切り、長浜城を開城したが、その行動に納得できなかったこの男は単独で城を脱出し、周辺の情勢を探って北ノ庄城に知らせに来たのである。

雪の中、これは一つの壮挙《そうきょ》と言えた。勝家は褒美《ほうび》を与え、その士を下がらせると、北ノ庄城の天守閣に上がって眼下の平野を眺めた。

一面雪に閉ざされている。それればかりではない、空も鉛《なまり》色で間断《かんだん》なく雪が降っていた。今の季節この地方はほとんど晴れることがないのである。

（使者を送るぐらいならできるが、大軍を動かすのは到底無理だ）

勝家は悔しくて仕方がなかった。

この北ノ庄も、岐阜や安土に倣《なら》って城下町体制を取っている。すなわち家来たちは近隣の農村ではなくて、城の周りに屋敷を構えて住んでいる。だから重臣から足軽に至るまで直ちに動員令を発することができる。並みの大名ならば、主だった家来が集まるのに最低二日はかかるが、岐阜や安土やこの北ノ庄では、陣触れの太鼓を鳴らせば、家臣は続々集まってくる。そして直ちに数万の大軍が出動態勢を取れる。

だが、いくらその態勢を取ったところで、この雪では大軍を美濃や近江に移動させることは不可能である。早くともあとひと月、本格的に軍を動かすにはふた月は待たねば無理な話だ。

勝家はその時初めて、秀吉がなぜすぐに和睦《わぼく》に応じたか気がついた。

（わしを騙して、その間にすべてことを運ぶつもりだったのだな）

もしその場に秀吉がいたら、そのとおりだと叫んで勝家のことを嘲笑したであろう。それを思うと勝家は益々無念であった。

「殿、何を考えておられる」

突然後ろから声がかかった。

振り向くと勝家の最も気に入りの家臣であり、実の甥でもある佐久間盛政《さくまもりまさ》が立っていた。盛政は通称玄蕃《げんば》という。

「玄蕃か」

勝家は振り返って、苦笑してみせた。勝家がこんな表情を見せるのは、盛政に対してだけである。

「いつ、打って出るかということでござるな」

盛政は勝家の心中を察して言った。

勝家は頷いて、再び視線を眼下の平野に落とした。

「泣く子と地頭《じとう》には勝てぬと申しますが、雪にも勝てませぬな。ここはやる心を抑え、待つしかござらん」

盛政はさとすように言った。

「待つしかないのか」

勝家は呻《うめ》くように言った。盛政は頷くと、

「左様でございます。あせりは禁物。ただしこの雪でも使者を派遣することはできますゆえ、いろいろと手配りは必要かと存じます」

「そうだな」

　勝家は頷いて、再び盛政の方を振り返った。

「まず何とする」

「越中富山の佐々殿に使者を立てるべきかと存じます」

「成政か」

　勝家は言った。佐々成政は、血の繋がらない家臣の中では最も勝家が信頼している一人である。

「おそらく雪解けとともに上杉が動くものと考えまする」

　盛政の言葉に勝家は再び頷いた。

　本能寺の一件の後、勝家の当面の敵である上杉景勝と秀吉が何らかの同盟関係に入ったことは、さすがに勝家も気が付いていた。ということは、雪解けを待って勝家が南下し、秀吉を討とうとすれば、越後を本拠とする景勝は兵を出して背後の越中からこの越前を窺い、勝家の動きを牽制しようとするはずである。そのためには誰か信頼できる者を上杉の押さえに置く必要がある。それは成政以外にあり得ないというのが、勝家の結論であった。

　実はもう一人、北陸には有力な武将がいる。加賀《かが》の金沢《かなざわ》城を預かっている前田利家である。

だが勝家は、利家に留守を任せる気にはならなかった。金沢城が越後を牽制するには位置が悪いということもあったが、何よりも利家の忠誠度に勝家は疑問を持っていたからだ。ほぼ全軍が越前を空《から》にし、それに越中の佐々軍までが加わった後、もし留守を任せた前田軍が上杉軍と呼応すれば、がら空《あ》きの越前越中を彼らに攻められることになる。そうすれば秀吉を討つどころの話ではなくなるのである。そうしたことから言っても、利家を留守に残すのは避けたかった。

成政は柴田軍配下の中では屈指の猛将であり、それを秀吉攻めに使えないのは、痛いと言えば痛いが、これは全体のことを考えれば、やむを得ぬ措置であった。

「前田殿はどう使います」

盛政は言った。もちろん、その裏切りを危ぶんでのことである。

だが勝家は、利家が侍としての道をそこまで外すとは思いたくはなかった。

「あの男が筑前と親しいのは、わしもようわかっておる。だがきゃつも侍ぞ。侍は戦場に出れば大将の下知に従い、友を討ち、場合によっては親をも討つものだ、そうではないか」

「はあ、それはそうではござるが」

盛政はそれ以上言うと勝家の機嫌が悪くなるのを知っていたので口をつぐんだが、総大将としてそれが勝家の欠点だということも感じてはいた。見通しが甘いというか、人に甘いというか。勝家という男は、非情になれない部分があるのである。しかし、だからこそ盛政は、そういう勝家が好きだった。この人に付いて行こうと思っているのである。

「ところで、朗報がござる」

盛政は話題を変えた。

「ほう、何だ朗報とは」

「滝川左近将監殿が、旧領の伊勢に帰られ、着々と地歩を固めているとの噂が入りました」

「おお、そうか」

勝家の顔はほころんだ。滝川一益のことである。一益は、本能寺の変で最も割を食った一人であった。新領地の上野国に入り、領土として固めようとしたところで本能寺の変が起こり、北条の大軍に攻められ一敗地にまみれた。そのために織田家の後継者を決める清洲会議にも参加できず、行方を絶ったというところまでは勝家も知っていた。

もちろん勝家は、一益が清洲会議に出席できなかったのも秀吉の妨害があったからだということは知らない。秀吉の謀略がどれほどすさまじいかということについて、勝家はまだまだ見通しの甘いところがあった。

「そこで、でござるが、早速一益殿のもとに密使を出してはいかがかと存ずる」

「そうだな」

勝家は直ちに賛成した。もともと勝家と一益の仲は悪くなかった。特に共通しているのは、秀吉嫌いということである。二人で酒を飲んだ時も、あの秀吉の人をとろかすような笑顔は、何となく信用でききんと同感し合ったこともあった。

その予感が的中する日が来てしまったことは事実である。

「至急、心利きたる者を滝川殿のもとに派遣するのだ。人選びはそなたに任せる」

勝家は言った。

「はっ」

盛政は畏《かしこ》まって直ちに退出した。

7

岐阜城での勝利の後、羽柴秀吉は臨時に長浜城に本拠を移していた。この城は、かつて秀吉が一から築いた城であり、清洲会議の結果、一時柴田陣営に奪われていたものの、勝家の養子勝豊の裏切りでこちらの手に戻ってからは、逆に羽柴陣営の前進基地として使われていた。

秀吉はこの城が大いに気に入っている。何しろ織田政権下において初めて城主となることを許された時、一から築いた城なのである。いずれ三月になって雪が解ければ、柴田勝家が大軍を率いて南下してくるのは火を見るより明らかだった。問題はその時、勝家をどこで迎え撃つかということだ。秀吉は一人、城の一室で眼前にこの辺りの地図を広げ、その点について検討していた。

（この城に籠城するのは下策だな）

最初の結論はそれであった。とにかく短期間に決着をつけなければならない。

長浜城は自分が築いた城であり、たとえ何万の大軍が押し寄せてきても落城させずに守り通す自信はあるが、それでは駄目なのである。むしろ野戦で柴田軍と一気に決着をつけ、次期天下人としての地位を早く確定させねばならない。戦いが長期化すればするほど、柴田陣営に味方するものも出てくるだろう、そんなことになれば天下を二分する戦いとなり、話はさらに厄介《やっかい》になる。

その時、廊下に人の気配がした。

「佐吉か」

秀吉は地図から目を上げずに言った。腹心の石田三成の足音は、そのせかせかした歩き方ですぐにわかるのである。

「はい」

三成はそう言ってすぐに襖《ふすま》を開けた。三成がそうするのは緊急の用件の時である。

「いかがした」

「殿、吉報でござりまする。柴田修理の密使を捕らえました」

「なに、しかと相違ないか」

「はい。このような密書を隠し持っておりました」

佐吉は差し出した。

秀吉は油紙で丁寧に包まれた細い筒状の密書を開いて見た。そこには柴田勝家から滝川一益に宛てて、次のようなことが書かれていた。

雪が解ける頃、遅くて三月上旬、早ければ二月下旬に大軍を以《もっ》て南下するから、貴殿は伊勢でできるだけの兵を集め、北上して秀吉軍の挟み撃ちに加わっていただきたい。その時機についてはまた詳しくお知らせする、と。

秀吉はにやりとした。このような書状が送られることは、当然予測しており、そのために警戒網を張っていた。密使を務めそうな人間は片っ端から検問し、厳重な身体検査をしていたのである。その警戒網に柴田側の使者はまんまと引っ掛かったのである。

「使者は捕らえてあるのだな」

秀吉は尋ねた。

「はい」

三成は頷いた。

「斬りますか」

「まあ待て。ものには使い方がある。そちは少し先走りが過ぎる」

秀吉はそう言ってたしなめると、

「その者の名はなんという、人相風体《ふうてい》は」

「名は名乗りませぬ。多少責めてはみたのですが、いやはや頑固なやつで。年の頃は三十そこその屈強な男でございます」

「利をもって釣ってみたか」

「はい。正直に白状すれば褒美の金は望み次第、命も助けてやると申しましたが、早く斬れの一点張りで、何事も申しません」

「そうか、早く斬れと言ったか」

秀吉は床几に両手を乗せ、足を投げ出してじっと考えていた。これは物事を熟慮するときの秀吉の癖である。

「なあ、佐吉」

秀吉は言った。

「はい」

三成は畏まって答えた。

「その者は自分のことを斬れと言ったのだな」

「はい」

「ではなぜ生きておる」

三成は首を傾げた。

「そもそも捕らえられようとした時、自害する手もあったではないか、その隙《すき》もなかったのか」

「いえ、手の者の話では散々抗《あらが》ったというふうに聞いております」

「そこよ。抗ったということは、己の得物《えもの》で喉笛《のどぶえ》をかき切るぐらいの時間はあったということだ。それをせぬということはどういうことか、佐吉、わかるか」

秀吉はにやにやしていた。最も気に入りの家来である佐吉を教育するとき、秀吉はしばしばこういう顔をする。

まだまだそちの智恵は浅いのう、というのが秀吉の心の中の言葉である。

「わからぬか、自害せなんだのは命が惜しいからよ。何かまだ死ねぬ理由があるのだ」

「その理由とは何でございましょうか」

「その理由を探るのがそちの務めではないか。よいか、その者を城門の脇でさらし者にし、城内の者すべて、足軽に至るまで顔を検分させよ。そしてその者が誰かということを知る者がいたら、直ちに訴え出させるのだ。褒美をやると言うのを忘れるなよ、よいか、直ちに取り掛かれ」

「はい」

三成は言われたとおりにした。

その密使の男は城門の傍でさらし者になるという屈辱に顔を真っ赤にしていたが、それでも舌を噛み切ろうとはしなかった。秀吉はそれを確認すると、その夕刻、広間にその者を呼び寄せた。

「縄を解いてやれ」

秀吉は言った。

警護の侍はびっくりして秀吉の顔を見た。

「かまわぬ、そこに座らせろ」

秀吉は床几に腰掛けていた。傍には三成が控えているが、あとは警護の士が四、五人いるだけで、主だった重臣は一人もいない。

「どうだ、一杯やらぬか」

秀吉が言うと、すぐさま脇にいた侍が膳を差し出した。そこには大きな徳利《とつくり》と朱塗《しゅ》りの盃が載っていた。密使の男はその膳から目をそむけて口をつぐんでいた。

「どうした、敵の酒は飲めぬのか。おぬしのなかなかのしぶとさに敬意を表し、一杯馳走しようと言うのだ。毒など入っておらぬ。わかっておろうがおぬしを殺すことはいつでもできた。今更《いまさら》毒など盛ってどうなる。それとも酔って我を忘れるのが怖いか」

「怖くなどない」

　男は言い返した。

「ほう、ではおぬしの度胸を見せてくれ。さあ、どうだ、酒に飲まれるような情けない男なのか、おぬしは」

　それを聞くと、男は昂然《こうぜん》と胸をそびやかし、徳利を持つと盃になみなみと注《つ》いで一気に呷《あお》った。秀吉はパチパチと拍手をした。

「ほお、見事な飲みっぷりだ。流石だな、山村竹次郎《やまむらたけじろう》」

　それを聞くと男はぎょっとして思わず秀吉を見た。

「隠さんでもよい、わしの家来は万を超えるが、その中にやはりおぬしを見知っている者がおった。かつて岐阜城で信忠様に仕えていた馬廻りの山村竹次郎であろう。今更隠すことはあるまい」

　秀吉の言葉に男は覚悟を決めたように盃を置いた。

「いかにも山村でござる」

「ほう、認めたな。では一つ訊く、そなたは中将信忠様のご家臣であったのに、なぜ柴田の走狗《そうく》を務める」

「走狗ではござらぬ。拙者、中将様の横死により無主の身となり申したので、新たにつてをたより、佐久間家に随身《ずいじん》したのでござる」

「そうか、随身したばかりか。すると佐久間家にも、柴田修理にも深い義理はないというわけだな」

山村は黙っていた。だが、無言が秀吉の言葉を肯定していた。

「敵の手に捕らえられるという屈辱に遭《あ》いながら、なぜそちが密書を破り捨て自害しなかったか、その気持ちはわかるつもりだ。わしにもその酒をくれ」

秀吉は立ち上がると、山村の前に歩み寄り、山村の飲んだ盃で自分も同じ酒を飲んだ。

「岐阜の城下には、そちの妻子と老母がおるという。気懸かりじゃの、そちがこのまま死んだら彼らは路頭に迷うことになる。どうだ、そこでものは相談じゃが――」

と、秀吉はそこに座り込むと言葉を続けた。

「わしの配下とならぬか。佐久間がそちにどれほどの扶持《ふち》を約束したか知らぬが、その倍を出そう。どうだ、悪い話ではあるまい」

「主を裏切れと申されるか」

「主ではない、仮の主であろう。それにもしここでわしの申し出を断ったら、岐阜にいる妻子はどうなるかな、わしが岐阜城を降伏開城させていることは、もちろん存じておろうな」

秀吉は山村を睨みつけた。

山村は唇を嚙み締めるようにしてしばらく俯いていた。だが、まさに秀吉の指摘どおり捕まる時に自害しなかったのは、妻子や老母の行く末が心配だったからである。そこを衝かれてはやむを得ない。

「御前《ごぜん》は拙者にどうされよと申される」

「今日は休め」

秀吉はまったく予想外のことを言った。

「そちの体は拷問《いたぶり》で弱っておる。しばらくここで体を休めた後は、書状を持って行け、修理に命じられたとおりにな」

山村は顔を上げた。意外な顔をしている。

実はそのことは、三成にとっても意外であった。せっかく柴田勝家と滝川一益の連《れん》携《けい》を封じるための使者を押さえたのに、その使者の役目を果たさせようというのである。

「では偽りの書状を持てと仰せられるのか」

「いや、それも違う」

秀吉は手を叩いた。

横の襖が開くと、秀吉の祐筆が文机《ふづくえ》を捧げて出て来た。そこに一枚の書状が開かれていた。

「おぬしは書状の中身を見知っておるか」

秀吉は山村に尋ねた。

「存じております」

「ではこれを見よ」

と、秀吉は命じた。

山村は見た。それは山村が盛政を通じて柴田勝家から預かった書状とまったく同じ内容が書かれていた。そして勝家の花押《かおう》まで添えられている。

だがよくよく見るとその書跡に微妙な違いがあった。しかも紙はまっさらで折り目が付いていない。

「これは」

「そう、写しじゃ。これを持って行け。この者がな、写した。なかなかの真似上手であろう」

と秀吉は祐筆を指して言った。

山村は怪訝な顔で、

「これでは柴田様が滝川様に、そのままの……」

と言った。これでは役目を果たしてしまうことになる。

秀吉は笑って、

「よいのだ。もとの密書は一度広げた故《ゆえ》に微妙に折りが狂っておる。そのまま折り返して送れば必ずわかるもの。それゆえに同じ内容を書いた。そちはこれを滝川に届け、そして北ノ庄へ戻って無事に届けたと復命せよ、それでよい」

「それでよろしいので」

「そうだ。そうすれば柴田も佐久間もおぬしを信用し、次にまたおぬしを使者に選ぶであろう。その時に忘れずにこの長浜城に寄るのだ。わかったな」

「はい」

「では今夜は酒など飲み好きなものを食べ、ゆるりと休め。下がってよいぞ」

秀吉は何かキツネにつままれたような顔をしている山村を下がらせて、警護の士が必要なくなったので、秀吉は彼らも下がらせた。残ったのは三成だけである。

「佐吉、わかるか、この趣向が」

「お見事でございます」

三成は言った。

「世辞はよい、どこまでが見事なのか言うてみい」

「はい。あの頑固な者をこちらの手に寝返らせたことでございます」

「それだけか」

秀吉は笑った。あの笑いである。

「はっ？」

三成は訳がわからず秀吉の顔を見た。

「まあ見ておれ、今日打った布石が春になったらどのように効いてくるかをな」

秀吉は本当に楽しそうな表情を浮かべていた。

8

天正十年正月、柴田勝家のいる北ノ庄城はまだ雪に閉ざされている。だが勝家は、先日滝川一益への使者を務めた山村竹次郎を呼んで新たな密書を託した。

「また頼む」

勝家は言った。

「はっ」

一礼して山村は書状を受け取った。まだ折ってもおらずに封もしていない、それをそのまま山村に見せた。万一事故で中身が損なわれた時の用心に、山村にもその内容を憶《おぼ》えさせたのである。これは勝家が山村を絶対的に信頼しているということであった。

山村は良心の呵《か》責《しゃく》を覚えていた。自分はこの勝家を裏切らなければならないのである。だがそんなことを悟られては自分の命が危うくなる。山村はつとめて無表情でその密書を一読した。そこには重大な軍事機密が書かれていた。

勝家は三月五日、たとえ雪が解けていなくても必ず出陣する。だから今伊勢にいる一益もできるだけの兵をかき集めて北上し、長浜城攻めに加わってほしい。その時期は三月十日。その時に東西から長浜を討とうというのであった。秀吉は岐阜城を降伏開城させた後、そのまま岐阜城の支配は織田信孝に任せ、自分は近江長浜城まで後退して辺りに睨みを利かせていたのである。

「よいか、言うまでもないが、これは極めて大事な書状じゃ。必ず左近将監殿に渡してくれよ」

勝家は念を押した。

山村は力強く返事をすると、すぐに屋敷に戻り、寒さへの備えを厳重にして旅立った。

だが山村が向かったのは、現在一益が本拠としている伊勢長島城ではなく、その最大の敵秀吉がいる長浜城であった。

猛吹雪《ふぶき》の中、ふらふらになりながらもようやく長浜城門前にたどり着いた山村は、直ちに側近の石田三成に来意を告げ、秀吉に会った。もう夜中に近い時間だったが、秀吉は寝巻きに一枚綿入れを羽織《はお》っただけの姿で山村の前に現われた。

「おお、よくもよくも駆けつけてくれたのう、褒めてとらすぞ」

山村は驚いていた。こんな夜中に突然来訪したのに、秀吉が出てくるまで半刻もかからなかったのである。

（これが羽柴家の家風というものか、これではかなわぬな）

山村は密かにそう思った。

雪解けには秀吉と戦うはずの勝家軍も活動は素早いが、物資の支給などでは待たされることが多かった。ところが秀吉は、先ほど起き出してきたばかりだと思えるのに、山村にまず熱い酒を勧めた。

「この雪の中では難渋したであろう、まず一杯やって体を温めろ」

「はっ」

山村は酒を飲んだ。

おそらく竹の筒を徳利にして燗をつけたものだろう、微妙に笹の味がした。まさに冷え切っていた体に勇気と活力を与えるしみじみと旨い酒であった。

「さて、そなたがくれた書状じゃがの、何が書いてあるか知っておるか」

「はっ、柴田様はそれを私に見せてくれました」

山村は言った。その言葉の底にある微妙な感情を秀吉は察することができる人間であった。

「そうか、まあ辛《つら》かったであろうな。だが、これですべては丸く収まる。そちの忠義は動かしようがない。気にせぬことだ」

秀吉はそう言って慰《なぐさ》めた。

それからしばらく秀吉は北ノ庄城内のこまごまとした様子を訊いた。特に秀吉の関心があるのは、配下の武将たちが勝家にどれほどの忠誠心を持っているかということであった。山村も正直に話した。確かに軍としての動きはいくつかの点においては鈍重であると言える。しかし、一兵卒に至るまで勝家を大将として信頼し、忠誠を尽くす気持ちがあるのは明らかであった。

秀吉は興味深げに聞いていた。そこに三成が入って来た。

「殿、出来ました」

「おお、出来たか。これへ持って、まいれ」

秀吉は破顔した。

一枚の書状をそれが置かれた文机ごと持って来たのは、先日この城を訪れた時、山村も会った祐筆であった。この祐筆は、あの時、勝家の筆跡と花押を真似た書状を作った男だ。それがまた同じように書状を作ってきたのだ。

秀吉は文机の上に置かれている書状を手に取ると仔細《しさい》に眺めた。

「うん、これでよい」

満足そうに頷くと、それを今度は山村に示した。山村は改めてそれを見た。もちろん偽物である。勝家がくれた書状は、封書の形になっているから折り目が付いているはずだが、この紙はまだ折り目が付いていない。しかしそこに書かれている文字は、まさに勝家の密書の筆跡を真似たものであった。花押もほとんど同じである。

だが、山村はもう一度繰り返して読むうちに、最初にもらった本物の密書と違う重大な点に気が付いた。本物の密書では、勝家が一益に出兵を要請したのは三月十日であった。だがこの書状には十日も早く、二月の末に長浜城で落ち合おうと書いてあった。

「御前、これは」

「ふふふ、わかるかおぬしに、この趣向が」

秀吉はにやにやしながら山村を見、三成を見た。三成は既にわかったのか落ち着いた顔である。山村もしばらく考えてその意図がわかった。

「御前、これは」

「そうじゃ、この書状を見て一益は何とする。この約束を守ろうと、勝家が考えるよりも十日も早く長浜城に出撃することになる。ならばどうなるかな」

山村は初めて合点した。

つまり、本来両軍が呼応して同時に出撃するならば、秀吉もどちらか一方を叩かざるを得ず、もうひとつの軍に背後を衝かれる恐れがある。だがこうして別々に出撃させてしまえば、それぞれに叩くことができるのである。

「今日は休め」

と、秀吉は山村に言った。

「明日午後にでも出立し、この書状を滝川に届けるのじゃ。そしておぬしはそのことを北ノ庄に復命すればよい。後は北ノ庄で遊んでいろ。まあ雪が解ける頃には片も付く」

秀吉はこともなげに言った。

結局山村は、その日は長浜城に泊まり、翌日午後、城を出た。そして夜通し道を駆けて一益の本拠長島城に着いたのは、翌日夕方近くのことであった。

一益は早速山村を引見した。前回も会っているから、山村の顔はよく知っている。

「おお、修理殿はお元気か」

「はい、いたって意気軒昂《けんこう》で、左近将監様にもよろしくとのお言葉でございました」

「それは重畳、早速書状を見せい」

一益は言った。

山村は勝家の筆跡を模した偽物を差し出した。一益はそれを読み、一読して首をかしげた。

「お使者殿、ここには二月末にも兵を出せとあるが、しかと間違いないか」

「はい、その御諚《ごじょう》でございます」

山村は答えた。

「だが、越前の野は今だ雪に閉ざされておるはず。このような時期に果たして兵を繰り出せるものか」

「それはその通りでございますが、我が殿は一刻も早く兵を出したい。そのためには沿道の雪を掻き分けても出陣する覚悟であると、そのように滝川様にお伝えせよとのことでございました」

その山村の言葉には嘘はなかった。確かに勝家は同じようなことを言ったのである。だが、それは三月十日に長浜で会うということを前提にしていた。この冬は予想以上に雪の多い冬になっていたので、いくら勝家でも二月中の出陣は無理だと断念していたのである。

だから一益もその点に不審を持ったのだ。

一益は出身が甲賀の地侍、すなわち忍者であった。したがって敵を陥れる謀略は得意中の得意である。ほかの誰を騙せても、織田家中で一益を騙すことは不可能であると言う者すらいた。

そんな一益だからこそ、この書状の出陣の時期をいぶかしく思い、それを山村に確認したのである。

「お使者殿、しばし待って頂く」

と、一益は謁見の間に山村を残し、ひとり奥に入った。

自分の居室に戻った一益は、鍵のかかる手文庫の中から一通の書状を取り出した。

それは前回山村が使者として持ち込んだ勝家の書状であった。実はそれも秀吉の祐筆が作った偽物である。だが一益はそのことを知らない。

一益は二通の書状の文面と花押をよく見比べた。普通の者は花押を確かめる。確かに花押は本人の癖が出るものであり、その書状が本物であるということの重大な証《あかし》だ。だが一益は、長年の経験から花押だけ見比べるのは危険だと知っていた。やはり人間の書いたものである以上、それを上手く真似る輩もいるからである。だからこういう時、一益が確認するのは、てにをは、のようなどんな人間でもうっかり書き流すような文字であった。こういう文字には意外な癖が出て、それが本物とは似ても似つかぬ場合も多いのである。

だが、その書状には怪しいところはなかった。第一回の書状と第二回の書状は間違いなく同じ人間が書いたものである。一益はそう判断した。その判断は正しい。確かにその書状は二通とも同じ人間の手で書かれたものである。

しかしそれが柴田勝家ではなく、秀吉の祐筆の手になることを一益は知らなかった。

(よし、二月の晦日《みそか》に長浜で会うとすれば、直ちに兵を集めねばならぬな)

一益はようやく立ち上がった。

ついにあの憎みてもあまりある秀吉に復讐する機会が訪れたのである。だがそれが、実は地獄への入り口であるということを、一益は気が付いていなかった。

9

まだ春は遠いがこの辺りは雪もない。暖国伊勢国の松ヶ島城を望月誠之助は訪れていた。

ここは誠之助の舅の木造具政が家老を務める城である。主君は清洲会議ののち、北畠信意から織田に復姓し、名も改めた信長の次男、信雄である。信長はこの伊勢の地を攻略するため、この地を治めていた名門大名の北畠家を圧迫し、当主の座は具教《とものり》から息子の具房《ともふさ》に移っていたにもかかわらず、具房の養嗣子にさせた上で具教の娘を娶らせるという方法で、自分の次男茶筅丸《ちゃせんまる》（現信雄）を送り込んだのである。つまり、このかたちで北畠を乗っ取ったのだ。そして後に具教を暗殺、具房は幽閉し、その支配を完全なものとした。

一方、信長は、織田家の相続人は元々嫡子信忠をおいて他にないと見極めていた。そこで信忠に年齢が近い次男と三男は、それぞれ北畠家、神戸家に養子に出し、初めから後継者の座から外した。最も優秀な三男信孝には、四国全体を与えるため、長宗我部討伐軍の大将に任命したのだが、その艦隊が出航する日にあの本能寺の変が起こり、信長は嫡男信忠と共に討たれ、信孝が四国管領になる夢もまさに淡雪のように消えたのである。

しかし信孝は重臣柴田勝家を味方につけ、いち早く織田姓に復帰し、今は織田信孝と名乗り、織田家の当主にならんとした。それを柴田勝家と敵対する重臣羽柴秀吉が横槍を入れ、信孝を屈服させて切り札である信長の嫡孫三法師を奪い取り、信雄に託したというのが今のところの流れであった。

その信雄を補佐するいわば右腕と言われる家臣が木造具政であった。誠之助は今後の身の振り方を相談するために、この松ヶ島城を訪れていたのである。

具政は城内ではなく、城下の屋敷で誠之助と対面した。誠之助は信忠の家臣であったが、岐阜在住の信忠の家臣は横滑りで三男信孝の家臣となったと聞いている。だとすれば、次男信雄を主とする具政とは互いに敵同士ということになる。それ故に城内では会わず、城下の自分の屋敷で秘密裏に会ったのである。

だが肝心《かんじん》の誠之助は、信孝についていく気はまるでなかった。

「やはり信濃に戻り、諏訪殿の家老になろうかと思っております」

誠之助は言った。

具政も頷いた。

「それがよい。どうも神戸宰相殿は行く末が危《あや》うい。私もかねがね心配しておったところだ」

と言った。神戸宰相とは信孝のことである。

「苦渋の決断ではござるが」

と、誠之助の表情は暗かった。

本来ならば、大恩ある信長の三男である信孝に忠を尽くすところかもしれない。だがその織田家は既に分裂し、信孝は羽柴秀吉に手もなく捻《ひね》られ、しかもその母と娘らが人質に取られるという惨憺《さんたん》たることになっている。

「それにしても筑前殿も酷《ひど》いことをされる。宰相様の母御前は故大殿の妻の一人、姫はその実の孫でございます」

誠之助はそこのところがどうしても納得いかなかった。いや、その秀吉のやり方に非道さを覚えているのは誠之助ばかりではない。何しろ主君信長が亡くなってまだ半年しか経っていないのである。

「それを言うな、わしは今、御本所《ごほんじょ》様の家老を務める身だ。言いたくても言えぬこと具政は苦々しい顔で言った。御本所というのは、この伊勢国を国司の時代から治めてきた名門北畠家の当主を言う尊称である。それは今、信雄のことになる。

「殿、よろしゅうござるか」

突然二人が対面している座敷の外から声がかかった。具政の家臣の声である。

「何事じゃ」

問いかけに応じて障子が開き、その家臣は具政に一通の書状を差し出した。

「先ほど使いの者が参りまして、このようなものを」

その封書を一読して具政は驚きの表情になった。

「なんでござろうか」

誠之助は訊いた。

「これはよい。いや、これはよい」

「いかがなされた」

「見るがよい」

具政は手紙を誠之助に差し出した。

受け取って見ると、それはなんと意外なことに、誠之助の年来の友である滝川一益からの書状であった。

この度《たび》、出陣するに当たり、今生《こんじょう》の別れとなるやもしれず、できれば今夜半一目お会いしたいという内容であった。

「それにしても大胆な」

誠之助は唸った。相変わらずだと思った。一応は今、秀吉に与《くみ》する具政の主君信雄と、勝家の同盟者である一益は対立しているのである。具政が一益の首を取って差し出せば、大いなる褒賞《ほうしょう》も期待できるだろう。だが具政はそんなことをする男でないことはよく知っている。

「これ、誰かある」

具政は人を呼んだ。

先ほどの家臣が顔を出した。

「これから三郎兵衛《さぶろべえ》殿の屋敷に使いで行ってくれ」

「はっ、書状をお持ちするので」

「いや、口上でよい。今夜半、是非とも面談いたしたくお越しくだされ、とな」

「かしこまりました」

家臣は出て行った。

「三郎兵衛殿というのはたしか滝川殿の」

誠之助の問いに具政は頷いた。

「娘婿だ。孫もおる。もともと我ら木造の一族の者でな」

「そうでございましたか」

たしか伊勢で滝川一益の補佐をし、毛利水軍を封じるための鉄鋼船を作っていた頃、誠之助は何回かその男に会ったのを思い出した。見るからに切れ者のような男である。ただ、誠之助自身はその油断のならない雰囲気にあまり親しみを覚えず、親しいというわけではなかった。

「今生《こんじょう》の別れをしたいと言うのだ、娘婿にも会わせてやろう。だが、孫の顔を見ることは叶《かな》わぬな」

具政は言った。そんな目立った動きをすれば、一益のことが城下に知れ渡ってしまう。そうなれば立場上、具政は敵である一益を見逃すわけにはいかなくなるのである。

その夜かなり更けてから、滝川三郎兵衛が具政の屋敷にやってきた。

三郎兵衛にはまだ一益の来訪を告げてはいなかったが、そこは切れ者である、何か密談の匂いがあると感じて、供を一人連れただけでこっそりと現われた。三郎兵衛も今は家老職の一人であり、具政は直属の上司ということにもなる。

「おお、これは望月殿でござったか」

部屋に入ってきた三郎兵衛は刀を置くと、意外な人物がいるのに少し警戒の色を表わした。

「わが娘婿じゃ。実はな、この度、信州諏訪家の家老になることが決まってな」

「おお、それはめでたい」

三郎兵衛は微笑を浮かべた。それならばここにいる男は敵ではないことになる。

「左様でござったか、諏訪家の家老に。それは、それは。では、ご一族打ち揃《そろ》って岐阜を退転なさるのですな」

誠之助は苦笑した。実は、具政の娘でもある妻が諏訪行きを承知していない。そのこともあって誠之助は舅の具政に相談に来たのだ。場合によっては里に帰すことも考えないわけではなかった。

「だがそれよ、なかなかのわがまま娘でのう。先ほど婿殿には厳しく躾《しっ》けるようにと忠告したばかりだ」

具政も苦笑しながら言い、三郎兵衛に円座を勧めた。それはもう一つある、三郎兵衛はそれに気がついていた。

「三人は間をもたせるために酒が運ばれ、この辺りの豊富な海の幸を肴《さかな》にしながら、しばし語りあった。三郎兵衛が関心を持っていたのは、やはりあの本能寺の変の折、甲斐国にいた織田家の家臣が悉《ことごと》く討たれたにもかかわらず、なぜ誠之助は生き延びたか、ということである。そのことについての真相を誠之助は具政には打ち明けていた。だが三郎兵衛にはそこまで言う気にはなれず、ただ運がよかったのだとごまかした。

「うん、そうだ。しばし待て。珍しい人物が現われる」

具政は言った。

「今一方《ひとかた》来られるのですか」

三郎兵衛は今ひとつ納得できないようだったが、話が今後の情勢に移った頃、一人の男が突然部屋に現われた。

「おおっ」

誠之助が嬉しそうな声を上げた。そこにはまさに滝川左近将監一益が立っていたのだ。

「案内も請わず失礼した。木造殿、この屋敷はいささか無用心ではござるまいか」

具政はそう言われて再び苦笑した。忍びの心得のある一益は正式な案内も請わずまんまとここまで侵入したということだからだ。だが、それ以上に三郎兵衛が驚いていた。

「これはいかなるわけでござる」

その顔にははっきりとした警戒の色が浮かんだ。

「これこれ、まず何はともあれ舅殿に挨拶せぬか。舅と言えば父親同然ではないか」

具政が窘《たしな》めた。

「し、しかし。今我らは敵同士ではござりませぬか。まさか木造殿は」

と、三郎兵衛は言いかけた。つまりは主家を裏切って敵の大将と通じる気はあるのかということを言いたかったのである。それを敏感に察した具政はぴしゃりと叱りつけた。

「たわけたことを考えるでない。滝川殿はな、今度の合戦が今生の別れともなるかもしれないので、別れの挨拶に来られたのだ。余分なことは考えるな」

「し、しかし、それでは」

三郎兵衛はなおも心配していた。舅に会ったなつかしさよりも裏切り者として糾弾されることを恐れたのである。それに、またそれを逃れる一番簡単な方法は、ここで一益の首を打ち、それを主君に差し出すことである。おそらく主君織田信雄も、それに最も肩入れしている羽柴秀吉も、その手柄を絶賛するに違いない。

「もうよい、今日は敵味方のことは忘れろ。さあ、酒を飲むぞ」

改めて家来を呼ぶわけにはいかなかったので、酒は部屋の隅に大徳利で何本か用意してあった。誠之助は立ち上がってそれを取ると、一益の盃になみなみと酒を注《つ》いだ。

「いや、これはありがたい」

一益は一気に飲み干すと、それを誠之助に返盃した。誠之助も一益の盃を受けた。

「おぬしどうしておった。いや、心配したぞ」

「かたじけない。実は先ほど舅殿に報告したばかりだが、この度、再興された信州諏訪家の家老になることが決まってな」

「おお、それはめでたい」

一益は心の底から喜んでくれているようだった。誠之助は持つべきものは友だと思った。

酒が進むと誠之助はどうしても訊きたいことが一つあったので、それを訊いた。それは一益が、信長以後の織田家の動向を決める最大の談合の場であった清洲会議に、なぜ出席しなかったのかということである。それを訊くと、一益はみるみる顔色を変え、悲痛な表情になり、そして持っていたかわらけの盃を床に叩きつけた。

「なんとした」

具政は驚いて言った。

「実はあの会議に駆けつけようと尾張の領内に入ったところ、羽柴筑前めの家臣に行く手を阻《はば》まれたのでござる」

憤懣《ふんまん》やるかたない表情で一益は言った。

「なんじゃと」

そのことは具政も初耳だった。

「筑前殿も汚きことをされる」

具政は呆れたように言った。

「そうか、そんな事情があったのか」

誠之助は一子の小太郎が秀吉にあこがれていることを知っていた。どうやら小太郎は大きくなったら羽柴家の家臣になることを望んでいるらしいのである。だが、その羽柴秀吉という男がこうも汚い男であるということは、是非とも伝えなければならないと思った。具政もそう思っているようであった。

「確かにその通りだ。のう、三郎兵衛」

と、具政は三郎兵衛に言ったが、三郎兵衛はむしろ首を振った。

「いや、それこそ武略というものではござらぬか。拙者は舅殿には申し訳ないが、筑前殿の武略が舅殿を上回ったと考えます」

「何、それがわしに対して言う言葉か」

一益は色をなした。危うく三郎兵衛と摑み合いになりそうだったので、誠之助は慌てて止めた。

それからは気まずい酒になった。一益は潮時だと思ったのか立ち上がると、

「では失礼いたす。おさらばでござる」

と言った。

「拙者が外まで送ろう」

誠之助は立ち上がって、闇に包まれた屋敷を出た。

辺りには人はいない。もう夜半を過ぎているから辺りは真の闇である。幸いなことに月が大きく足元は明るかった。

「人と人との関わりというのは厄介なものだな」

誠之助は言った。

「たしかに。嫁や婿に恵まれ何の煩《わずら》いもない者など少なかろう。誠之助、おぬしはど

うだ」

「いや、それはその通りだな」

「なんじゃ、奥方とは上手くいっておらぬのか」

「まあ訊くな、そのうち話すこともあるだろう」

「そうか」

一益は頷くと闇の道を見た。これから東に向かうのである。そこには一益の本拠の城がある。そこから明日は出陣すると言う。

「会えてよかった、命は大切にしろよ」

誠之助は言った。

「わかった。だがもう会えぬかもしれんな。さらばと言っておこう、誠之助、堅固で暮らせよ。さらばじゃ」

「さらば」

誠之助も言った。

一益はくるりと踵《きびす》を返すと、独特の小走りで闇の中に消えた。六十を越えたはずだが、その走力はいささかも衰えてはいなかった。これから夜を徹して自らの城に帰るのであろう。

（無事でいろよ、一益）

誠之助はその姿が完全に見えなくなるまで見送っていた。しかしながら、その友の行く末に何となく不吉なものを感じたことも事実であった。

賤《しず》ヶ岳《たけ》の霧

1

　滝川一益は、満を持して尾張蟹江《かにえ》城を出陣した。人数は約一万である。一益は昔、この城の城主であり隣国伊勢の北畠一族のすべてを任されていた。そして、首尾よく信長の次男信雄を養子に送り込み、最終的には北畠家の本来の当主である具教を暗殺するという手段で、伊勢国の完全乗っ取りに成功した。

　信長はその功を賞して伊勢の長島城も一益に与えた。長島はかつて一向一揆の拠点であったところだが、これも信長の命を受けた一益が伊勢の九鬼《くき》水軍の力を借りて巨大な船を作り、河口沿いから一揆の本拠地である寺々へ猛烈な銃撃を加えたことが織田軍の最大の勝因となったのである。そのこともあって一益は長島城をもらった。

しかし信長は、伊勢国は北畠の家督を継いだかたちの次男信雄に任せ、主城を松ヶ島城とし、すべての城は信雄にゆだねるつもりでいた。では一益はどうするかというと、今度は上州に送って関東管領として北条討伐に当たらせようとしたのである。しかし本能寺の変によってその企《くわだ》てはもろくも崩れた。

一益自身も完全に移転を終えていなかったため、北条勢の不意打ちを食らって一敗地にまみれ、関東で拝領したすべての領土は放棄し、這々《ほうほう》の体《てい》で伊勢に逃げ帰ってきた。しかし尾張国境である蟹江から伊勢にかけての民は、かつて一益がこの地で善政をしいたことをよく覚えていた。そのため、一益が上州で兵も金も失いながらも、再び戻って来たのを祝い、その呼びかけに応じて多くの兵が集まった。一万人といえば最盛期に一益が動員できた人数の五分の一にも満たないが、それでも一益は意気軒昂《けんこう》であった。

これでまず、羽柴秀吉方に落ちた長浜城を攻撃する。もちろん一益だけではない。勝家が雪を掻き分け大軍を率いて南下してくるのである。その軍と呼応すればいかに長浜城といえそんなに長くは保ちこたえられない。それに秀吉がその長浜城を救援しようと軍を送って来たら、それは野戦で決着をつける最大の好機である。

一益は元々近江の生まれであるから、その辺りの地理には精通していた。

（おそらく野戦となれば、賤《しず》ヶ岳《たけ》から余呉湖《よごのうみ》にかけてが決戦場となるであろうな）

一益はすでにその方面にも密偵を走らせていた。そして比較的物資の調達がしやすかった尾張の蟹江城に本拠を移し、そこにすべての軍勢を集めて出陣したのである。秀吉は、清洲会議への出席を阻まれるというかたちで煮え湯を飲まされた相手である。今度こそ秀吉の軍を破って復讐してやろう。それが一益の心積もりであった。

一益の軍勢はかなりの速さで動くことができた。軍勢の行軍の速度というのは、大将の熟練度だけで決まるものではない。侍を率いる侍大将、足軽を率いる足軽大将、そして個々の侍、足軽にいたるまで日々の鍛錬ができていなければ、いくら大将が掛け声をかけても動かないものなのだ。しかも戦場に着いてすぐに戦うこともあるから、できるだけ疲れないかたちで長い距離を、しかも素早く移動するというのが軍の強さに大きく関係していた。

一益は多くの精鋭を上州で失ったが、それでもまだ中核になる侍たちは、かつての「進むも滝川、退くも滝川」と呼ばれた織田軍の中核部隊であった頃の面影《おもかげ》を残していた。馬上の一益も久々に自信がみなぎってくるのを感じた。

一益は最も信頼している部下の一人である牧野伝蔵を呼んだ。牧野は馬を寄せてきた。

「どうだ、此度の戦は勝つと思うか」

一益は珍しくそんなことを尋ねた。

「はっ、当然勝ちまする」

牧野は答えた。

一益は笑って、

「見通しを聞いているのだ、見通しを。お前の武者としての見方を、見通しをな」

牧野はちょっと黙った。

「どうした、見通しも立てられぬか」

からかうように一益は言った。

「いえ」

牧野は頑固に首を振り、

「おそらくは長丁場になるかと」

とだけ答えた。

「長丁場か、確かにな、それもありうる」

一益は言った。

敵は多くの城を持っている。そして岐阜城の織田信孝は身動きが取れないように、母と娘らを人質に取られている。こうした中では様々な動きがありうるのだ。

例えば、両者ががっぷり四つに組みながらなかなか勝負がつかず、領地のどこかに線を引き、痛み分けになるということも考えられないでもないし、あるいは、早期に決着をつけるために秀吉軍がわざと城を放棄し外に出てきて、野戦に次ぐ野戦で決着がつくということもあり得ない話ではない。だが仮にその野戦で勝ったとしても、秀吉は簡単には諦めないだろう。秀吉には西の備前《びぜん》や播磨《はりま》に大きな領土がある。そこに立ち返って捲土重来《けんどちょうらい》を期すということもまた考えられるのだ。

すでに出発してから丸一日が経っている。

一益軍は尾張から近江に入る狭い道を歩いていた。

主要な街道は、信長が軍勢の素早い移動を可能にするために拡張したのだが、この辺りは山が多いこともあって整備が遅れていた。それに、実は本街道は山の下にあってそちらのほうが広いのだが、一益はあえて軍勢の移動を目立たなくするために山道のほうを選んだのである。

ところが、昼過ぎになって突然前方と左右から鬨の声が上がった。

その声の大きさに一益の馬が驚いて棹立《さおだ》ちになりそうになった。棹立ちになれば振り落とされる。一益は慌てて馬を抑えた。

「殿、あれをご覧ください」

牧野が叫んだ。

突然前方の小高い丘の上に出現したのは、キラキラと輝く千成瓢簞《せんなりびょうたん》の馬印であった。羽柴秀吉のものである。数万を超す軍勢がいる。秀吉は戦いに勝つごとに一つずつ金の瓢簞を増やしていくと豪語していた。初めの頃はみんな馬鹿にしたものだが、それ以降秀吉は、一度も負けることなく瓢簞を増やし続けている。

「待ち伏せかっ」

一益は信じられなかった。

確かに秀吉が警戒していることはあるかもしれないと思った。だが、今柴田勝家率いる北陸軍はすでに長浜城あたりに展開しているはずであり、秀吉軍の主力はそちらを迎撃するために向かっているはずであった。勝家軍は少なく見積もっても三万はいよう、その三万の大軍に対して秀吉も全力を挙げて迎え撃たなければこの戦は負ける。然《しか》るに秀吉は、数からいえばその柴田軍の予備隊程度の規模に過ぎない一益軍にまず襲い掛かってきたのである。

（いったいどういうことだ）

一益はわけがわからなかった。

自分ならそんな馬鹿なことはしない。なぜならば、小勢の一益軍に関わっている間に背後からより大軍である勝家軍に不意打ちを食らうかもしれないし、そもそも長浜城が空になっているとすれば、それは敵に隙を見せるどころの話ではない。まさに長浜城を与えてやるようなものではないか。

長浜城の防備はほとんどないはずである。一益は、秀吉が嵩《かさ》に懸かって攻めてきた理由を必死になって考えた。

後から考えればそんなことはしないほうがよかったのである。とりあえず敵に対してどう戦うか、どう抵抗するかに集中するべきだった。しかし、歴戦の勇者である一益も、あまりの意外な展開に我を忘れた。

そして大将が我を忘れた軍の運命は決まっていた。

「敗走」である。

どうやら秀吉は一益の首まで取るつもりはないようだった。なぜならば、帰り道、それも今本城としている尾張蟹江ではなく、伊勢長島への道に兵が伏せられていなかったからである。秀吉は一益をとりあえず長島城へ追い落とす作戦とみえた。

（いったいなぜだ、なぜ秀吉は我にこれほどの大軍を振り向けられたのだ。長浜城の防備はどうするのだ）

一益は偽りの密書によって自分がおびき出されたことにまだ気がついていなかった。

2

その頃、柴田勝家は雪に閉ざされた越前北ノ庄城にあって機嫌をよくしていた。秀吉と反りの合わない紀州《きしゅう》雑賀《さいか》衆から、秀吉の背後を牽制《けんせい》するために摂津《せっつ》の岸和《きしわ》田《だ》城を攻撃する旨の書状が届いたのである。

実は勝家はこの他に、信長に追放され現在毛利氏に保護されている十五代将軍足利《あしかが》義昭《よしあき》にも、本能寺の変がなければ今頃信長軍に討伐されていたかもしれない四国の雄長宗我部元親にも、よしみを通じる書状を送っていた。

おそらく、この両者からは色よい返事が来るはずである。

勝家はしばしば秀吉に比べて謀略の才に劣《おと》ると評されることがあったが、本人はそうは思っていなかった。現にこうして紀州雑賀衆から味方をするという書状が届いたではないか。これはこの戦いの将来を吉と占うものではないか。勝家はそう考えていた。

ところが、その勝家の気分を砕くような足音が廊下からした。

「殿、火急の知らせでござる」

入ってきたのは甥《おい》でもあり、柴田軍随一《ずいいち》の武将ともいえる佐久間盛政であった。

盛政は使者とおぼしき男を連れていた。装束《しょうぞく》はびっしょりと濡れている。おそらく衣装を取り替える間もなくここまで連れて来られたに相違なかった。

「何事じゃ」

勝家はいぶかしげに盛政を見た。

「こちら、滝川左近将監殿のご家臣、竹松一郎太《たけまついちろうた》殿でござる」

「おお、そちの知り合いか」

「はい、先年北近江の陣所で会い、親しく酒を飲んだことがございます。とにかく口上をお聞きくだされ」

竹松と名乗る中年の男は、荒い息のまま這い出るように勝家の御前に進み出た。そして顔を上げて振り絞るように言った。

「我が殿、左近将監は、過ぐる二十七日、尾張蟹江城を出陣せしが、途中で羽柴秀吉軍の待ち伏せにあい大敗を喫し、残兵と共に伊勢長島城に退却いたしましてござりまする」

「なにっ」

勝家は思わず目を剝いた。

「何故だ。何故、滝川殿はそれほど早く出陣した。約定《やくじょう》では月が明けてからの出陣のはず」

だが竹松は首を振った。

「いえ、それは違いまする」

「何が違うと言うのだ」

「確かに我が殿は柴田様からの書状を受け取り、それを見て出陣したのでございます。書状には確かにその日に出陣せよとございました」

「何を馬鹿な、わしはそんなことは言っておらん」

勝家は怒りのあまり立ち上がった。

「それで長島城はどうなった。落ちたのか」

「いえ、落ちてはおりません。しかし羽柴勢に周りをびっしり取り囲まれ、このままではひと月と保ちますまい。なにとぞ救援をお願いいたすというのが、我が主君滝川左近将監の口上でございまする」

「わかった。とにかく策を練るゆえ、しばし下がって休め」

「はっ」

竹松は、盛政が呼んだ家臣に両脇を抱えられるようにして退出した。

勝家は溜まったうっぷんを抑えきれず、廊下に出て庭の前に立った。

激しい雪の季節は峠を過ぎたが、それでもまだまだ庭一面に雪は積もり、なおかつ粉雪が舞う天候である。冬ではいつものことだが、雲も厚く垂れ込め青空というものはほとんど見えない。それが北陸の冬というものであった。

「どう思う、今の話」

勝家は盛政に尋ねた。なんとも信じられぬ話であった。

「確かに、滝川殿がこのように早く出陣するとはにわかに信じられぬ話ではございますが、あの者は滝川殿の信頼厚き家臣の一人でございまして、嘘をついているとは思えませぬ」

「それにしても間抜けではないか、左近将監は」

勝家はまだ怒りが収まらなかった。せっかく日時を打ち合わせて双方から同時に出陣し、あわよくば秀吉を挟み撃ちにしようとした計略が完全に破れてしまったばかりか、有力な友軍である滝川軍が今や壊滅に等しい打撃を受けたという。

「出陣じゃっ」

勝家は叫んだ。

「しかし殿、まだ雪が消えてはおりませぬが」

「かまわぬ、雪を掻き分けよ。早速陣触れを出せ。先陣は前田又左衛門がよかろう、おぬしも行け。わしは留守の固めを整えてからすぐに追う。急ぐがよい」

「はっ」

盛政は直ちにその場を退出して、自分の屋敷に戻り、戦支度を整えた。

この季節に出陣するには雪に対する備えが必要であった。ワラ沓《ぐつ》、そして幅の広い板が必要である。その板を街道の上に敷き、荷車や騎馬や人間を通すのである。雪があるとないとでは行軍に大きな違いがあった。

だが、そんなことは言ってはおられない。このまま長島城が落ち、滝川一益が討ち取られてしまえばますます勝家軍は不利になる。一刻も早く出陣すれば、秀吉は城を包囲中の背後を衝かれることを恐れ、軍勢を南近江に戻すに違いない。おそらく、秀吉は手に入れた長浜城を主城とし、全軍を北国《ほっこく》街道から北近江に展開させてこちらの軍と対決しようとするだろう。

(おそらく主戦場は近江、余呉湖の辺りか)

勝家もかつて北近江に所領を持っていたから、あの辺りの地形には詳しかった。

双方数万に上る大軍が激突するためには、琵琶湖《びわこ》の北にある小さな湖、余呉湖をとりまくわずかな平地と、それを見下ろす賤ヶ岳の辺りが最も適している。おそらく秀吉はそこで自分たちを迎え討とうとするであろう、というところまで見当はついた。

勝家はそれから大急ぎで軍の編成替えをし、年を取っている者、怪我をしている者を中心に籠城軍を結成した。これは万一北ノ庄城を留守にした際、秀吉と同盟を組んでいる上杉景勝の軍が攻め寄せた場合の用心である。北ノ庄城は堅固に作ってあるから、少数の兵でも勇猛な上杉軍の猛攻に耐えられるはずである。とにかく若くて使える者は一人でも近江のほうに連れて行きたかった。

結局、その準備に手間取って、勝家が北ノ庄を出発し北近江に着陣したのは、三月十二日のことになった。

勝家軍は北国街道を南下、柳ヶ瀬《やなせ》から余呉湖に流れ込む余呉川を右に見てさらに南下し、余呉湖の北側に着いた。

柴田軍の先鋒は佐久間盛政、又左衛門こと前田利家・利長《としなが》父子、柴田勝政《かつまさ》、金森長近《かなもりながちか》、不破勝光《ふわかつみつ》ら五千。さらに勝家率いる本軍が二万五千、総兵力三万であった。

一方、必ず勝家が焦って出てくるであろうということを予想していた秀吉は、滝川一益の籠もる長島城を封鎖するかたちで最低限の兵を置き、残りの兵力を率いて北上した。そして一旦長浜城に入り休息した後、柴田軍を迎え撃つために北上し、北国街道の要衝《ようしょう》である木之本宿《きのもとじゅく》に入った。これは余呉湖を見下ろす賤ヶ岳から東方一里の地点にあり、秀吉軍から見るとこの先北国街道の左手に山並みがあり、その向こう側に余呉湖が広がっているというかたちになる。

柴田軍はその反対で、同じく北国街道の要衝である柳ヶ瀬から南下し、余呉湖を前方に見て、それを見下ろす行市山《ぎょういちやま》に陣を取った。つまり、両軍は琵琶湖から比べてはるかに小さい余呉湖を挟んで向かい合うかたちとなったのである。

秀吉の軍勢は五万に膨《ふく》れ上がっていた。

岐阜城の織田信孝を屈服させ、三法師という切り札を奪い取ったことによって、秀吉の陣営こそ勝ち組であり、その勢いに乗ろうという人間が引きもきらなかったからである。

織田信孝の重臣で、信長時代からの家臣でもあった稲葉一鉄が早々に信孝を見限ったのに続いて、多くの美濃衆が秀吉の麾下《きか》に馳《は》せ参じていた。

勝家は、季節は春に向かいもはや焦って勝負を決する必要もないことから、行市山に砦《とりで》を築き、じっくりと戦況を見つめる手に出た。秀吉が大軍の利に任せて攻め寄せてきたら、この複雑な地形を生かして討ち取ろうというのである。

だが秀吉は、とうの昔にそんな勝家の戦略を読んでいた。

秀吉は家臣の中川清秀《なかがわきよひで》に命じて余呉湖を見下ろす大岩山《おおいわやま》に砦を築かせた。砦と言ってもそれは小さな城といえるほどの頑丈なものである。ここに拠点を置くことによって、勝家軍ににらみを利かせようというのだ。その大岩山の砦が完成したとの知らせに、軍勢を率いて視察に訪れた秀吉は、最も気に入りの家臣である石田三成に、湖の向こうの勝家軍の陣営を指差しながら問うた。

「どうじゃ三成、ここからいかにして修理めを攻める」

「はっ」

三成はあらかじめ問われるであろうと考えていたので即答した。

「すぐには攻めません」

「ほう、すぐには攻めぬ。いったいなぜじゃ」

「修理殿にはこの近くに拠点を持たぬという弱みがございます。対陣が長引けば長引くほど、今はまだ春でようござるが、夏になり、秋になり、冬が近づけば退路を断たれる恐れにさいなまれる。となれば、いずれ焦って攻め寄せて参りましょう。それを討てばよろしいのでございます」

「ふん」

秀吉は含み笑いをした。

「それはなかなかの手だな」

とまず言った。だが、それは完全な正解ではないということであった。

「いけませぬか」

三成は敢《あ》えて問うた。そういう問い方が許されるのは家臣では三成だけである。

「こちらから攻めぬというのはよい。確かに修理には雪という弱みがある。だが三成よ、冬まで何日あると思うておる。今はまだ春、夏も来ておらぬ。秋から冬まで待つというのはいかにも悠長な話ではないか、その間に何が起こるかわからんぞ」

「では、どうなされます」

「勝家がこちらを攻めざるを得ない、いや、攻めたくなるような機を与えるのだ」

「機とおおせられますと」

「近《ちこ》う寄れ」

秀吉は三成を呼んで囁《ささや》いた。

「本軍を長浜城まで退く」

「えっ」

三成は顔色を変え、思わず声を上げて驚いた。

そんなことをすれば勝家は一気にこの大岩山の砦を取ろうとするはずである。大岩山という拠点を奪えば、対陣が長くなってもある程度耐えられるからだ。それ以上に、何か一つ敵から勝ちを取るということが大きい。

だが、秀吉はそれをやるという。

「殿、そんなことをすればこの大岩山の砦が奪われるばかりか、ひょっとしたら岐阜の信孝様も、長島の滝川までもが勢いづいて攻めてまいりませぬか」

「さもあろうな」

秀吉は頷いた。

「それでは……」

と、三成は次の言葉を口にしかけて、慌《あわ》てて飲み込んだ。

秀吉の意図が読めたのである。

（この大岩山の砦を餌《えさ》にするということか、では守将の中川殿の首は柴田軍にくれてやる、ということでもあるのか）

三成は冷汗をかいた。なんという恐ろしいことを考える主君であろう。

部下の武将を一人捨石にし、そのことで戦の勝ちを取ろうというのだ。しかもその守将中川清秀は、先程秀吉からこの砦を見事に作ったことを褒められ、満面の笑みを浮かべていたのである。

三成が青ざめるのを見て、秀吉はむしろ笑みを浮かべて言った。

「三成よ、覚えておけ、これが戦というものだ」

3

秀吉は五万の兵のうちの大部分を長浜城まで退かせたが、それでも勝家は用心して動こうとはしなかった。

長浜から賤ヶ岳まではほんのわずかな距離である。新たに築かれた大岩砦の周辺が手薄になったといっても、攻めかかれば直ちに長浜城から大軍が北上してくるだろう。そうなればやはり腹背《ふくはい》に敵を受けることになり、勝家軍は不利である。

「修理め、さすがにすぐにはひっかからぬな」

と、秀吉は長浜城で善後策を練っていた。とにかく秀吉としては早く勝家を討ち、一定の成果を上げたうえで天下に覇を唱えたいのである。こんなところでぐずぐずしていては大切な天下を取り落としてしまう。一刻も早く勝家との野戦に入るのが秀吉の目論見であったが、勝家はそれには乗ってこない。

そこに新しい知らせが来た。持って来たのは三成である。

「殿、岐阜城の三七殿《さんしち》がまた挙兵いたしましたぞ」

三成の言葉には侮《あなど》りがあった。かつて神戸宰相様とか信孝様などと呼んでいたことに比べれば、三七殿というのは子供の頃の呼び名でいかにも軽い言い方である。

秀吉の顔は輝いた。

「あの阿呆《あほう》め、また兵を挙げたか。よし、それでは全軍を岐阜に差し向ける」

秀吉の言葉に三成は目を丸くして言った。

「殿、そ、それでは賤ヶ岳のほうはどうでもよいのでございますか」

「どうでもよくはない。だが、あやつを動かさねば話にならぬではないか。われらがこの長浜城の守りも手薄にし、岐阜に向かったとあれば、あの慎重居士《こじ》の修理めも動くであろう。これはまたとない好機よ」

そう言われて三成は、秀吉の心の中には大岩砦を餌にして勝家をおびき出そうという意図があるのを思い出した。

「それでは早速陣触れを」

「待て、その前にやることがある」

秀吉は突然思い直したように言った。

「何でございましょうや」

「信孝めの人質をな、磔《はりつけ》にかけてしまえ」

「えっ」

と、三成は思わず声を上げ、主君の顔を見た。

「よ、よいのでございますか」

思わず言葉が上ずった。それほどの驚きだったのである。

「かまわぬ。多くの人の目に触れるように磔にかけてしまえ」

「されど、それでは殿のご評判が地に落ちまする」

三成は言った。

信孝の人質とは信孝の母、そして妻、娘の三人の女性のことである。信孝の母というのは、ほんの数カ月前まで秀吉の主君だった信長の妻の一人ということである。そして、信孝自身は秀吉に逆らったからやむを得ないとはいえ、信孝の娘は、故信長の直系の孫ということになる。それを殺してしまうのはいかにもまずいのではないかと、三成は思ったのである。

「何をためらう。わしに逆らう者はたとえ先君のご遺児であっても許さぬという姿勢を天下に示すのだ。これがなければ天下は取れぬぞ」

秀吉は、初めて三成の前で天下を取るという言葉を口にした。いや、これまでも内々に言ったことはあったが、これほどの決意を以て言葉を発するのは初めてであった。

三成はその口調に、絶対に後には引かない強い意志を感じた。

「かしこまってござる。早速手配仕りましょう」

処刑は直ちに行なわれた。

三世代にわたる美貌《びぼう》の女性が、長浜城下の川原で磔にかけられ、無残な刑死を遂げたのである。そして殺されたのは信孝の家族だけではなかった。同じく人質に取られていた重臣、岡本良勝らの娘や息子も無惨に串刺しにされた。そしてその悲報は一日のうちに岐阜城まで届いた。

信孝ははじめその言葉を信じなかった。確かに人質を差し出しておいてその約定に反して兵を挙げることは、信義を裏切ったということであり、人質を殺されても文句は言えない。それが戦国の常法である。

しかし、信孝の母は秀吉の主君であり、足を向けて寝られないほどの大恩人であった信長の奥方だった人である。それを無惨に、しかも公開処刑で殺すとはなんたることであろうか。

「おのれ筑前め、許せん」

信孝はそのときも酒を飲んでいたが、怒りのあまり漆《うるし》塗りの酒盃を握りつぶした。その破片が右手に食い込み、そこからは赤い血が滴《したた》り落ちた。信孝はその盃の残骸《ざんがい》を畳に叩きつけると立ち上がった。

「滝川殿に使者を立てろ。あの極悪人め、許せぬ。わしが必ず首を取る」

信孝は天に向かって吼《ほ》えた。

同じ頃、公開処刑の報は伊勢長島城に入っていた滝川一益のもとにも届いた。

一益も怒りに震えた。

織田家に恩を受けた者として、この忘恩行為は絶対に許せぬものであった。しかしながら、自分の人質が殺されたわけではないので、信孝よりは少し冷静だった一益は、むしろそのことによって秀吉の評判がどうなったかを気にした。

「どうだ、そのあたりは」

一益は長島城の一室で、その知らせを持って来た諜者《ちょうじゃ》の一人に問いかけた。

一益はもともと甲賀の忍者で、情報や謀略活動が兵を動かすより何倍もの力を発揮することもあるのを知っている。戦いの前には必ず多くの諜者を放ち、情報を収集するのが一益のやり方であった。

「はっ、やはり眉をひそめ、これほどのご恩を忘れるとは何事だと、憤《いきどお》る方々も見受けられました」

「うん、なるほど、さもあろう。他にはどうだ」

「はい、それがその……」

　諜者は口ごもった。一益はこういう時が一番肝心《かんじん》だと知っていた。その諜者の判断で主君の耳に入れたくないと思うことは、実は意外に重要な情報なのである。

　一益は満面に笑みを浮かべ、諜者を促した。

「かまわぬ、申してみよ。そなたはわしの目であり、耳なのだ。目や耳が見たことを隠し立てしてはどうにもなるまい」

「はっ、それでは申し上げますが」

　と、諜者は膝を進めて言った。

「思いのほか羽柴殿の悪口を言う者は少なかったのでございます。女子どもはやはりこのやり方に眉をひそめておりましたが、大方の男どもは信孝様のご器量に難があるというような言い方をしておりまして」

「そうか、そのようなことを申しておるのか」

　一益は苦々しい思いでいっぱいであった。

確かに、信長が死んでまだ一年も経たないというのに、火事場泥棒のように天下を掠《かす》め取ろうという秀吉の所業には許しがたいものがある。しかしながら、それならば信孝に天下を継がせるのが最善であるかと正面切って問われれば、一益も首を傾げざるを得ないのである。天下を統《す》べるには、並みの人間以上の大きな器量が必要だ。確かに故信長にはそれがあった。あるいは徳川家康にもそれがあるかもしれない。だが、どう考えても織田三七信孝はその器量に欠けるのである。

(しかし迷うてもどうにもならぬわ。わしは今更筑前の軍門に降《くだ》るわけにもゆかん。ここは戦うしかあるまい)

一益は長年の経験で、戦いのときに大将の器量に疑問を生じた場合、それは必ず負けに繋がるということを知っていた。しかしことここに至っては、しゃにむに信孝や勝家と力を合わせ、まず当面の敵秀吉を葬《ほうむ》る他に道はないのである。幸い秀吉軍の主力は完全に岐阜城へ向かったため、この辺りに展開する敵軍はまばらになっていた。

つまり、出陣するのに障害はないということだ。

一益は首座を立って障子をからりと開けると、大声で陣触れをするよう命じた。

その頃、長浜城に主力を置いていた秀吉は、素早く国境を越え、美濃国大垣《おおがき》城に入っていた。

この時期には珍しい長雨のため長良川《ながらがわ》が氾濫《はんらん》し、一部進路を阻《はば》まれるかたちとなっていた。そこで秀吉は、悪天候の中、闇雲に進軍して兵を疲れさせるよりも、じっくり天候の回復を待つ策を取ったのである。しかしそれは、勝家の目からは、予期せぬ気象条件に岐阜城攻撃の目算が狂い、一時的に大垣城に撤退したように見えるだろうということは承知していた。

(これでよい。これで勝家は大岩砦を攻めるはず)

そういう意味では、秀吉は悪天候すら味方にしていた。そしてその予想は当たった。

「殿、今こそ大岩砦を奪い返す好機ですぞ」

という甥の佐久間盛政の進言に、勝家もその気になりかけていた。

「筑前めは間違いなく大垣城にいるのだな」

「は。手の者がしかと見てまいりましてございます。今、美濃国は、川の氾濫であちこち橋や堤が流されております。仮に秀吉がわれらの攻撃を知って慌てて引き返そうと思っても、そう簡単には引き返せません。その間に、大岩砦はわれらのものになりまする」

「確かに、われらとしては拠点が一つ欲しいところだ」

勝家は言った。勝家自身も早い段階で決着をつけたいという気持ちは秀吉と同じであった。いや、秀吉以上であった。なぜならば、まだ余裕はあるものの、これから夏になり、秋になり、そして冬の訪れを聞く頃には、必ず兵を越前福井《ふくい》まで帰さなければならないからである。そうしなければ、雪で帰り道が閉ざされ、補給も閉ざされ、三万の大軍はこの近江の山の中で枯死することになる。それを防ぐためには、一刻も早く戦わねばならぬ、野戦で決着をつけねばならぬ。そして野戦で決着をつけるならば、やはり砦は一つでも多くあったほうが有利なのである。

「わかった、五千の兵を預ける。直ちに大岩砦を攻め落とせ。よいか、敵に余裕を与えてはならぬぞ」

盛政は頷いた。

「大岩砦の守将は中川清秀とか聞いております。あの男ならものの数でもない。まあ二刻（四時間）くだされ。二刻もあれば必ずや落として見せまする」

「ほお、高言《こうげん》を吐くのう。では二刻以上かかったら何とする」

「それは殿の仰せのままに、いかなる罰も受けまする」

「では逆に二刻で落としたら褒美をやろう」

「かたじけのうござる。して、褒美とはなんでござる」

「さあ、それは今考えているところよ」

勝家はそのとき、この戦いで功を上げた者を後妻として入った信長の妹お市の方が連れて来た三人の娘、茶々、初、江の婿にしようかと考えていた。

だがこの段階でそれを口にするのはまだ早い。

しかし、信長の姪でもあり、江北《こうほく》随一の美人と讃《たた》えられたお市の方の美貌を受け継ぐ三人の娘の婿になれるとあれば、若侍たちは奮《ふる》い立つであろう。しかも、今や勝家はこの三人の娘の義理の父なのだから、その娘を妻に迎えることは、柴田家の跡継ぎとしての芽も出てくることになる。勝家には男子はいない。だからこそ甥の盛政を重用し、かわいがっているのである。

（長女の茶々は秀吉の首を挙げた者に与えることにするか。それが一番公平なやり方かもしれん）

まだ戦いは始まったばかりである。だから盛政が大岩砦を落としたとしても、あまり大きな褒美を与えすぎては後が困る。だからこそ勝家はその内容については口を濁したが、場合によっては、自分の愛刀や槍を与えてもかまわないと思っていた。

「それでは参りまする」

盛政は本当にその日のうちに、しかも二刻足らずで大岩砦を落とし、その守将中川清秀の首を挙げた。勝家軍にとってはこれ以上ないと思えるほどの幸先のよい出来事であった。

だがこの勝利こそ、実は秀吉の仕掛けた謀略に足を踏み込む第一歩だったのである。

4

四月に入って、母と妻、そして娘を殺され怒りに燃えた織田信孝と一度伊勢長島に追い込まれるかたちとなった滝川一益が、再び挙兵して岐阜城で合流しようとした。秀吉が一旦、長浜城まで下がったので、それを隙と見た二人は、示し合わせて挙兵したのである。

だが、その動きは全部秀吉に筒抜けであった。

秀吉は、当面の大敵である柴田勝家の布陣する賤ヶ岳方面には向かおうとはせず、軍を東進させて岐阜城に向かう姿勢をとった。だが、たまたま雨季と重なり、秀吉自身も予期しないことであったが、長良川の氾濫によって岐阜城への進路がふさがれ、やむを得ず大垣城へ入った。その知らせは直ちに勝家のもとにもたらされた。

「殿、天運我にあり、でございますな」

佐久間盛政は言った。

勝家も頷いた。

「あのような非道が許されるはずがない。天も秀吉の所業に怒っておるのだ」

佐久間盛政はかねてから総大将の勝家に、秀吉の本軍が長浜城に退いたこの機会に中川清秀を攻め、大岩山の砦を落とすべきだと進言していた。だが勝家は意外に慎重な男であった。

確かに、この北近江に兵の籠もれる拠点は喉から手が出るほど欲しい。だが秀吉が一旦長浜に退いたのには、ひょっとしたら何かとんでもない罠があるかもしれない。長年秀吉の作戦を脇から見ていた勝家はそう考えたのである。だから、慎重の上にも慎重に秀吉の行動を見ていた。

しかし秀吉は、長浜に退いた後はなかなか北上しようとせず、今度はまた信孝と一益を討とうとしている。

（ひょっとして、わしを恐れているのかもしれんな）

めったにうぬぼれることはない勝家だが、このときばかりはそう思った。

必要以上に秀吉は勝家の軍を避けているように見えるのである。しかも今、誰にとっても予期できなかった洪水が起こって、秀吉は大垣城に封じ込められているという。ならば今こそ兵を挙げる好機ではないか。

まずは大岩山を落とし、軍勢がこの地に駐屯できる態勢をとり、それを足がかりに岐阜城の信孝や一益と連携を保って秀吉包囲網を作る。そのためには、秀吉が信孝や一益を倒さぬうちに兵を挙げるのが得策である。そう判断した勝家は、ついに盛政の進言に乗った。

「許す。その方に先陣を命じるゆえ、一刻も早く大岩山を落とせ」

「かしこまってござる」

盛政は待ちかねたように飛び出して行った。

後に残った勝家は、後詰めのことを考えなければいけなかった。

本軍である勝家軍は、この柳ヶ瀬の本陣を動けない。あたりすべてに目を配る必要があるからである。だとしたら、突出した形になる大岩山の盛政軍を背後から支え、盛政軍と本軍の連携が断たれぬようにする役目の武将が必要であった。

(又左衛門がよいか)

勝家はそう決した。

前田又左衛門利家は、守りに強い武将である。攻めのほうもかつて信長に日本無双の槍と激賞されたほどの能力を持っているが、最近は上杉軍を相手にその進路を阻んだり牽制したりする役目が多かったので、守りの戦も非常に上手くなってきている。何より頼りになるのは、利家の隊が鉄砲上手の足軽を大勢揃《そろ》えていることであった。

大雨でも降れば問題だが、そうでもない限り、鉄砲隊を周辺を見下ろす山の上に配置しておくということは、敵に対して絶大な抑止力になる。もし万一、盛政軍が敗れて退却するようなことになっても、それを利家隊なら完全に擁護《ようご》できる。

勝ったり負けたりは戦場《いくさば》の慣いであって、その時々に大きな痛手さえ被《こうむ》らなければ、必ず巻き返す機会がめぐってくることを、勝家は長年の戦場往来でいやと言うほど知っていた。だからここでは、信頼ができ、なおかつ優秀な武将を盛政の後詰めにつけるべきだと思ったのである。それは家中見渡すところ利家しかいなかった。ある者は武勇には長けていたが、こうした守りの戦での辛抱が足りない。ちょうど盛政のように突出することを好む武将たちである。またある者は、大将の命令をよく聞きそれに背《そむ》くことはないが、その分武勇に欠けていた。帯に短し襷《たすき》に長しというのはこのことだと、勝家は何度か苦笑したことがある。

数万を数える柴田軍といえども、本当に修羅場を任せられるのは片手で数えるほどしかいない。その数少ないうちの二人が佐久間盛政と前田利家であった。

盛政軍の速攻は見事だった。

けっして大岩山砦は油断していたわけではない。なにしろ本軍が退いて守りが手薄になった状態だから、ひょっとして勝家軍の奇襲があるかもしれないと用心に用心を重ねていた。その警戒厳重な頑強無比の砦を、盛政は正面と側面から兵を操《あやつ》り、巧《たく》みな攻撃でわずか二刻ばかりの間に落とした。

城攻めというのも一種の才能で、下手《へた》な者にはいくら兵を与えても損耗するだけで埒《らち》が明かない。だが盛政はそのコツを知っていた。敵が集中的に守れないように、何箇所かに分けて攻撃するのである。逆に野戦の場合は兵力を分散することはかえって敗北の危機に繋がるのであるが、城攻めの場合はとにかく一箇所だけでも突破して誰かが中に入れば、内側から門を開けさせることができる。それをいかにして早く上手く成しうるか、そこに城攻めの鍵があった。

逆に言えば、守将中川清秀は不幸であった。

三千の手勢はこのそれほど大きくない砦を守るには充分の人数であり、常識的に言えばその倍の人数の猛攻にも耐えられるはずだった。だが、将としての力量の差はいかんともしがたく、清秀は武者としては盛政に到底及ばなかった。

盛政は、大将の身でありながらわざわざ敵陣に躍《おど》りこみ、名乗りを上げて清秀と槍を合わせた。そして自らの手で倒し組み伏せ首を挙げると、それを全軍に示し勝鬨《かちどき》をあげた。

その首が使者によって届けられたのは、それからさらに半刻後のことである。

勝家は総大将として床几にどっかと腰を下ろしていた。そして、この戦いにおける初めての大将首である中川清秀の首をじっくりと検分した。

清秀は無念の形相を浮かべていた。

「でかしたぞ、盛政は如何《いかが》しておる」

勝家は使者に問うた。

「はい、手傷ひとつなく意気軒昂《けんこう》で、このまま一気に秀吉の首を取らんと盛んに吼えておられます」

使者は誇らしげに言った。

勝家も笑みを浮かべて、

「さもあろう。だが今は大岩山砦の修復に心を砕け、と伝えよ。攻める者の目で見れば砦の弱みがよくわかるはず。そこを油断せず直しておけと伝えるのだ」

「かしこまってございます」

使者は意気揚々と引き揚げた。

大岩山砦陥落《かんらく》、中川清秀戦死の知らせはその日のうちに大垣城の秀吉のもとにも届いた。

秀吉は、使者の口上に対してはらはらと落涙し、天に向かって清秀の死を惜しむ言葉を叫んだ。

だが、無表情でそれを見ていた三成は、それが芝居であることに気がついていた。

正直言って、三成はこれまで秀吉がそうした行為をするのを感動の目をもって見ていたのである。なんと家来思いの殿か、ということだ。だが次第次第にそれは秀吉の表の顔であって、裏には別の顔があることに気がついた。もっともそれは、秀吉が三成にだけはその裏の顔を隠さなかったからでもある。

「喉が渇いたな」

秀吉は言った。

「かしこまりました。茶をたてましょう」

秀吉が喉が渇いたと言うのは、それは表向きは茶が飲みたいということではあるが、その裏の意味は密談がしたいということであった。

秀吉ほど偉くなると、一人であちこちを歩き回るというわけにはいかない。必ずどこへ行っても側近の者が二、三はついてくる。そういう者たちを排除して密談するには茶室が一番よかった。一旦、茶室の中に入ってしまえば、外での身分は関係なく主と客の二人きりになれる。上座と下座の列も特にあるわけではなく、それぞれ言いたいことが言えるというのが、茶室の利点であった。秀吉が茶を好んだのは、こういう利点があるからでもあった。そしてそれは秀吉自身、師でもある信長に学んだことだった。今秀吉はそれを自分の弟子の三成に伝えようとしているのである。

「中川様、討ち死になされましたな」

三成も最近は秀吉の薫陶《くんとう》を受け、茶人としてもなかなかの腕前である。今回は主として、客である秀吉に茶を出すかたちとなった。

「しかたがないの、まあこれも軍略じゃ」

秀吉は言った。

先ほど惜しい者を亡くしたと涙ながらに使者の手まで握っていた秀吉である。だが、今その瞳にあるのは、冷たい計算の色だけであった。

「わしが何を考えているかわかるか」

一服し終わると、秀吉はにやりと笑って言った。

三成は答えた。

「直ちに兵を出し、大岩山砦の佐久間めを襲う。これでございましょうな」

三成はすらすらと答えた。

「で、いつ盛政めを討つ。これから出るなら明日の朝か」

秀吉は茶室の明かり取りの窓を見た。

大岩山砦は午前中に落ちたので、まだ時刻は昼過ぎである。

「いえ、夕方までには軍を戻し、日のあるうちに攻め寄せるべきでございましょう」

「そんなことができるか」

「これは殿の言葉とも思えません。つい先年、本能寺の変報を聞かれた殿は、百里の道を一気に駆け抜け、明智光秀を討たれたではございませんか。あれは今や中国大返しということで庶民の語り草にさえなっております。この度《たび》は大返しならぬ小返し、殿にとっては造作もないこと」

「大岩山はここから何里ある」

秀吉は尋ねた。

「十三里と三町（約五十二キロメートル）でございます」

三成は即答した。

もちろん、それは地形については充分調べがついているという意味を含んでいる。

「わかった。ではそちに差配を任せるゆえ、直ちに行軍を開始せよ」

秀吉は命じた。

三成はもう手配りをすべて終えていた。

騎馬武者はあまり問題がない。馬に乗って移動できるからだ。問題は、軍勢の八割を占める足軽隊・鉄砲隊をいかに速く移動させるかということである。

そこで三成は、中国大返しのときの経験を生かし、鉄砲や槍、鎧《よろい》などの武具は大きな大八車に載せ、それを余力のある足軽たちに引かせた。力に乏しい足軽どもには軽装なのだからただ息の続く限り走れと命じた。もちろん街道には、ほぼ半里ごとに村の民による水と握り飯を供給する接待所を設けさせた。

三成はこの辺りの出身で、秀吉もかつては長浜の城主であった。その時代にずいぶん善政を敷いている。こうしたことも他の大名は住民に命令して一切《いっさい》銭など払わないが、秀吉や三成は向こうが驚くほど褒美を出すのである。それもあって街道には秀吉軍を応援する民衆たちが集まり、引きも切らなかった。

彼らは秀吉軍の足軽たちを激励し、次々に応援の言葉をかけた。

そうした民衆からの応援を受ける軍勢というのも織田家ならではのもので、信長の時代から、織田軍は住民から物を徴発しても必ず金を払うからである。分捕るだけの他の大名とはそこが違った。また楽市楽座《らくいちらくざ》の政策もあり、関所の撤廃という庶民が楽になる政策を実行していた信長政権は、行く先々で旧来の政権を滅ぼして信長政権に替わってほしいという人々に歓迎された。その信長政権を継ぐと庶民たちが期待している人間は、信長の実子である織田信孝でもなければその凡庸《ぼんよう》な兄である信雄でもなかった。秀吉だったのである。三成は沿道に集まった秀吉軍を応援する人々の声を聞き確信した。

（この戦い、必ず勝つ）

結局、秀吉軍は大垣から大岩山砦までのほぼ十三里三町の道のりをわずか二刻半（五時間）で駆け抜けた。

これは驚異的な速さであった。驚異的ということは、当然、相手はそれほど早く敵が来るとは思っていないということである。だが秀吉軍の出現を聞いたときも、大岩山砦の一旦焼け落ちながら再び築かれた仮屋の中で、今や守将となった佐久間盛政はけっして慌ててはいなかった。

「なに、もはや着いたか。さすが足軽出の秀吉よ、足だけは速いの」

盛政は、むしろあざ笑っていた。

「じゃが数刻の間走りづめであったはず。兵たちもさぞかし疲れておろう。では早速、その兵士らの休む間もなく攻め寄せるとするか」

盛政は余裕綽々《しゃくしゃく》であった。

その盛政がやや慌てたのは、一度この戦場から離脱したと見えた丹羽五郎左衛門長秀の軍勢が、秀吉とは別の方向から大岩山砦に迫ってきたのを知ったときである。

だがそれでも、盛政はこの戦いを勝てると踏んでいた。何よりも盛政軍は大岩山砦を占拠し、そしてその背後には勝家の本軍が控えているのである。

ここで一旦出陣して敵を討ち、敵が追撃して来れば大岩山砦に駆け込み、堅く守ることによって時間を稼ぐ。そしてその背後から勝家本軍が攻め寄せれば、秀吉軍がいかに強いといっても壊滅状態になるだろう。そのことは総大将の勝家からも言い含められていたし、盛政もその作戦通り動くつもりでいた。

盛政は決められた通りの手順で、まず秀吉の軍勢に小当たりに当たると、損害が出ないうちに一旦大岩山砦に戻った。

だが突然、異様な叫び声が大岩山砦の背後から聞こえてきた。それは突撃を命じる声でもなければ、奇襲を受けた軍勢が慌てふためく叫びでもない。ただ何か不可解なことが起こったことを示す不思議な雄叫《おたけ》びであった。

「如何した、様子を見てまいれ」

盛政は腹心の者に命じた。

馬を飛ばしたその武者は、しばらくしてから引き返してきた。その顔は蒼白で引きつっている。ただならぬ様子を見た盛政は問うた。

「いったいどうしたのだ」

「はっ、それが……」

武者は馬から降りると地面に膝をつき一礼したが、報告すべきことはその口から容易に出てこなかった。

「ええいっ、早く申せ、何が起こったのだ」

「前田又左衛門様が……」

「何、又左がどうした」

「兵をまとめて、この場を引き揚げられてございます」

「なにっ」

盛政の顔も今度は蒼白になった。

後詰めを務める前田利家軍が、何もせずに戦線を離脱しているという。

それでは大岩山砦は背後からも攻撃を受けることになり、勝家本軍が出てくるまで時間を稼ぐという本来の目的が果たせなくなる。何よりも、本来本軍である勝家軍と連携すれば無類の力を発揮する盛政軍が、その連絡橋となる前田軍の離脱によって完全に敵中に孤立してしまったのである。

盛政の顔を蒼白にさせていたのは、そのことにより全軍が崩れる危険があるということだった。

敗北の予感である。

5

佐久間盛政の予感は当たった。

本軍である柴田勝家軍と最前線の佐久間盛政軍をつなぐ役割をしていた前田利家の軍勢が一斉に戦線を離脱してしまったため、盛政軍は敵中に取り残されるかたちになった。いかに大岩山の砦があるとはいえ、腹背に敵を受けては防ぎようがない。状況を打破する一つの方法として、本軍である勝家軍が一《いち》か八《ばち》か戦場になだれ込むという手はあった。

本来なら、利家軍がいるからそんな博打《ばくち》をする必要はないのだが、この状況では放っておいては各個撃破されてしまう。その焦りもあって勝家軍は、利家の軍勢が戦場に大きくあけた穴を埋めようと、一挙に前進を始めた。

ところが秀吉は、それを読んでいた。

勝家軍の横腹に当たる部分に伏兵を置き、その前進に合わせて素早く左右から騎馬武者を突っ込ませた。それによって勝家軍は、横腹を突かれた上に分断され、大混乱に陥った。

戦というものは混乱したら負けである。もともとどんな勇将でも万一負けたら自分が首を取られるという恐れのもとに戦っている。一言で言えば誰もが怖いのである。恐れを知らない者などいない。ただ、場数を踏めばその恐怖を意思の力で封じ込めることができるし、それを容易になせる者が一軍の将となる。

勝家にはその経験は充分だった。盛政もそうだった。しかしながら、部下の兵士たちは違う。巧みな秀吉軍の戦術の前に、勝家の本軍も盛政の最前線の部隊も一気に崩れた。こうなるともはや何千何万いようと頼りにならない。それは敵から見ればものの数ではないということだ。

盛政はやむを得ず退こうとした。

どうしても勝利が見えない時、残された最後の手は逃げることである。逃げて怪我もせず命も永らえれば再起を図ることができる。しかしこの状況ではそれも難しかった。

勝家の本軍はまだいい。しかしながら盛政は敵中に孤立してしまったのである。この状況から北へ向かって脱出し、本拠の越前国北ノ庄を目指すということは絶望的であった。盛政の脳裏に一瞬、討ち死にという言葉が浮かんだ。

どうしても敵に捕らえられたくなければ、しゃにむに敵に突っ込んでいく手がある。いかに大人数が殺到しようと断じて抵抗を止《や》めなければ、敵も手に余って退く。その隙に自害をするという手がある。

だが盛政は、どうしても自害する気になれなかった。

それは未練というものであったかもしれない。しかし何とかこの場を逃れて、秀吉に一矢報いたいという思いが盛政に自害を思いとどまらせた。そのため盛政は、秀吉軍に生け捕られるという結果に終わってしまった。

佐久間盛政生け捕りの知らせは直ちに本陣の秀吉に届けられた。

秀吉は思わず顔をほころばせて言った。

「まことか」

「はい、確かに間違いございません」

使番の武者は膝をついて一礼して言った。

盛政を捕まえた武将もまさかと思い、替え玉ではないかとしっかり面体《めんてい》をあらためたのである。敵の将ならいざ知らず、ついこの間までは友軍だった相手である。味方の中にも盛政の顔を見知っている者が大勢いた。それで間違いなく生け捕ったということがわかったのである。

使番の説明を聞き、秀吉は何度も頷いた。

「それはよい、それはよい。よいか、決して自害をさせてはならぬぞ。厳しく縛《いまし》めておけ。あやつのことだ、まあこうなった以上じたばたはすまいが、念のためだ」

「はっ、かしこまりました」

使番は去った。

床几にどっかと腰を下ろしている秀吉の周りには、ほとんど人がいなかった。敵軍の追討のために、秀吉は身近な馬廻りの者たちもすべて向かわせたのである。ただ、懐刀ともいうべき石田三成だけは近習たちと一緒に残していた。その三成がすぐに耳元で囁いた。

「殿、どうされるおつもりで」

もちろん盛政のことである。

秀吉はにやりと笑って、

「あの者、わしの家来にできんかのう」

と呟いた。

三成は首を振って、

「それは無理でございましょう。盛政といえば柴田勝家の甥にして、実子よりもかわいがられているというほどの男でございます。ここで殿に尻尾《しっぽ》を振れば男が廃《すた》りましょう」

「ならば、なぜやつは自害せなんだ」

秀吉は言った。

「それは……」

三成は言いかけて口をつぐんだ。

「どうした、はばからず申してみよ」

「では申し上げますが、それは隙を見て殿のお命を縮めまいらせるためでございましょう」

「その通りだろうな。だがそういう男を虎から猫に、いや、猫では困るな、戦場で首を取ってもらわねばならぬからな。そうか、敵をねずみと考えればよいのか」

「殿、冗談を言っている場合ではございませんぞ」

「そうだ、そんな場合ではない」

秀吉は真顔で言った。

「じゃが考えてもみよ、これからわしはいくつもの戦をし、何人もの敵を生け捕るであろう。その敵をすべて首を斬るのと家来にするのと、損得勘定でいえばどちらがよいかな」

「それは、昨日の敵が今日の家臣になればいうことはございませぬが、そもそも殿に逆らったからこそ敵なのではございませぬか」

「まあそうだが、それを何とかするのがお前の知恵だ」

秀吉は言った。

「まあ考えてみることだ。ところで、わしは出かける」

秀吉が立ち上がったので、三成は驚いた。

「殿、いったいどちらへ」

追撃戦はもう始まっているとはいえ、戦場はまだ危険であった。大敗したと見せかけて勝家軍の精鋭が秀吉を待ち伏せているなどということは大いに考えられる。そういう意味で秀吉が迂闊《うかつ》に本陣を出るのは危険であった。

「かまわぬ、すぐに行かねばならぬところがあるのだ」

「いったいどこでございます」

秀吉は近習たちに馬を引かせると、すぐに馬上の人となった。

「又左のところよ」

秀吉はそう言って一鞭《むち》くれた。

三成は呆気に取られてそれを見送った。今更、前田又左衛門のところに何の用事があるというのか。

6

勝家はほんの僅かの馬廻りの者たちと一緒に、戦線を離脱せざるを得なかった。乾坤一擲《けんこんいってき》の突撃はあっという間に秀吉に分断され軍団は総崩れとなった。

（サルめ、あれほどの手並みとは）

勝家はこれまで正面切って秀吉と戦ったことはなかった。もとは信長の同じ家臣であったからだ。清洲会議以後の対立でも本格的に干戈《かんか》を交えたのはこれが初めてである。

勝家は、正直言って謀略の才は秀吉に劣ると思っていた。それは信長存命中に秀吉が何度も見せた手並みによってである。だが、正面切っての戦ならば、決して負けはせぬという自負もあった。

しかし、その自信も無残に打ち砕かれ意気消沈していた。

幸い馬が元気だったので敵の追撃を振り切ることはできたが、朝から飲まず食わずの奮闘に勝家の根気はつきかけていた。もっとも、このままおめおめと自害する気などは毛頭ない。まだ北ノ庄には上杉軍の猛攻にも耐え抜いた居城がある。そこへ逃げ込んで再起を図れば、戦局は好転するかもしれない。

それに、その城にはまだ結婚したばかりの信長の妹のお市の方と連れ子の三人の娘がいるのである。まだ結婚して一年しか日が過ぎていなかったが、勝家は妻と義理の娘たちをこの上もなく愛しいものに思っていた。

一行が越前に入ったとき、そこまで勝家を守ってきた武者の一人が囁いた。

「殿、このまま向かえば府中でござる。道を変えたほうがよろしゅうはございませぬか」

「なぜだ、回り道などする余裕があるのか」

「しかしこの先は、前田の居城でござるぞ」

その家来は血相を変えて言った。

これは当然の用心であった。

前田利家は戦線離脱というかたちで勝家軍を敗軍に導いたのである。ただ、積極的に勝家に襲い掛かってきたわけではない。ではこれから先安心できるかというと、決してそうでもない。そういうかたちで裏切りをした人間はより有利な条件で相手陣営に迎えられるために、この先血気にはやって襲ってくる恐れがあったからである。

そういう意味では常識的な判断として、前田利家のいる府中城は避けて、回り道をして北ノ庄へ向かうのが最善であるといえた。

だが、勝家は首を振った。

「案ずるな、あの男はこうなったからといってわしの首を狙うような男ではない」

「殿、お忘れか、かの者の裏切りで我々はこのような仕儀に陥ったのでござるぞ」

「やむにやまれぬ義理があったのであろう。わしは府中へ行く。城でしばらく休むためにな。お前たちは怖いならついてこなくてもよいぞ」

勝家はそう言って馬に一鞭くれて走り去った。

家来たちは慌《あわ》てて後を追った。怖いのかなどと言われては、主君と別行動を取るわけにはいかない。しかし本当に大丈夫なのか、それは家臣の誰もが思ったことであった。

府中城は堅く城門を閉ざしていた。

だが、勝家が金覆輪《きんぷくりん》の鞍を置いた見事な駿馬《しゅんめ》で門前に現われると、その門は静々と内に向かって開いた。そして中から鎧を脱ぎ捨てた平装の武士が出てきた。前田又左衛門利家その人であった。

利家は平装の上に腰には扇子《せんす》を差しているのみであった。これは降伏の印である。

勝家は馬上から利家を見た。

利家は無言であった。

勝家は黙って馬を下りると、鎧姿のまま利家に歩み寄った。

「腹が減った。湯漬けをふるもうてくれ。それとしばらく休みたいのだが」

「どうぞこちらへ」

利家が先に立った。

「殿はなんとご放胆な」

家来たちは呆れて勝家に従った。いかに利家自身は丸腰だとはいえ、城の中に入ってしまえば袋のねずみとなるのである。

だが勝家は、もはや自分の首の心配はしていなかった。

北《きた》ノ庄《しょう》落城

1

勝家が府中城の中に入っても城門は閉じられなかった。

はらはらして見ていた家来たちは、そこで安堵のため息をついた。もし利家が勝家を殺す気ならば、まず勝家が城に入ったところで城門を閉ざし袋のねずみとし、家来たちとの連携を断つはずだからである。

だが、そんな気配はなかった。勝家が玄関に向かっていくと、そこには利家夫人の松《まつ》がいた。笑みを浮かべている。

「ようこそお越しくだされました」

松は言った。

勝家は、腰の太刀《たち》を鞘ごと抜くと松に差し出した。

松はちょっと驚きの表情を浮かべたが、すぐに笑みでそれを消し、着物の裾《すそ》で巻くようにして受け取った。これはその太刀を大切な物と考えているしるしである。

「腹が減った。湯漬けをふるもうてくだされ」

「はい、どうぞお上がりくださいませ」

「門外の家来どもにも何かないかのう。湯漬けでも握り飯でも何でもよいが」

「握り飯がございます。早速お振る舞いいたしましょう」

松は側にいた女中たちに指図した。

勝家が城内に上がってみると、男どもの姿はまったく見えなかった。城の中で男が一人もいないなどということはありえないから、これは利家が意識して遠ざけたのであろう。利家は先に立ち、勝家に上座を勧めた。ここは普段、城主がくつろぐ座敷である。

勝家はどっかりと腰を下ろすと、

「又左、負けたわ」

と、ひとこと言った。

利家は唇を嚙み締めていた。なんと答えてよいものか。負けたのは自分のせいであることは明白であった。本来ならば勝家がそれをなじって、一刀のもとに利家を斬り捨てても文句を言えないところである。それでも利家は、心配する家来たちを遠ざけ、妻と女中たちだけで勝家を迎え入れることを決めていた。斬られるなら斬られてもよいとまで思っていた。

そして勝家は、湯漬けが運ばれてくると、喜んでそれを食べ、二杯お代わりをして都合三杯食べると、脇に控えている利家夫妻に向かって言った。

「この馳走のお礼に、まあをここへ送り返すといたそう」

勝家の言葉に利家夫妻は驚きを隠せなかった。

まあというのは、二人の間に生まれた三女で、目に入れても痛くないほどかわいがっている娘であったが、人質として勝家のもとに差し出していたのである。そしていずれ、柴田家家中の者と夫婦になる約束がなされていた。その人質を、勝家は利家の「裏切り」の報復に殺してもよいところなのに、なんと湯漬けの礼に返すというのである。

「まことにかたじけなきことでございます」

利家はその場で、畳に額をこすりつけるようにして平伏した。

松も慌ててそれにならった。

涙が利家の頰を伝った。勝家を裏切ったことに対する後悔の念から逃れることはできなかった。

（こういう誠実なお方なのだ、柴田勝家というお人は）

勝家は用件だけ言うとさっさと立ち上がり、出て行こうとした。

夫妻は慌てて後を追い、松は玄関のところで先ほど預かった勝家の太刀を差し出した。勝家はそれを受け取ると、松に向かって、

「今後は秀吉めを頼るがよい。わしと違ってあの男は、謀《はかりごと》も戦も運も強いようだ」

それが別れの言葉だった。

勝家は開け放たれた門をくぐると、待たせておいた家来と合流し、馬に乗って走り去った。

その後ろ姿を利家夫妻は何か信じられないものを見るように見ていた。

「まあを返してくださるとはな」

「はい、なんとお人のよいお方でございましょう」

人のよいという言葉に反応して、利家が松を睨むようにして言った。

「それは皮肉か」

「いいえ」

松はそう言いながら涙をこぼし、

「まことにそう思ったのでございます。されど、それがゆえに」

と、そこで口ごもった。

「それがゆえに何だ」

利家の追及に松はしばらくためらっていたが、思い切って夫の目を見据えて言った。

「あのお人のよさでは、天下はお取りになれません」

利家は、その言葉の迫力に一瞬気圧《けお》されながらも頷いた。

「その通りだな」

もはや勝家に明日という日がないのは、誰の目から見ても明白だった。

確かに北ノ庄という城は無傷で手元に残されてはいるのだが、賤ケ岳の戦いで敗れた上に、その裏切りの張本人である利家を斬るでもなく、その人質を殺すでもなく、逆に返すという心の優しさ、それは同時に甘さでもあるのだが、そういう勝家には、同情の涙を流すことはあっても、後を付いていくことはない。利家もそれだけははっきりと心に決めていた。

2

府中城の利家夫妻が勝家を送り出した日の夕方、また一人、客が府中城を訪ねてきた。利家は遠目にその客の兜を見て、勝家の来訪以上の驚きを覚えた。

それは長年見慣れた織田家筆頭大将でもあり、親しき友でもある羽柴筑前守秀吉の兜であった。

最初は誰か他人がその兜をかぶり偽装しているのかと思ったが、乗っている馬も見慣れたものである。つまり、秀吉その人が供の者も連れずにたった一騎で府中城にやって来たのである。

利家は再び、勝家が来たときと同じように男どもはすべて奥の方に下がらせ、自分は勝家を迎えたときと同じ、腰に白扇を差しただけの姿で迎えようとした。だが、その手配も間に合わぬうちに、秀吉は府中城の門前にやって来た。

門はまだ閉じられている。

秀吉はその前でかつかつと馬を輪乗りにすると、織田家中では誰知らぬ者はない飛び切りの大声で城内に向かって叫んだ。

「又左、又左はおるか。古き竹馬の友の藤吉郎が参った。開門、開門」

利家は降伏姿の準備をする間もなく、とにかく脇差は腰に差したまま、門番を督促し、扉を開かせた。

秀吉は利家の姿を認めると、

「おお、又左か、堅固でなにより」

と言って、馬を降り、兜は脱いで左手に抱えたままつかつかと歩み寄ってきた。

（なんとまた放胆な）

利家は舌を巻いた。

大将が城に一騎で近づくほど危険なことはない。言うまでもなく弓矢や鉄砲で狙われるからである。しかも、城門が開けば中から討手が出てくる危険もある。だが秀吉には、そんなことは絶対にありえないとの確信があるようだった。こぼれんばかりの笑みを浮かべて、利家のほうに歩み寄ったのである。

「久しぶりじゃのう。戦で手傷は負わなんだか」

これが他の人間の台詞《せりふ》だったら、利家は自分が戦わずして兵を退いたことに対する皮肉と受け取ったかもしれない。だが秀吉の目は、本当に友の健康を気遣っている目であった。それがこの男の計り知れない魅力なのだ。利家は頷いた。

「大事ござらん。堅固でござる。筑前守様は如何《いかが》か」

「これこれ、筑前守様などと堅苦しいことは止《や》めにせい。まあ秀吉と呼び捨てにするわけにはいかぬだろうから、筑前とでも呼んでくれ、それでよい」

「では筑前殿、いったい何をしに参られた」

その時になってやっと、台所で水仕事をしていた松が慌てて駆けつけて来た。

「おお、奥方殿か、久しぶりじゃのう。相変わらず美しくて、わしの目には何よりの馳走じゃ」

屈託のない言い方に、松はつい笑みをもらし、

「ありがとうございます。今でもそう言っていただけるのは、筑前守様だけでございます」

「これこれ、様はよい、様はよい。筑前でよいぞ。ところで奥方殿、一つ頼みがあるのだが」

「はい、何でございましょう」

「朝から戦場を駆け回って何も食うてはおらぬ。湯漬けをふるもうてくだされ」

「まあ湯漬けでございますか」

松は思わず笑った。

「ほほう、何かおかしなことを申しましたかな」

秀吉は会話をつないだ。利家が、

「いえ、たいしたことでは」

とごまかそうとすると秀吉は、今度は意味ありげな笑いを浮かべ、

「先刻、別の大将もそれを所望されたようじゃな」

と言った。利家は内心驚いた。秀吉はなぜそのことを知っているのか。

（そうか、おそらくはこの辺りに諜者《ちょうじゃ》を貼り付けておいたのだな。それにしても油断のならぬお人だ）

「かの大将は三杯召し上がられましたが、筑前殿は如何なされます」

松はさらりとその会話を受けた。秀吉は真面目だが融通のきかない利家に対して、松のそういうところが気に入っている。

「ほほう、では拙者は四杯、いや四では縁起が悪いから五杯いただきましょうかな。さあ、案内してくだされ」

秀吉は本当に五杯、湯漬けを平らげた。そして満腹になった腹を叩きながら笑顔を絶やさず、

「いやあ、さすが松殿の作った湯漬けは美味《うま》いのう。わしの女房とは大違いだで」

「まあ、おね殿に言いつけますよ」

「いや、それは困る。わしは敵の大将などは恐ろしくはないが、あの女房殿だけはちと苦手での。まあとにかく、これで戦も終わる。めでたい限りじゃの」

脇に控えていた利家は、はっとした。

秀吉の来訪の目的を測りかねていたのである。

「わしは明日にでも五万の大軍で北ノ庄に向かう。じゃがこの辺りは柴田の残党が多いゆえ何かと物騒。又左殿にはこの辺りの後詰めをお願いしたい」

「はい」

利家は即答した。

それは、直接攻め手に加わって、北ノ庄城の勝家を攻めるのは、やりにくいだろうという秀吉の配慮だった。

「人質のことならご懸念なきように」

だが利家は言った。そういう攻め方に利家が加われば真っ先に人質は殺される。それは当世の常識である。さすがの秀吉も勝家が人質を返すと言ったことまでは摑んでいなかった。だから利家の負担を避けるために、後詰めに、と言ったのである。したがって秀吉は、利家の言葉を自分の娘を見殺しにしても秀吉に忠を尽くすという意味だと捉えた。

「いやいや、それには及ばん。まあ正直に申さば、又左殿の加担がなくても我々の力だけで充分に北ノ庄は落とせる」

「人質のことならご懸念なきようと申し上げたのは他でもございません。実は、あのまあが帰ってくることになったのでございます」

かつて岐阜城下では、秀吉の家と利家の家はほとんど隣同士で、双方の家族の行き来もあった。と言っても秀吉には子がいなかったが、子がいないがゆえに、利家の生まれたばかりの子や幼子をおねが預かることもあった。そういうこともあって、秀吉自身もまあとは面識があったのである。

「ほう、人質を返すとな。それはあの修理が言ったのか」

秀吉は意外そうな顔をした。

「はい。湯漬けの礼としてでござる」

利家がわざわざそう言ったのは、まあを返すことで何か密約をしたのではないかと秀吉に懸念されることを恐れてである。

「ほう、そうか」

秀吉はしばし何も言わず、じっと自分の考えをまとめていた。秀吉にしてはきわめて珍しいことである。

「人質を返すかのう。いや、わしなら返さぬな。おそらく腹立ち紛れに斬っておる」

それを言った途端、利家夫妻の顔が曇ったことに、秀吉は敏感に気がついた。秀吉は小者時代から周りの人間の表情を読むことに一番長けている。

「いやいや、これはすまぬことを言ったな。聞き流してくれ。じゃが、まあ殿が無傷で戻ってくるということは、当家にとってこれほどめでたい話はない」

「そこで拙者ひとつ願いごとがござる」

利家が言い出した。松は、はっとして夫をたしなめるような目をした。利家が何を言い出そうとしているのか、敏感に察したのである。そして秀吉にもそれはわかった。

「又左よ、それは言わぬがよい」

秀吉は言った。

「おぬしは勝家に恩を受けた。その恩を少しでも返したいというのは、わからぬでもないが、いまさら命を助けるといってもあの男は言うことをきかぬ。ならば、城を枕に討ち死にさせてやるのが武士としての本当の情けというもの。だから言わぬがよい」

秀吉は、最後の言葉は呟くように言った。

利家による勝家の助命嘆願を口にさせれば、そのことを拒絶しなければならないので双方角が立つ。だから秀吉は言わぬがよいと言ったのである。

秀吉は、勝家と同じように廊下を歩んで門外に出て行った。

その時になって松は初めて気がついた。

（この方はお刀をお預けにならなかった）

夫はそのことに気がついていないようであった。

秀吉がまた兜をかぶり、馬上の人となって走り去った後、利家は松に向かって、

「どうした」

と問うた。

利家は細かいことに気づくほど頭の回転は早くないが、松の心だけはすぐに読めるのである。松が何かに気づいたということだけは察することができるのである。それがこの夫婦の妙であった。

「修理様は私にお刀をお預けになりました。筑前様はお預けになりませんでした」

「そうか、そういえばそうだったな」

「やはり筑前様のほうがお勝ちになるはずでございます」

戦いに負けたからといってすべてを僧侶のように諦めてしまった勝家に比べ、秀吉は同じような気概を持ちながらも、用心するところは用心している。その違いが二人の器量の差であることに松はその時気がついた。

(やはり利家殿にはずっと羽柴様に付いていってもらおう)

松はそう決意した。

3

北ノ庄城内には重苦しい空気が立ち込めていた。

この城は巨城である。そもそも勝家がこの越前国を中心に北陸一帯のいわば方面軍司令官として任命された時、この城は築かれた。

信長は上杉に対抗する城だから大きくしてもよいと言った。それは、家臣が主君並みの城を作ることに対しては、一般に遠慮があるのが普通だったからである。勝家はかしこまって、それでも信長の安土城より一層低い四層五階建ての城の縄張り図を提出したのだが、信長はこれを突き返してきた。「四層は死相に通じ縁起が悪い。遠慮することはない、上杉という大敵に対しての備えなのだから五層六階建てにせよ」という指示があった。

勝家は恐縮してその通りに設計し直し、越前の要衝である北ノ庄を守るため、それまでの北陸の人間が見たこともない城を築き上げた。

そもそも城というのは、土塀《どべい》で囲まれた中に土で固められた土台を築き、その上に作られるのが普通であった。ところが信長は、有り余る経済力を使って堀を深く取り、城壁を漆喰《しっくい》塀としたばかりか、本体の城も石垣の上に建造するという工法を編《あ》み出した。石垣を築くことによって基礎部分が強化され、その上にそれまで不可能だった巨大な城を築くことができるようになったのである。信長はそうした城による敵に対する威嚇《いかく》効果、あるいは住民に対する権威を高める効果をよく知っていた。だから、事実上の北陸総督を任せた勝家にもその居城の建設を許したのである。

だが、肝心要《かなめ》の賤ヶ岳の決戦に敗れ、命からがら退却してきた勝家軍にとっては、この城の大きさは、かえってむなしさすら感じさせるものであった。居城というのは、それを支える多くの兵がいてこそ映《は》えるものである。

ところが今、その多くの兵はこの世を去った者もいれば、いち早く身の安全を図って逃げ出した者もいた。城に残ったのは、本当に忠実な者たちばかり。言葉を換えて言えば、勝家に殉《じゅん》じることを決意した者たちである。そのことは勝家にとってうれしいことであったが、また同時に、胸を衝かれるほど悲しいことでもあった。

自分が多くの、一緒に死んでもかまわないという家来たちに恵まれたことは武将としての幸福だが、その忠実な家来たちをむざむざと死なせなければならないということに、勝家は心の苦しみを覚えていた。

それと気がかりなことはもう一つあった。妻のお市の処遇である。

お市は言うまでもなく主君であった信長の妹だ。そして信長は秀吉にとっても主君であった。その主君の妹である彼女を、いくら今は敵の大将勝家の妻になっているからといって、秀吉はけっして粗略には扱わないはずである。そして、彼女には連れ子がいた。浅井長政との間に生まれた三人の姫、茶々、初、江、である。この三人の娘も主君信長の姪なのであるから秀吉は粗略に扱うまい。ならば、城が炎に囲まれぬうちにお市と三人の娘を脱出させ、秀吉軍の保護下に置くのが正しい道ではないのか、勝家はそう考えていた。

そして勝家は、最後の籠城戦のため、様々な手配りを終えると、お市ただ一人を呼んで天守閣に上がった。

天守は非常時の物見台で普段は誰もいない。暮れなずむ越前平野の先にある大海の中に、まさに日が没しようとしていた。これだけの高所からあたりを見回せる場所は他にない。

（この千金ともいえる景色もあと数日か）

勝家は、後をついて階段を上がってきたお市の方を振り返った。

「いやでございます」

お市が突然言った。勝家はまだ言葉を発していないのである。

勝家は驚いて尋ねた。

「何がいやじゃと申すのだ」

「知れたこと、親方様は私をあの羽柴筑前のもとに送りつけるつもりでございましょう。それがいやじゃと申し上げているのでございます」

「なるほど、流石にわが女房殿、察しがよい」

勝家はお市の心を和まそうとして冗談っぽく言った。

「わしが話そうとしていたのは、まさにそのことだ」

「だからいやじゃと申しております」

「わがままを申すでない。そなたには三人の娘もある。そなたは信長様のお妹君でもある。あの筑前とて粗略にはすまいよ」

「あの男、私はむしずが走るほど嫌いなのでございます」

「ほう、だがあの男はそなたを小谷城《おだに》から救ったのではなかったのか」

勝家は意外そうな顔をした。

お市の最初の夫、浅井長政は信長に反旗を翻《ひるがえ》し、その結果、最終的には小谷城に追い詰められ自刃して果てた。だがその時、長政が承諾したこともあり、お市と三人の娘は城外に出された。それを守護し信長のもとに無事送り届けたのが秀吉だということは、織田家中に知れ渡っていた。

「あの男は万福丸《まんぷくまる》殿を殺しました。それも串刺しというむごいやり方で」

お市は実に憎々しげに言った。

万福丸というのは、長政がお市以外の女性との間に儲《もう》けた嫡子であった。お市との間の子は三人とも女で跡継ぎがいない。そこで愛妻家の長政もやむを得ず別の女を寝所に召した。そしてその女が産んだのが嫡男万福丸なのである。だがその万福丸は、織田家の血を引いていないということもあり、探し出されて、串刺しという大名の嫡子を遇するにはあるまじき方法で処刑されていた。その処刑の指揮を執《と》ったのも秀吉だとお市は言うのだ。

「そうか、そうだったな。だがその万福丸殿とやらはそなたの子ではあるまい」

「それはそうでございますが、備前守《びぜんのかみ》様の跡継ぎでございました。大名の嫡子をそのようなむごいやり口で処刑するとは許せません」

「だがそれは……」

言いかけて勝家は口ごもった。秀吉が一存でそんなことをするはずがない。それを命じたのは信長であろう。

「わかっています」

お市は言った。

「兄の差し金です。筑前はそれを忠実に実行しただけかもしれません。しかし、それでも私は許せないのです」

「なるほど、さもあろうが、筑前のところに行くのは一時《いっとき》のこと、あとは長益《ながます》殿や別の親族に頼ればよいではないか」

と勝家は、織田家の親族筆頭で、茶人としても有名な長益の名を挙げた。

「あの人は頼りになりません。本能寺の戦の折、臆病風に吹かれてさっさと逃げ出した方でございますもの。あなた様とは比べものになりません」

「そう慕ってくれるのはうれしいが、ここにいれば死ぬしかないのだぞ」

「お市とて武士の妻、覚悟はございます」

「されど、備前守殿にも捧げなかった命ではないか。ましてやわしなどに」

勝家はそう言ってから、しまったと思った。お市が突然泣き出したのである。

「いや、これは悪いことを申したかな」

勝家はばつの悪そうな顔をした。勝家にしてみれば、最初の夫、長政にすら殉じなかったのだから自分ごときに殉じることはないと言うつもりだったのだが、それがどうもお市にとっては武士の妻らしからぬとののしられているように感じられたらしい。

「すまぬすまぬ、許せ。わしが悪かった」

「私はあなたの妻でございます」

顔を上げてお市は言った。

「ここで死なせていただきます」

「三人の娘はどうする」

「それはやむを得ませぬ。まだ道連れにするには若《わこ》うございます」

長女の茶々はまだ十五歳であった。

「では三人の姫を落とすのはよいのだな。そなたの決心は変わらぬか」

「お館様」

お市はなじるような目で勝家を見た。

「なんだ」

「お忘れではございませんか。あの筑前、いや、お猿殿にはいやな噂があることを」

勝家は思い出した。

（そういえばあの男、女に対してはとてもだらしないという話だ。それにお市には昔から惚れていたと言う者どももおる）

勝家はようやくわかった。お市は自分がただ武将の妻として死にたいだけではない。この城を出て秀吉の保護下に入った場合、その身が汚されることを恐れているのだと。

勝家はお市に歩み寄り、その肩を抱いた。

「わかった、もう何も言うな。この城を枕に討ち死にと決めよう。そなたとはいつまでも一緒じゃ」

「うれしい」

お市は目を閉じて勝家に身を任せた。

4

夜になった。

城の大広間には最後まで残った重臣たちが集められていた。各自の前には膳が置かれている。これから今生《こんじょう》の別れを告げる宴会が始まるのである。寄せ手の大将羽柴秀吉からも大量の酒肴《しゅこう》が贈られていた。勝家はそれを突き返しはしなかった。酒を振る舞われたのは重臣だけではなかった。大広間には入れなかったが、控えの間や溜まりや城内の庭にいる侍から足軽に至るまで、全員に酒は振る舞われた。秀吉からの酒肴以外にも城内の蓄《たくわ》えはあった。全部足せば、城内の者すべてが一合の酒を口にできるほどの量があったのである。裏を返せばそれは、もはや柴田軍には最盛期の数分の一の人間しかいないということでもあった。

ここに残っているのは、最後まで逃亡や投降することを潔《いさぎよ》しとせず、大将の勝家に殉じることを徹した者たちである。

「これだけの者が黄泉路《よみじ》の供についてくれる。わしも捨てたものではないな」

それがわずかな慰めだった。

傍《かたわ》らには三国きっての美貌と謳われたお市もいる。これだけの美しい女が自分の妻として死を共にしてくれるのである。それを思えば秀吉に負けたことも、これですべての地位と名誉を失うこともいささかでも慰められた。

お市には酒肴の一部が秀吉の贈り物であることは告げてはいなかった。そんなことを言えば口にしなくなるのはわかりきったことだからだ。

それにしても勝家には、どうしてもわからないことがある。

（いったいなぜこのようなことになってしまったのか）

まるで妖術を見るようであった。

秀吉は、織田家に随身した頃は足軽にすぎなかった。その頃、勝家はすでに家老格であったから、眼中にもなかった男だった。それがめきめき頭角を現わし、いつの間にか勝家と対等の口を利くようになったかと思うと、その地位を跳び越して織田家筆頭大将の地位に就《つ》いた。だが、それでもあくまで身分は信長の家臣である。信長は本能寺で死んだが、その跡継ぎである三男の信孝や、あるいは器量には欠けるものの次男の信雄がいた以上、秀吉はその地位を越えられないはずであった。

だが、いつの間にか三男信孝は切腹に追い込まれ、織田家はうつけ者の信雄が継ぐかたちとなっている。

こうなれば誰の目にも明らかだった。織田家の天下は秀吉に乗っ取られるということである。

明智光秀も考えてみれば同じようなことをしようとした。

確かに衝動的ではあったが、信長を殺したのは秀吉ではなく光秀であり、本来天下を乗っ取る可能性があるとしたらまずそちらであったはずだ。もちろん反逆者の汚名を着るという問題はある。だからこそ光秀は何も残さず没落したのだが、秀吉もそういう意味では同じことをしているではないか。にもかかわらず織田家に忠誠心を持っている自分や滝川一益のほうが没落するというのは、いったいどういうことなのだろう。

勝家は、ここ一年の自分と秀吉の動きを思い浮かべてもまだよくわからなかった。どうして自分が敗れたのか、ということがである。

「所詮《しょせん》サルめが一枚上手《うわて》だったということか」

勝家は自嘲気味に言った。

「そうではございません」

傍らで黙って座っていたお市が突然言った。勝家は驚いたようにお市を見た。

「何が違うと申すのだ」

「あの秀吉よりもお館様が劣ったのではございません」

「ではなぜわしは負けた。いや、負けは決まったのだ」

「それは彼《か》の者が道義を知らぬからでございます」

「道義を知らぬ。ほう、面白いことを申すものよ」

勝家は苦笑を浮かべた。

お市はあくまで真面目な表情である。

「道義に欠ける者が勝つと申すか」

「はい、それは兄も同じでございました」

「いや、信長様はそうではなかったように思うがな」

「でも将軍様を追放なされ、比叡山《ひえいざん》は焼き討ちにされました。少なくとも道義の大将とは申せません。わが兄ながらそう思います」

「仕方がない、乱世なのだ。確かにわしは道義を曲げてでも勝とうとは思わぬ。だがそれがよくなかったか」

「いえ、武士としての道を貫《つらぬ》かれたのだから、それでよろしゅうございます」

お市は言った。

そこへ三人の娘がやって来た。茶々、初、江である。浅井長政の三人の遺児であるこの娘たちは勝家の養女となっていたが、勝家は三人を城と一緒に道連れにはせず、秀吉の手にゆだねるつもりでいた。

だがそのことはまだ言い聞かせてはいなかった。

勝家は長女の茶々を見た。茶々はある覚悟を秘めているように見えた。おそらくこの城と共に自害することを考えているのであろう。

「茶々、初、江」

勝家は改めて名前を呼んだ。

「わしは縁あってそなたたちの義父となった。だがそれも今日で終わりだ。これからわしが申すこと、最期の言葉としてよく服するのだぞ」

「はい、父上様」

茶々は言った。妹たちもそれにならった。

「よいか、そなたたちは明日、夜明け前にこの城を出るのだ。手筈《てはず》は整えてある」

「父上様」

茶々が驚いたように顔を上げた。

「私たちはこの城を枕に討ち死にするのでは」

「これこれ、おなごが何を申す。討ち死にとは男の申す言葉じゃ」

と勝家は笑みを浮かべて、

「そちたちは死なずともよい。いずれは叔父上殿のところに預けられるかもしれぬが、とりあえずここにいては命がない。明朝合戦が始まる前にこの城を出るのだ」

「されど父上様、どこに行けとおっしゃるのです。周りは敵に囲まれております」

「敵と申しても大将の羽柴筑前は、わしと同じ故信長様の家来であった。そちたちを悪いようにはせぬはずだ」

「いやでございます」

　茶々は言った。

「私も父上様や母上様と同じように死にとうございます」

「馬鹿なことを申すでない」

　勝家はどなりつけた。

「わしらはもうこの世の役目を終わった人間。だがそなたたちにはまだ将来がある。嫁にも行かず、子も産まずして女の道が果たせるか。よいか、この父の最期の言葉じゃ。そなたたちは生きよ、生きてどこかへ嫁に行け、嫁に行ったら子供を産め、それがおなごの務めじゃ。その上でもし心残りがあるならば、われらの菩提《ぼだい》を弔《とむろ》うてくれ、それでよい。だが申しておくぞ、けっして尼などになってはならぬ」

そう言って勝家はお市の顔を見た。

お市も頷いて、

「わかりますね、これは父上様の言葉であるとともに、この母の言葉でもあります。必ず普通のおなごとして生きるのですよ。出家はなりませぬ」

茶々は泣き崩れた。妹の初も江も、特に江はまだ年若く何が起こっているのかよくわからなかったが、その場の空気を察して一緒に泣き崩れた。

「悲しかろう、だが別れに涙は禁物じゃ。われらはこれから戦わねばならぬ。侍の家に生まれたおなごは戦いの前に涙を見せてはならぬのだ。よいか、これがわしが父としてそなたらに与える最後の訓戒になろう」

勝家は言った。

さすがに長女の茶々は涙をこらえ顔を上げ、

「わかりました父上様、そして母上様、必ずお言葉を胸に抱き、強く生きてまいります」

「よう申した。さすがはわが娘、そして備前守殿のお子じゃ。よいな、そなたたちには滅びし浅井の血も入っておる。かまえて軽挙妄動はならぬぞ」

そう言うと勝家は、あらかじめ言い含めておいた配下の武士たちに命じて、三人の姉妹を退出させた。

そして、親子の別れに涙している列席の武将たちを元気づけるために立ち上がった。

「なにをめそめそしておる。出陣に涙は禁物と今わしが申したばかりではないか。よいか、これからわしは辞世を詠《よ》む。それが済んだら大いに盃を上げようではないか」

勝家は言った。

そして勝家は、同じく立ち上がったお市から手持ちの酒盃に酒をなみなみと注いでもらうと口を開いた。

「夏の夜の　夢路はかなき　後の名を　雲井にあげよ　山ほととぎす」

そう詠むと、勝家は盃の中身を一気に飲み干した。

歓声が上がり、宴が始まった。

誰もが明日の今頃はもうこの世にいないことを知っていた。

翌朝、夜明けとともに攻撃が始まり、城に籠もった兵たちは頑強に抵抗したが、多勢に無勢で城は下の階から次々に制圧された。

勝家はお市を連れて天守閣に登ると、最後に残した火薬をあたりに撒《ま》いて火をつけた。

炎は一気に燃え上がった。

勝家もお市もすでに白装束《しょうぞく》の姿である。向かい合わせに座り、勝家が刀を抜いた。

「よいか、お市」

「はい、先に行ってお待ちしております」

「では、まいる」

もう別れの言葉は必要なかった。勝家は一気にお市の胸を貫いた。そして刀を抜くと、その血糊《ちのり》もぬぐわず、着物の前を開いて腹に当てた。

次の瞬間、気合とともに勝家は真一文字に腹をかき切り、そして苦しみの声ひとつ上げず首根の血管をかき切って、自らとどめを刺した。

こうしてかつては織田軍団随一の猛将といわれた柴田勝家は、妻お市と共に越前北ノ庄城で果てたのであった。

5

北ノ庄城は落城し、焼け落ちた。

その瓦礫《がれき》の山を前に、秀吉は諸将を集め勝利の宴を催した。

灰燼《かいじん》に帰した北ノ庄城の前に仮設の能舞台をつくり、地元の能役者を招いて何番も能を舞わせたのである。そして、幔幕が張られた見物席には、中央に千成瓢箪の馬印を置かせた秀吉が、鎧を身に着けたまま床几に腰を下ろし、その左右に諸将が同じく床几に腰掛けていた。

陣中のこととてろくな酒肴もなかったが、普通ならば軍議に使われる大きな台が酒肴の置き場であった。

秀吉は機嫌よく、側近の三成らにも自ら酒をついでやった。

三成は、実はこんな場所で勝利の宴を開くことには反対であった。ここで滅び、この瓦礫の中に遺骨のかけらが混じっているはずの柴田勝家は、ついこの間まで主君秀吉の同僚だった男である。この宴の場にもいる前田利家にとってみれば、常に親父殿と呼んでいるほどの親しい間柄だった。ほかの諸将の中にも、勝家と親しいというほどではないにしても同僚や上司として付き合っていた者は少なくない。

確かに柴田勝家は敵となったのだし、それを滅ぼした以上、宴を催すのは当然かもしれないが、それにしても北ノ庄城の廃墟を前にして、そこまでやることはない。武士の情けを知らぬものと評判が立つのではないかと恐れていたのだった。

だが秀吉は、実はもう一つ上手《うわて》をいっていた。

この宴が始まる前に、三成をこっそりと誰もいない場所に呼び寄せこう囁いたのである。

「よいか、宴の最中、楽しんでおらぬ者がおるかしかと見定めるのだ」

「はっ？」

後に知恵の塊《かたまり》と呼ばれるようになる三成でも、その時、秀吉の意図がわからなかった。確かに秀吉という男は常人の発想を超えたものを持っている。

「わからぬか」

秀吉はそう言ってにやりと笑って見せた。これは秀吉が三成を「教育」する時の口癖である。

そこで初めて三成は気が付いた。

(そうか、敢《あ》えてあのような場所で宴を開くことによって、殿は内心殿に対して快く《こころよ》思っておらぬ人間をあぶりだすつもりなのだ。あのような場所で酒盛りを始めれば、快く思っていない者は必ず顔に出る)

それにしてもなんという知恵であろうか。

秀吉の知恵というのは、単純に舌を巻かせるだけではない。まさに目からうろこが落ちるような知恵もあれば、このように人間をとてつもなく暗い気持ちにする知恵もある。三成はそこのところが正直言ってどうしても好きにはなれなかった。

だが、秀吉という男が稀代《きたい》の知恵者であり、謀略家であり、そしてまぎれもなくこの先天下を取るということはわかっていた。だからこそ三成は秀吉に多少の欠点はあっても、ついて行こうと決意を固めているのである。

「おぬしの組下には、気の利いたる者はおるかな」

「はっ、もちろんございます」

「ならば侍大将や足軽に対しても酒を振る舞うのだ。そしてその顔色を読むようにと伝えよ。ただし三成、これはよほど心利いたる者でなければならぬぞ」

「はい」

その点は三成も充分承知していた。

こんなことをやれば普通の人間は反感を持つ。そのことを知った上で主君の忠義のためにあくまでそういう任務を遂行できる者。それは本当に数が少ないということを三成は知っていた。そして秀吉もそれを知っているからこそ、自分を懐刀として重《ちょう》用《よう》してくれるのだ、というところまで三成はわかっていた。

宴は順調に進んでいた。

日が暮れた後も篝火《かがりび》がたかれ、あたりには鼓《つづみ》と朗々たる謡《うたい》の声が響き渡った。

秀吉は大の能好きである。諸将たちも能役者たちの芸が、都とさほど見劣りしないのを見て感心していた。このあたりは朝倉義景《あさくらよしかげ》のころから京とのつながりが深い。それゆえ能役者もほかの地方とは水準が違うのであろう。だが、彼らも当然、新たに朝倉の後に地元のご領主様となった勝家の前では何度か能を演じているはずである。

三成はそんなことを考えて初めて気が付いた。

（そうか、能役者の心のうちまで殿は探ろうとされておるのか）

もし、この能が不出来なものであったとすれば、それは勝家の死を惜しむ故《ゆえ》のことかもしれない。そういうことになれば、そんな能役者は今後秀吉にとっては必要のないものである。そういうことを見極《みきわ》めることすら、秀吉の計算に入っているのだ。

宴たけなわの頃、家臣の一人が幔幕をくぐって入ってきて、三成に耳打ちした。

三成はすぐにそれを秀吉に伝えた。

「殿、例のお子たちがこれから発《た》たれるそうです」

秀吉はちょっと驚いた。

「こんな夜更《ふ》けにか。明日の朝でよいではないか」

「いえ、疲れも取れてもうここにはいたくないとのお言葉で、長女の茶々殿がだだをこねているそうでございます」

「ほう、それはたのもしい」

秀吉は笑うと床几から立ち上がった。

「では引見しよう」

「はっ、ではこちらへ」

幔幕から少し離れた本陣警備のために建てられた仮の詰所の前で、篝火の下に三人の少女と一人の老女、そしておつきの警護の侍が四、五人いた。

「姫御寮《ごりよう》たち、これから行くか」

秀吉は笑顔で声をかけた。

顔を伏せていた三姉妹のうち一人が顔を上げた。

一番年長の茶々である。

言葉は発しなかった。だが、その鋭い眼光で、射るように秀吉を見た。それは百戦錬磨の秀吉がたじろぐほどの憎悪に満ちた視線であった。

だが秀吉はそんなことにたじろぐ男ではない。これまでの長い戦場での経験で、命をとられそうになったことも何度かある。そのことに比べれば、女子供に憎悪の視線でにらまれるぐらいなんともないことである。だから秀吉には相手を観察する余裕すらあった。

(ほう、なかなかの美形ではないか)

秀吉はむしろそのことに関心を抱いた。母のお市の方は、美男美女の多い織田家の中でも絶世の美女と謳われた女性である。その長女である茶々も、明らかにその血を引いているのがわかった。

秀吉の目がきらりと光った。

だがその顔は、特に女子供の前ではけっして笑みを崩さない。

「夜旅は体に毒だ。くれぐれも気を付けるようにな。向こうに着いたら便りをくれ。なんでも辛いこと困ったことがあったらわしに相談するがよい」

秀吉はそう言った。

三人の娘たちは何も言わずに、お付きの者にむしろ引き立てられるようにその場を去った。

その後ろ姿を見守っている秀吉に三成が声をかけた。

「殿」

「なんだ」

「此度の勝ち戦に乗じて、僭越《せんえつ》なことを一言申してもよろしいでしょうか」

「よかろう、言ってみるがよい」

秀吉は首をかしげながらも言った。

「度を越えた色好みは、身を滅ぼすもとでございます」

三成は言った。

「こやつめ」

秀吉は苦笑した。

この瞬間、あの娘を我がものとしたい、秀吉が心の中でそう決心したことを三成だけが見抜いたのである。


〈下巻に続く〉

この作品は月刊『小説ＮＯＮ』（祥伝社発行）平成二十年三月号から二十二年九月号までの連載に、著者が刊行に際し、加筆、訂正したものです。

――編集部

一〇〇字書評

切・り・取・り・線

購買動機（新聞、雑誌名を記入するか、あるいは○をつけてください）	
□（　　　　　　　　　　）の広告を見て	
□（　　　　　　　　　　）の書評を見て	
□ 知人のすすめで	□ タイトルに惹かれて
□ カバーが良かったから	□ 内容が面白そうだから
□ 好きな作家だから	□ 好きな分野の本だから

・最近、最も感銘を受けた作品名をお書き下さい

・あなたのお好きな作家名をお書き下さい

・その他、ご要望がありましたらお書き下さい

住所	〒				
氏名		職業		年齢	
Eメール	※携帯には配信できません	新刊情報等のメール配信を 希望する・しない			

この本の感想を、編集部までお寄せいただけたらありがたく存じます。今後の企画の参考にさせていただきます。Eメールでも結構です。

いただいた「一〇〇字書評」は、新聞・雑誌等に紹介させていただくことがあります。その場合はお礼として特製図書カードを差し上げます。

前ページの原稿用紙に書評をお書きの上、切り取り、左記までお送り下さい。宛先の住所は不要です。

なお、ご記入いただいたお名前、ご住所等は、書評紹介の事前了解、謝礼のお届けのためだけに利用し、そのほかの目的のために利用することはありません。

〒一〇一-八七〇一
祥伝社文庫編集長　坂口芳和
電話　〇三（三二六五）二〇八〇

祥伝社ホームページの「ブックレビュー」からも、書き込めます。
http://www.shodensha.co.jp/bookreview/

祥伝社文庫

驕奢《きょうしゃ》の宴《うたげ》（上）　信濃戦雲録《しなのせんうんろく》　第三部

平成29年9月20日　初版第1刷発行

著　者　井沢元彦《いざわもとひこ》

発行者　辻　浩明

発行所　祥伝社《しょうでんしゃ》

東京都千代田区神田神保町3-3

〒101-8701

電話　03（3265）2081（販売部）

電話　03（3265）2080（編集部）

電話　03（3265）3622（業務部）

http://www.shodensha.co.jp/

印刷所　図書印刷

製本所　図書印刷

カバーフォーマットデザイン　中原達治

 ISBN978-4-396-34355-2 C0193

祥伝社文庫の好評既刊